FRIEDRICH TORBERG

GESAMMELTE WERKE

IN EINZELAUSGABEN

Band XVI

AUCH NICHTRAUCHER MÜSSEN STERBEN

FRIEDRICH TORBERG

Auch Nichtraucher müssen sterben

Essays – Feuilletons – Notizen – Glossen

Linz, am 20.12.13

Zur Erinnerung an unser letztes gemeinsames Weihnachtsfest.

Herzl.

K. Weinm[illegible]

LANGEN MÜLLER

Herausgegeben von
David Axmann und Marietta Torberg

Umschlaggestaltung: Peter Schimmel, München
Satz: Filmsatz Schröter GmbH, München
Gesetzt aus der 10/12 Punkt Garamond auf Linotron 202
Druck und Binden: Mohndruck Graphische Betriebe GmbH, Gütersloh
Printed in Germany 1986
ISBN: 3-7844-2067-2

Inhalt

Torberg über Torberg

Wie weit reicht Wien?

Deutschlandfahrt 1963

Fürsprache für die Sprache

Torberg über Torberg

Auch Nichtraucher müssen sterben

Silvester-Plädoyer
für einen ungesunden Lebenswandel
(1978)

»As I said«, sagte der Arzt, nachdem er – auf einem Cartoon im »New Yorker« – die Untersuchung seines vom Streß geplagten Patienten beendet hatte. »No smoking, no drinking, no women. Just relax and amuse yourself.« Wie das anzustellen wäre, wie man sich ohne Rauchen, ohne Trinken und ohne Frauen amüsieren soll, sagte er nicht mehr.

Nun, auf das Amusement könnte ich zur Not (welche von meinem vorgeschrittenen Alter herrührt) noch verzichten. Worauf ich als geistig schaffender Mensch nicht verzichten kann, ist das Rauchen. Ich übe seit ungefähr 50 Jahren den Beruf eines Schriftstellers aus und habe ihn von Anfang an rauchend ausgeübt. Ich rauche Zigaretten, die ich selbstverständlich inhaliere, weshalb sich alle Versuche, sie durch Zigarren oder Pfeife zu ersetzen, als untauglich erwiesen haben.

Da ich Nachtarbeiter bin, steht auf meinem Schreibtisch immer eine mit schwarzem Kaffee gefüllte Thermosflasche, die je nach Bedarf nachgefüllt wird. Ich rauche, trinke schwarzen Kaffee, schlafe zu wenig, mache zu wenig Bewegung und bin auf diese Weise 70 Jahre alt geworden. Vielleicht wäre ich bei gesünderer Lebensführung heute schon 75 oder 80, aber das läßt sich schwer feststellen.

Hingegen sind die Gesundheitsschäden, die ich mir eingewirtschaftet habe, deutlich feststellbar. Abgesehen vom Diabetes, an dem ich unschuldig bin, leide ich an Kreislaufstörungen, an einer Verengung der Kranzgefäße und an mangelnder Durchblutung der Beine mit daraus resultierenden Gehschwierigkeiten (das sogenannte »Raucherbein« hat übrigens nichts mit dem Rauchen zu tun, sondern heißt so nach seinem Entdecker, dem österreichischen Internisten Franz Ferdinand Raucher, 1864 bis 1930).

Ferner besitze ich eine gespreizte Aorta, ein Lungenemphysem, eine Zwerchfellparese, und auch ich selbst bin nicht gesund.

Es liegt mir ferne, meine Lebensführung und meine schlechten Gewohnheiten – denn das sind sie vom medizinischen Standpunkt aus ganz zweifellos – nun etwa als mustergültig hinzustellen und zu ihrer Nachahmung aufzurufen. Sehe jeder, wie er's treibe. Aber er lasse sich sein Treiben nicht vom Arzt aufzwingen. Er wäge die eklatanten Vorzüge seiner Lebensgewohnheiten sorgfältig gegen ihre möglichen Nachteile ab, ehe er auch nur in Erwägung zieht, etwas ihm Liebgewordenes aufzugeben. Er frage sich, ob er die augenblickliche Erleichterung, die ihm das vielleicht einbringt, nicht gegen zahllose neue Erschwerungen und Bedrängnisse eintauschen wird.

Er sei sich klar darüber, daß es für den Arzt geradzu kindisch leicht ist, ihm beispielsweise das Rauchen zu verbieten, für ihn jedoch unendlich schwer, sich das Rauchen abzugewöhnen. Und wenn er's gar fertig bringt, hüte er sich erst recht vor dem Trugschluß, als hätte man ihm ein Allheilmittel verpaßt, und jetzt sei alles gut.

Auch Nichtraucher müssen sterben.

Damit, daß gesundheitsschädliche Gewohnheiten für unser Wohlbefinden unentbehrlich sind, hat es indessen noch kein Bewenden. In manchen Fällen – ich denke da, wie so oft, an mich – sind sie unentbehrlich für unsere Existenz schlechthin. Das eigentliche Problem besteht nicht darin, ob das Leben um jeden Preis lebenswert ist, ob man also auch um den Preis des Verzichts auf jene Gewohnheiten leben will, sondern ob man das überhaupt kann.

Ich für meine Person muß, um leben zu können, schreiben, und um schreiben zu können, muß ich rauchen und schwarzen Kaffee trinken. Vom Gesundleben allein kann ich nicht leben.

Insgesamt läuft mein Plädoyer auf das ziemlich genaue Gegenteil dessen hinaus, was im dritten vorchristlichen Jahrhundert von Epikur verkündet wurde (und was seither in einen völlig ungerechtfertigten Vulgär-Verruf geraten ist). Ich plädiere für kein wie immer geartetes Lustprinzip, nicht einmal für das geistige. Ich plädiere für die Anverwandlung der Unlust, die sich aus den nachteiligen Folgen bestimmter Gewohnheiten ergibt, an die Lust, diese Gewohnheiten als lebensnotwendig zu erkennen und das Risiko ihrer Folgen auf sich zu nehmen.

Und ich plädiere für das alles nicht erst seit heute oder gestern. Schon am Beginn meiner gesundheitsschädlichen Schriftstellerlaufbahn habe ich mich verschlossen und unzugänglich gezeigt, wenn ärztlicher Zuspruch mit den ominösen Worten anhob: »Sie sind doch ein intelligenter Mensch ...« Nichts da. Ich bin kein intelligenter Mensch. Ich bin ein Mensch in seinem dunklen Drange, und ein solcher, wir wissen es von Goethe, ist sich des rechten Weges wohl bewußt.

Es geschah 1929, zu einer Zeit, als die Medizin den Kaffeegenuß vorübergehend für ebenso schädlich hielt wie das Rauchen; damals wurde ich zum erstenmal mit einem diesbezüglichen Verbot konfrontiert und habe daraufhin – nachweislich, da gedruckt – eine »Ode an den schwarzen Kaffee« gedichtet, die folgendermaßen schloß:

Mögen sie sich doch zum Teufel scheren,
jene Schwätzer mit den weisen Lehren,
daß mich Nikotin und Koffein bedroht.

Auf dergleichen braucht man nichts zu geben,
denn zum Schluß ist unser ganzes Leben
ungesund und führt uns in den Tod.

Abendlied eines Literaturbeamten aus wohlbestallter Kaufmannsfamilie

(1929)

Das ward mir an der Wiege nicht gesungen.
Mir sang man Lebertran und Formamint.*
Ich war als Kind ein aufgewecktes Kind.
Erst später bin ich mir vorbeigelungen.

Ich lernte Kleinigkeiten zu betrachten,
die man recht nutzlos, wo nicht schädlich fand.
Und weil mich niemand außer mir verstand,
beschloß ich, alle andern zu verachten.

Sacht hab' ich mich von ihnen losgekoppelt
und meinem Blick verschleierte sich ganz
die Welt des Saldo-Vortrags, der Bilanz
und jener Bücherführung, welche doppelt.

Und dann begann es langsam hochzukeimen:
Ich zog Bilanz – doch tat ich's nicht solid.
Auch Bücher führ' ich – aber mit Gemüt.
Und wenn ich etwas vortrag', muß sich's reimen.

Ich bin Revisor bei der Firma Seele
und stehe mit dem Leid auf Du und Du.
Mein Chef, der Kosmos, läßt mich nicht in Ruh.
Er glaubt wahrscheinlich, daß ich ihn bestehle.

---

* Eine längst aus der Mode gekommene Desinfektionstablette, die man schwächlichen Kindern zu lutschen gab.

Dabei hat er noch nichts herausgefunden,
Was ihm ein Recht dazu gegeben hätt'.
Ich schufte ehrlich, geh' erst spät zu Bett
und mache jeden Abend Überstunden.

Ich führ' weiß Gott kein angenehmes Leben.
Ach ja. In der Gefühlsbranche hat man's schwer.
Wenn ich doch anderswo gelandet wär'...
Die Möglichkeit hat man mir ja gegeben.

Vorbei. Ich hab' gewählt. Entweder – oder.
Doch an der Wiege ward's mir nicht gesungen.
Und manchmal stößt mir aus Erinnerungen
urtiefe Sehnsucht auf nach Speisesoda.

Literarischer Erfolg und sachliche Blamage

Wie der »Schüler Gerber« entstand (1973)

»Der Schüler Gerber«, mein erster Roman, erschien 1930 und hieß damals – wie noch in allen Neuauflagen bis 1938 – »Der Schüler Gerber hat absolviert«. Das war ein doppeldeutiger Titel, den ich mit Absicht gewählt hatte und dessen Doppeldeutigkeit zumal für nichtösterreichische Hörer einer Erklärung bedarf.

»Absolvieren« ist im österreichischen Sprachgebrauch kein unbedingt theologischer Begriff, etwa in dem Sinn, daß man von seinen Sünden absolviert wird (oder auch nicht). »Absolvieren« bedeutet in Österreich und in den österreichischen Nachfolgestaaten soviel wie »etwas hinter sich bringen«. Man absolviert einen bestimmten Lehrgang, man absolviert das Gymnasium oder eine andre Mittelschule, und zwar durch erfolgreiches Bestehen der Matura, oder wie es in Deutschland heißt: des Abiturs, oder – was beiden Ausdrücken entspricht – durch Bestehen der Reifeprüfung, die aus dem Maturanten oder Abiturienten dann also einen Absolventen macht.

Der Held meines Romans, eben der Schüler Gerber, wird aber nicht zum Absolventen. Er begeht nach Abschluß der Reifeprüfung – aus Furcht, sie nicht bestanden zu haben – Selbstmord. Er hat nicht das Gymnasium absolviert, sondern das Leben.

Damit ist der doppeldeutige Titel erklärt, und damit ist für jene vermutlich in der Überzahl befindlichen Hörer, die den Roman nicht kennen, auch schon sein Inhalt angedeutet. Er handelt von einem begabten und sensitiven jungen Menschen, der am Zusammenstoß mit einem aufsässigen Kathedertyrannen scheitert und an einem verknöcherten Schulsystem zerbricht. Was die Titeländerung betrifft, so erfolgte sie nach dem Zweiten Weltkrieg, als der Roman neu aufgelegt wurde. Da der Ausdruck »absolvieren« nun auch in Österreich nicht mehr so allgemein gebräuchlich war wie früher – in Deutschland war er's ja nie –, beschloß der Verlag, ihn aus dem Titel zu entfernen, und seither heißt der Roman nur noch »Der Schüler Gerber«.

»Der Schüler Gerber« war mein erster Roman, aber nicht mein erstes Buch. Schon ein Jahr zuvor, 1929, hatte ich im Wiener Saturn-Verlag unter dem Titel »Der ewige Refrain« eine Anhäufung pubertärer Liebesgedichte veröffentlicht, ein Bändchen von geringem Umfang und geringer Qualität, mit dem ich hauptsächlich den Zweck verfolgte, eines von mir geliebten Mädchens habhaft zu werden. Nachdem mir das endgültig und verdientermaßen mißlungen war, gab ich für meine Freunde eine »verbesserte Neuauflage« heraus, die aus insgesamt zwei Zeilen bestand. Bald darauf ist »Der ewige Refrain« – nicht ohne mein Zutun – aus dem Handel verschwunden. Von einigen pedantischen Literaturgeschichten wird er noch geführt, von Buchhandlungen nicht mehr.

Sehr im Gegensatz dazu hat sich der »Schüler Gerber« – abgesehen von den Nazijahren, in denen meine Bücher verboten waren – seit seinem Erscheinen ständig auf dem Markt behauptet. Er ist, wie ich immer wieder zu hören und zu lesen bekomme, auch heute noch aktuell, und das mag für ein vor 44 Jahren entstandenes Erstlingswerk immerhin als Erfolg gelten. Ich war damals auf einen solchen Erfolg nicht gefaßt, ja ich habe ihn in dieser Form nicht einmal angestrebt, und werde zu seinen fragwürdigen Aspekten später noch einiges zu sagen haben. Jetzt möchte ich Ihnen berichten, wie ich dazu gekommen bin, dieses Buch zu schreiben.

Am besten beginne ich wohl mit der Mitteilung, daß ich seit meiner frühesten Jugend – um nicht zu sagen: seit meiner Kindheit – fest entschlossen war, Schriftsteller zu werden – um nicht zu sagen: ein Dichter –, und daß ich mir niemals einen andren Beruf für mich vorstellen konnte als einen, der mit Schreiben zu tun hat. Ich war, wenn schon kein geborener Literat, so doch eine literarische Frühgeburt, ich begann als sieben- oder achtjähriger Volksschüler, zur Zeit des Ersten Weltkriegs, patriotische Reime von mir zu geben, und ich war von meiner Sendung offenbar schon damals so tief überzeugt, daß ich das Heft, in das ich diese Gedichte einschrieb, sorgfältig aufbewahrte. Es ist mir erst 1938 abhanden gekommen, als der Dazwischentritt der Weltgeschichte mich Hals über Kopf in die Emigration beförderte. Hätte ich damals, bei der Besetzung Österreichs durch die Nazi, nicht mein ganzes Besitztum in Wien zurücklassen müssen, so wäre mir das Heft wahrscheinlich erst auf der Flucht aus Frankreich verlorengegangen.

Es versteht sich von selbst, daß ich mit jenen kindischen Reimen niemals an die Öffentlichkeit getreten bin, sondern mich damit begnügte, sie Verwandten oder Mitschülern aufzusagen. Zu den ersten Veröffentlichungen in Zeitungen und Zeitschriften brachte ich es während meiner Gymnasialzeit. Es waren nicht nur Jugendzeitschriften und es waren nicht nur Gedichte, obwohl ich die Lyrik noch auf lange hinaus als die wahre und eigentlich einzige dichterische Legitimation ansah und als wahren Dichter eigentlich nur den, der Gedichte schreiben konnte.

Indessen begann neben meiner poetischen allmählich auch meine polemische Ader zu pulsen, und in den letzten Jahren am Gymnasium wuchs mein Widerwille gegen die Ungerechtigkeit der Professoren und gegen die Unterwürfigkeit der Schüler, wuchs meine Angriffslust gegen die Mißstände der Institution »Schule« so heftig, daß ich ihr Luft machen mußte. Ich tat das in Form von kleinen Glossen, in denen ich diese Mißstände aufzuzeigen unternahm, in Form von Kurzgeschichten, in denen ich zum Teil Erfundenes und zum Teil Erlebtes verarbeitete, manchmal sogar in Form satirischer (oder satirisch gemeinter) Epigramme.

Natürlich konnte ich all diese Dinge nicht gut unter meinem eigenen Namen veröffentlichen, da ich ja noch der Schuldisziplin unterstand und mich schwerster Bestrafung ausgesetzt hätte. Deshalb mußte ich mir einen Decknamen erfinden. Ich bildete aus dem zweiten Teil meines Vatersnamens Kantor und aus dem Geburtsnamen meiner Mutter Berg das Pseudonym Torberg, das mich einerseits vor nachteiligen Folgen in der Schule deckte (was ja die Funktion eines Decknamens ist) – anderseits hatte ich die Möglichkeit, im eitlen Bedarfsfall meine Autorschaft nachweisen zu können, also vertrauenswürdigen Freunden unter der Auflage strikter Geheimhaltung zuzuflüstern: »Du verstehst... Kantorberg... das bin nämlich ich.« Es war nicht zuletzt der Erfolg des »Schüler Gerber«, der mich einige Jahre später bewogen hat, den Namen Torberg als bürgerlichen Namen anzunehmen.

Damit halte ich eigentlich schon bei der Entstehungsgeschichte meines Romans, für die mir noch ein kurzer Rückblick erforderlich erscheint. Ich war in Wien bald nach Beendigung des Ersten Weltkriegs ans Gymnasium gekommen, zu einer Zeit, da in der jungen Republik Österreich die »Glöckelsche Schulreform« einsetzte, so genannt nach dem sozialdemokratischen Unterrichtsminister Otto Glöckel, und leider im Sand verlaufen. Zunächst wirkte sie sich unter anderem durch die Einführung von »Schülerräten« aus, einer dreigliedrigen, von der ganzen Klasse in geheimer Wahl bestimmten Vertretung, die aus einem Sprecher und zwei Beiräten bestand und der es oblag, dem Lehrkörper gegenüber die Interessen der Schülerschaft zu wahren – sei es im

Hinblick auf den Unterrichtsstoff, auf seine Schwierigkeiten, auf seine Behandlung, sei es im Hinblick auf die Behandlung der Schüler durch die Professoren. Theoretisch sah das alles sehr schön aus, praktisch gedieh es schon damals nicht sehr weit. Die Vorzugsschüler waren an einer Störung ihres friedlichen Einvernehmens mit den Professoren in keiner Weise interessiert, und die schlechten Schüler wollten sich auf Auseinandersetzungen und damit auf weitere Gefährdungen ihrer ohnehin schwachen Position erst recht nicht einlassen.

Ich stand ungefähr in der Mitte zwischen den beiden Lagern, gehörte in einigen Gegenständen zu den Besten, in einigen anderen zu den Schlechtesten der Klasse und hatte teils trotzdem, teils infolgedessen das Pech, zum Klassensprecher gewählt zu werden. Nachdem ich mich mit einigen Versuchen, namens der Klasse kämpferische Aktivität zu entfalten, entweder gegen meine beiden Beiräte oder gegen den betreffenden Professor nicht durchgesetzt hatte, pendelten sich die Dinge allmählich dahin ein, daß zwischen mir und den mir mißliebigen Professoren – wobei die Mißliebigkeit durchaus gegenseitig war – eine Art stillschweigenden Burgfriedens zustande kam: Ich unterließ meine Anfeindungen und die Professoren unterließen es, mich öfter und gründlicher als unbedingt nötig zu prüfen. Auf diese Weise hatten sie ihre Ruhe gesichert und ich mein »Gut« oder »Genügend«, also meinen Aufstieg in die nächst höhere Klasse. Es lag in der Natur der Sache, daß dieses Stillhalteabkommen sich vor allem in jenen Fächern ergab, die mich nicht interessierten und in denen ich auch unter normalen Voraussetzungen nur dürftige oder gar unzureichende Leistungen geboten hätte. Das galt neben den Naturwissenschaften in erster Linie für die Mathematik, und damit war bereits der Grundstock für meinen späteren Durchfall bei der Matura gelegt.

Es kam noch ein weiterer Umstand hinzu. Im Jahre 1923 übersiedelte meine Familie von Wien nach Prag, wo ich den

Mittelschulbesuch fortsetzte und wo die Verhältnisse, jedenfalls an den deutschsprachigen Mittelschulen, noch ganz bedeutend rückständiger waren als in Wien. Von einer Schulreform, wie sie hier wenigstens ansatzweise versucht wurde, ließ sich in Prag noch nicht die leiseste Spur entdecken. Es herrschte noch das alte, autoritäre Schulsystem aus den Zeiten der untergegangenen Monarchie, die Professoren ergingen sich in Willkürakten, die in Wien nicht mehr möglich gewesen wären, protegierten ihre Lieblingsschüler ebenso unverhohlen, wie sie diejenigen, die ihnen nicht zu Gesicht standen, benachteiligten, und das Schlimmste war, daß es gegen all das keinen Widerstand gab, geschweige denn einen sozusagen rechtlich verankerten, wie ich ihn in Wien als Sprecher des Schülerrates meiner Klasse gekannt und geübt hatte. Es gab diesen Widerstand auch deshalb nicht, weil die Schüler jeglichen Widerstandsgeist vermissen ließen und die Ungerechtigkeiten der Professoren als eine Selbstverständlichkeit hinnahmen, mit der man sich je nach Kräften und Chancen auf eigene Faust zu arrangieren hatte.

Auf mich wirkte dieser Zustand zutiefst empörend, und da ich kein Mandat besaß, meiner Empörung den mir von Wien her geläufigen Ausdruck zu geben, betätigte ich sie gleichfalls auf eigene Faust, indem ich mich gewissermaßen selbst zum Klassensprecher machte und als solcher in Aktion trat. Ich wurde dabei von einigen beherzten Schülern und einigen der jüngeren, fortschrittlich gesinnten Professoren unterstützt, aber das Gros der Klasse war von meiner ungebetenen Hilfe alles eher als begeistert, empfahl mir, mich nicht in Dinge einzumischen, die mich nichts angingen, und befand sich solcherart in schöner Übereinstimmung mit den meisten Professoren, die ihre diesbezüglichen Empfehlungen viel deutlicher formulierten und ihnen zu einem für mich sehr gefährlichen Nachdruck verhalfen.

Die Fronten waren abgesteckt, der Weg war vorgezeichnet. Sie, meine Hörerinnen und Hörer, haben jetzt ein ungefähres Bild der Situation, in der ich zunächst die schon erwähnten Zeitungsartikel zu schreiben begann und aus der schließlich mein Roman vom Schüler Gerber entstanden ist. Wann ich den Plan zur Niederschrift dieses Werkes gefaßt habe, kann ich heute nicht mehr sagen. Es muß noch während meiner Schulzeit gewesen sein, wahrscheinlich im letzten, achten Jahr des Gymnasiums, dem Jahr der Reifeprüfung, aber genau weiß ich es nicht. Hingegen weiß ich ganz genau, und glaube es an dieser Stelle vermerken zu sollen, daß der »Schüler Gerber« nicht mein erstes Romanvorhaben war. Schon ein Jahr zuvor, in der bei uns so geheißenen »Septima«, dem siebenten Jahrgang, war ich im Deutschunterricht beim Studium des Minnesangs auf eine historische Figur gestoßen, die mich ungemein faszinierte und die ich zum Helden eines Romans machen wollte. Es handelte sich um den jüdischen Minnesänger Süßkind von Trimberg, und ich hatte gerade in der jüngsten Zeit mehrfach Gelegenheit, auf die frühen Entstehungsmotive dieses Romans hinzuweisen. Er ist 1972, mehr als vier Jahrzehnte nach seiner ersten Planung, tatsächlich erschienen. Damals hatte der Plan zum »Schüler Gerber« Vorrang gewonnen, und die näheren Umstände seiner Verwirklichung sind mir noch gut im Gedächtnis.

Ich habe die Reifeprüfung nicht bestanden. Ich bin in Mathematik durchgefallen und wurde auf ein Jahr »reprobiert«, das heißt: Ich mußte, ohne die achte Klasse zu wiederholen, ein Jahr später nochmals zur Matura antreten, bei der ich dann mit Müh und Not und knapper Stimmenmehrheit für reif erklärt wurde. In diesem Jahr begann ich, den »Schüler Gerber« zu schreiben. Und ich lege Wert auf die Feststellung, daß mein Durchfall bei der Matura nur der Anstoß war, nicht etwa der Anlaß. Ich hätte den Roman auch dann geschrieben, wenn ich durchgekommen wäre. Es hatte sich in mir so viel Zorn und Empörung angesammelt, daß ich ihn einfach schreiben mußte. Möglicherweise liegt in der Vehemenz dieses Müssens, in der Unmittelbarkeit seiner Gestaltung, mit der ich ja praktisch noch auf der Schulbank anfing, in der Nähe der Erinnerung, die mich während der ganzen Niederschrift an der Gurgel hatte und mir bei der Schilderung manch einer Prüfungs-Szene noch nachträglich den Angstschweiß auf die Stirne trieb – möglicherweise liegt gerade in dieser Distanzlosigkeit der Unterschied zu allen vorherigen Schülerromanen, die ja immer schon von Erwachsenen geschrieben waren.

Kurt Tucholsky, der den »Schüler Gerber« in einer seitenlangen Besprechung in der »Weltbühne« vom Mai 1930 enthusiastisch begrüßt hat (er war, wie ich mit einigem Stolz hinzufügen darf, nicht der einzige, auch Robert Musil fand in der »Frankfurter Zeitung« Worte der schönsten Anerkennung, die mir auch noch von einigen anderen prominenten Autoren und Kritikern jener Epoche zuteil wurde) – Kurt Tucholsky also rühmte dem Roman eben diese Unmittelbarkeit nach, einen »zischenden Haß, der durch die Seiten brennt – nichts macht ja hellsichtiger als solcher Haß«.*

Nun mag ja Haß keine besonders edle Regung sein, aber er hat sich hier jedenfalls als eine sehr produktive Regung erwiesen. Er war in der Tat ein wesentlicher Antrieb für diesen Roman. Ich haßte die Schule, ich haßte ihren Zwang, ich haßte das ganze System, und ich wollte ihm zu Leibe rücken, solange mein Haß noch lebendig war. Er steigerte sich sogar, als während der Niederschrift des Romans – die mit einigen Unterbrechungen insgesamt zwei Jahre in Anspruch nahm – durch Wiener und Prager Zeitungsnotizen nicht weniger als zehn Schülerselbstmorde zu meiner Kenntnis gelangten. Schülerselbstmorde aus Prüfungsangst oder

---

* Anm. d. Hrsg.: Die Rezensionen von Kurt Tucholsky und Robert Musil sind zur Gänze abgedruckt in: F. T. »Pegasus im Joch«, 1983, S. 22ff..

aus Angst vor den Folgen einer nicht bestandenen Prüfung im Elternhaus waren damals eine viel häufigere Erscheinung als heute. Manchmal spielten da auch noch andere Motive herein, etwa eine unglückliche Liebe, der ja auch im Leben des Schülers Gerber eine schicksalhafte, wenngleich keineswegs entscheidende Rolle zukommt.

So stand im großen und ganzen das Konzept für mich von Anfang an fest. Die Handlung sollte auf das letzte Mittelschuljahr des Helden und auf die abschließende Reifeprüfung beschränkt bleiben, Kurt Gerber sollte in seinem Verhältnis zu Professoren und Klassenkameraden, zu seinen Eltern und zu einer früheren Mitschülerin gezeigt werden, und sein Selbstmord am Schluß sollte sich nachträglich als unbegründet erweisen – insofern unbegründet, als aus einer epilogisch angefügten Zeitungsnotiz hervorgeht, daß der Schüler Gerber die Reifeprüfung bestanden hat. Anderseits war, während er auf die Verkündung des Prüfungsergebnisses wartete, in einer phantastischen Fiebervision das Leben vor ihm zur Reifeprüfung angetreten und durchgefallen. Es sollte also offenbleiben, ob er nicht aus Enttäuschung und vergeblicher Auflehnung in jedem Fall mit seinem Leben Schluß gemacht hätte.

Ich habe vorhin von »abgesteckten Fronten« gesprochen, und Kurt Gerber war ja wirklich nach mehreren Seiten hin in eine Kampfstellung geraten. Er stand in Opposition zu seinem Vater, den er liebte und respektierte, und in dem er eben darum nur ungern einen Verfechter jener bürgerlichen Konventionen sah, für die eine erfolgreich bestandene Matura mit anschließendem Erwerb eines akademischen Titels immer noch als mehr oder minder unerläßliche Voraussetzung des gesellschaftlichen Fortkommens und Ansehens galt. Auch in der Liebesbeziehung zu seiner ehemaligen Mitschülerin Lisa Berwald glaubt Kurt an konventionelle Behinderungen und Einengungen zu stoßen, gegen die er machtlos ist. Aber den eigentlichen und eigentlich zermürbenden Zweifrontenkrieg führt er in der Schule. Er führt ihn gegen die Selbstherrlichkeit und Selbstgefälligkeit der Professoren, gegen die unumschränkte, nahezu diktatorische Verfügungsgewalt, die sie sich anmaßen, gegen ihre Willkür und Ungerechtigkeit, die sein fanatischer Gerechtigkeitssinn nicht erträgt. Und er führt den Kampf zugleich gegen die Schüler, die ihren Gerechtigkeitssinn aus opportunistischen Erwägungen unterdrücken, gegen die Kriecher und Streber, die lieber mit den Professoren gemeinsame Sache machen als mit ihresgleichen und die selbst dort auf jede Gegenwehr verzichten, wo sie mit ein wenig Solidarität etwas erreichen könnten.

»Das werden wir ja gleich sehen«, sagt an einer Stelle des Romans der Gegenspieler Kurt Gerbers, der Mathematikprofessor Kupfer, in dem sich für Kurt die ganze Brutalität des Schulsystems verkörpert und den die Schüler seiner von ihm gerne betonten Allmacht und Unfehlbarkeit wegen »Gott Kupfer« nennen. »Das werden wir ja gleich sehen«, sagt er, und Kurt denkt dazu: »Welch eine Schmach. Oben steht ein einziger und sagt ›wir‹ – unten sitzen so viele und jeder sagt ›ich‹.« Die ganze Haltung Kurt Gerbers und die ganze Ursache ihrer Vergeblichkeit haben hier den kürzesten Ausdruck gefunden.

Kurt bevorzugt die humanistischen Fächer, die Sprachen vor allem, Deutsch und die deutsche Literatur, Latein und Französisch, aber auch Geschichte und in den beiden letzten Jahrgängen die Philosophie. Mit Mathematik, Physik, Chemie und ähnlichen Gegenständen weiß er nichts anzufangen, besonders die Mathematik, deren strenge, an starre Formeln gebundene Methodik der Phantasie keinen Spielraum läßt, erscheint ihm kalt und seelenlos. Überflüssig zu sagen, daß mit alledem nicht nur die Haltung Kurt Gerbers charakterisiert ist, sondern auch die meine, daß also dieser Roman, wie Erstlingsromane fast immer, stark autobiographisch geprägt ist. Da auch seine Figuren zum Großteil lebenden Modellen nachgezeichnet sind, konnte es nicht ausbleiben, daß er bei seinem Erscheinen vielfach als Schlüsselroman aufgenommen wurde.

Allerdings lieferte diese Aufnahme zugleich ihr eigenes Dementi. Da ich keinen Ort der Handlung genannt hatte, glaubte man nicht nur in Prag, wo ja der größte Teil meiner Inspirationen herrührte, ganz genau zu wissen, wer mit wem gemeint war, man glaubte das auch in Wien, wo sich im Erscheinungsjahr des Romans ein ähnlicher Fall in der Wirklichkeit begab, als am Akademischen Gymnasium ein Abiturient namens Thomas Schwarz nach Beendigung der Abschlußprüfungen durch einen Sprung aus dem Fenster Selbstmord beging. Folglich sprach man auch in Wien von einem Schlüsselroman. Im übrigen scheinen die von mir geschilderten Professorentypen noch an vielen anderen Orten und Schulen existiert zu haben, und leider bestehen Anhaltspunkte dafür, daß sie auch heute noch existieren. In der schon erwähnten Kritik von Kurt Tucholsky – ich zitiere sie vor allem deshalb, weil sie mir als eine der wenigen von damals noch zur Verfügung steht – wird Professor Kupfer als ein »Sinnbild« der Tyrannei bezeichnet und das Buch als »ein neuer Professor Unrat«. Der unleugbar vorhandene Schlüsselcharakter meines Erstlingsromans scheint also seine Gültigkeit offenbar nicht beeinträchtigt zu haben.

Ob der Roman stilistisch geglückt ist oder nicht und inwieweit er auch in dieser Hinsicht jene Mängel aufweist, die einem Erstlingsroman beinahe unvermeidlich anhaften – das zu beurteilen bin ich nicht in der Lage. Zur Zeit der Niederschrift stand ich bereits unter dem Einfluß des großen Wiener Sprachmeisters Karl Kraus, ein Einfluß, der sich nach meiner persönlichen Bekanntschaft mit ihm noch verstärkt hat und dem ich hoffentlich gerecht geworden bin. Mir schien das auch schon damals beim »Schüler Gerber« der Fall gewesen zu sein, und da ich das gedruckte Buch zum erstenmal las, hat es mir sehr gut gefallen. Später änderte sich das, ich fand es an einigen Stellen allzu schwulstig und pathetisch, an anderen allzu wehleidig, ich entdeckte kleinere Unarten aus der Schule des gerade zu Ende gegangenen Expressionismus und fand auch sonst manches auszusetzen. Aber mit der Haltung des Buchs, mit seinem Impetus und seiner Zielsetzung war ich einverstanden und bin es auch heute noch.

Als der Roman erschien, stand ich im 21. Lebensjahr und erfreute mich schon seit längerem der tatkräftigen Zuneigung meines väterlichen Freunds und Mentors Max Brod, der als Leiter der Literaturbeilage des »Prager Tagblatt« meine ersten lyrischen und Prosabeiträge veröffentlicht hatte und mir späterhin wiederholt die Ehre erwies, meinen Namen in der Reihe der von ihm entdeckten und geförderten Autoren anzuführen, die mit Franz Kafka begann und über den bedeutenden schlesischen Lyriker Petr Bzruč, über Franz Werfel und den Komponisten Leoš Janáček bis herunter zu mir reicht. Brod schickte das Manuskript des »Schüler Gerber«, das ich ihm natürlich zu lesen gab, hinter meinem Rücken an den Verlag Zsolnay – wie er mir nachher sagte: mit dem Ersuchen, es im Falle der Ablehnung an ihn zurückzustellen; andernfalls wäre ich direkt zu verständigen. Und so hielt ich eines Tages völlig unvermutet ein Telegramm des Verlags Paul Zsolnay in Händen, das mir von der Annahme meines Romans Mitteilung machte.

Er erschien im März 1930, stieß sofort auf eine zumindest für mich überraschend kräftige Resonanz und erreichte binnen kurzem drei Auflagen, denen im Verlauf der dreißiger Jahre noch zwei weitere folgten, wurde in insgesamt zehn Fremdsprachen übersetzt und nach dem Zweiten Weltkrieg abermals vom Verlag Zsolnay neu aufgelegt. 1972 hatte er die insgesamt achte Neuauflage zu verzeichnen. Deutsche und österreichische Buchgemeinschaften nahmen sich seiner an, eine erste, bei Knaur erschienene Taschenbuch-Ausgabe war bald vergriffen, eine zweite ist im März dieses Jahres im Deutschen Taschenbuch-Verlag erschienen, und eben jetzt wird als Koproduktion des Österreichischen und Bayerischen Fernsehens nach einem von mir geschriebenen Drehbuch die Fernseh-Verfilmung des Romans vorbereitet. Also darf ich wohl von einem Erfolg sprechen. Aber gerade dieser Erfolg, gerade die Tatsache, daß ein Buch, mit dem ich die Übelstände des Schulsystems doch hatte bekämpfen und ändern wollen, 43 Jahre nach seinem Erscheinen noch immer präsent und aktuell ist, läßt mich dieses Erfolgs nicht recht froh werden. Ich habe das Ziel, das ich mir mit dem »Schüler Gerber« gesteckt hatte, ebensowenig erreicht wie das Ziel der Klasse. Mein Erstlingsroman war ein literarischer Erfolg und eine sachliche Blamage.

Ballade der großen Müdigkeit

(1938)

Neidvoll gewidmet den beiden Foxterriers Tommy und Molly, fünf Monate alt und zugehörig einer nicht viel älteren Besitzerin, zu Paris, im Jardin du Luxembourg, an einem warmen Septembertag des Jahres 1938.

Ich bin von großer Müdigkeit befallen,
und alles, was ich weiß, ist mir zur Last.
Der Menschheit Jammer hat mich angefaßt
und kommt in immer kürzern Intervallen.

Man soll mich, bitteschön, zu nichts mehr drängen.
Man soll mich schlafen lassen. Es ist spät.
Man soll – wenn's draußen denn schon weitergeht –
mir feuchte Tücher vor die Fenster hängen.

Ich bin zu alt und werde immer älter.
Ich lauf mir täglich um ein Stück voraus,
und kaum gepflückter Impressionen Strauß
verwelkt mir im Erinnerungsbehälter.

Ich hab genug. Ich kann nichts Neues brauchen.
Ich blühe nicht mehr auf. Ich blüh hinab.
Wo geht's denn da zur Wiege ...? wo zum Grab ...?
Ich möchte rückwärts in die Zeiten tauchen.

Ich möchte jünger sein und jedem grollen,
der mich belehrt: »Ja, *Sie*! Sie sind noch jung!«

Ich möchte Anlauf haben, Luft und Schwung.
Ich möchte wieder älter werden wollen.

Ich möchte vieles planen und erleben,
ich möchte kompliziert und schwierig sein
und jeder Neuerung begierig sein –
novarum rerum cupidus, nun eben.

Ich möchte wieder lachen oder weinen
(es wäre gar kein großer Unterschied)
und überlegen: wie man mich wohl sieht?
Ich möchte etwas sein und etwas scheinen.

Ich möchte mir ein hohes Ziel erküren,
wie es noch nie ein Mensch vor mir bedacht.
Ich möchte groß und schlaflos in der Nacht
das Flügelschlagen meiner Sehnsucht spüren.

Ich möchte, weil ein Mädchen mir nicht glaubte,
das Leben und die Welt nicht mehr verstehn.
Noch lieber möchte ich zugrunde gehn,
weil sie mir nicht den kleinsten Kuß erlaubte.

Ich möchte in entlegnem Dämmergarten,
darauf der Juli rastet reglos warm,
mit einem Notenalbum unterm Arm
auf die, die mir seit gestern Du sagt, warten.

Ich möchte jeden scheelen Blicks betrachten,
der mit den Mädchen überhaupt verkehrt,
und einen Freund besitzen, der mich lehrt,
die dummen Gänse gründlich zu verachten.

Ich möchte sämtlichen Verboten höhnen
und eines Tages in verwegner Flucht
entrinnen aller elterlichen Zucht
und nachher unter ihrer Willkür stöhnen.

Ich möchte nie im Fußballspielen rasten
und heimwärts schleichen mit zerschundnen Knien.
Ich möchte Winnetou und Plastilin
und Matador und Richters Steinbaukasten.

Ich möchte staunend in die Tage treten
mit großen Augen und verwirrtem Sinn,
und lernen, wo ich wohne, wer ich bin.
Ich möchte vor dem Schlafengehen beten.

Ich möchte meine ersten Worte lallen
und schlummern ohne Wissen, ohne Ziel.
Ach alles, was ich weiß, ist mir zu viel.
Ich bin von großer Müdigkeit befallen.

Ich möcht' hintüber sinken in die Kissen,
ich möcht' dorthin, wohin ich geh, nicht gehn,
ich möchte alles, was ich seh, nicht sehn,
ich möchte alles, was ich weiß, nicht wissen,

ich möchte alles, was ich fühl, nicht fühlen
und ganz allein sein ... Nein, nicht ganz allein:
Ich möchte gern zwei kleine Hunde sein
und miteinander spielen.

Der schlafbedürftige Poet
oder
Die Freuden des Landlebens

*von Friedrich Wilhelm Torbusch**

Frühmorgens, wenn die Hähne krähn,
dann wird es Zeit zum Schlafengehn.

Der Dichter, der die ganze Nacht
in steter Arbeit zugebracht,

erhebt sich froh von seinem Pult,
dankt seiner Muse für die Huld

und legt den Federkiel beiseite,
auf daß er sich zum Schlaf bereite.

Nachdem er dies und das verrichtet,
was man zwar tut, jedoch nicht dichtet,

begibt er sich, vom Werke satt,
ins Zimmer mit der Lagerstatt.

Das Bett empfängt ihn wohlig-weich.
Der Dichter fühlt: jetzt schlaf ich gleich.

Er greift, sonst wär' ihm nicht geheuer,
noch nach der Zeitung, die ihm teuer,

und liest bedachtsam noch ein Stückel
vom überholten Leitartikel.

---

* Anm. d. Hrsg.: Geschrieben im Sommer 1945 auf Walter Slezaks Redhill Farm in Ottsville, Pennsylvania, USA.

Dann zupft er, daß sie besser sitze,
noch einmal an der Zipfelmütze,

verlöscht das Licht, das unbestimmt
schon mit dem Morgengrau verschwimmt,

und kehrt sich hoffnungsvoll zur Wand,
und zwar zu dieser rechter Hand.

Den Vorgenuß der Schlafeswonne
verleidet ihm jedoch die Sonne.

Sie steht, umwölkt und rötlich-blond,
ein wenig überm Horizont

und sucht aus nicht geklärten Gründen
den Weg an sein Gesicht zu finden.

Jetzt läg' man besser umgekehrt!
Denn wie uns die Erfahrung lehrt,

wird der Zusammenkniff der Augen
in solchen Fällen wenig taugen.

Doch anderseits lehrt die Erfahrung
als Wichtigstes die Ruhe-Wahrung,

denn sich im Einschlaf zu bewegen,
wirkt diesem hinderlich entgegen.

Aus dem Dilemma seiner Wahl
erlöst den Dichter ein Signal:

es tönt ein zweiter Hahnenschrei,
ja alsbald krähen ihrer drei.

Das macht ihn willens und erbötig
zu jener Drehung, welche nötig.

Er kehrt sich hoffnungsvoll zur Wand,
und zwar zu dieser linker Hand,

wobei sein Blick, schon halb verstellt,
auf seinen Chronometer fällt.

Die Zeiger rücken gegen sechs.
Jetzt, denkt er, schlaf ich ein ... Ja, schmecks.

Denn jetzt, den Hahnenschrei im Ohr,
beginnt der Hennen froher Chor,

die bald mit lauten, bald mit leisen
Gesängen ihren Schöpfer preisen.

Den Wunsch, die Hühner zu beschämen,
darf man der Gans nicht übelnehmen.

Doch kann der Dichter zwischen beiden
sich nicht so mühelos entscheiden.

Mit dem Problem zu Rand zu kommen,
wird ihm vom Truthahn abgenommen,

der alle beide überstimmt –
was endlich doch die Kuh ergrimmt:

sie deckt mit langgezognem Muh
Hahn, Henne, Gans und Truthahn zu.

Der Dichter lauscht und dankt dem Herrn;
er hat's – wie alle Dichter – gern,

von Stadt und Staub erlöst, zuzeiten
bukolisch in den Schlaf zu gleiten.

Jetzt schickt er himmelwärts die Bitte,
daß er auch langsam wirklich glitte,

gemächlich auf des Sandmanns Karr'n...
Jetzt, denkt er, schlaf ich ein... Ja, Schmarr'n.

Die Sehnsucht nach gedämpftem Lauschen
ließ ihn die Lage mehrmals tauschen,

doch dringt von links und dringt von rechts
Gezirp genau so wie Gekrächz.

Vielstimmig mengen sich darein
der Vöglein trillernde Schalmein.

Die liebe Sonne ihrerseits
verleiht dem Bild erhöhten Reiz.

Wie lieblich leuchtet die Natur.
Der Zeiger rückt auf sieben Uhr.

Nun klingt volltönend wie noch nie
die pastorale Symphonie.

Es grunzt das Schwein, es blökt das Schaf,
der Dichter findet keinen Schlaf.

Die Vöglein jubeln um die Wette,
der Dichter wälzt sich wüst im Bette.

Ganz offenbar hat der Kapaun
zur eignen Stimme kein Vertraun.

Er äußert seine hohle Klage
beharrlich in der Mittellage.

Ein Vogel auf dem Fensterbrett
bemüht sich um ein hohes Zet,

und kein Herr Heinrich, der ihm wehrt,
steht weit und breit am Vogelherd.

Hingegen wird zuguterletzt
der wackre Hofhund freigesetzt.

Er fegt mit fröhlichem Gebelle
um, durch und in die Hühnerställe

und mahnt ein etwa letztes Huhn,
laut gackernd seine Pflicht zu tun.

Die Sonne lacht. Es ist halb acht.
Die ganze Farm ist aufgewacht.
Jetzt kann ich schlafen. Gute Nacht.

Wer interviewt wen?

Der Publizist im Gespräch mit dem Romanschriftsteller (1965)

Kennen Sie die Geschichte von den zwei Psychoanalytikern?

Ja. Erzählen Sie.

»Wie geht's?« fragt der erste. – »So gut wie noch nie«, antwortet der zweite. »Ich habe jetzt einen ganz ungewöhnlichen Fall. Einen Schizophrenen.« – »Aber das ist doch nichts Ungewöhnliches!« – »Doch. Beide zahlen.«

Und warum erzählen Sie mir das? Müssen Sie bei jeder Gelegenheit Witze erzählen?

Ich erzähle keine Witze, sondern Gleichnisse, und nicht bei jeder Gelegenheit, sondern nur bei der passenden. Ich erzähle die »dazugehörige Geschichte«. Das ist leider alles, was mir von der talmudischen Gelehrsamkeit meiner Vorfahren übriggeblieben ist: einen gegebenen Tatbestand gleichnishaft zu veranschaulichen.

Was wäre denn der hier gegebene Tatbestand? Daß Sie schizophren sind?

Richtig.

Und beide zahlen?

Wir zahlen bis zum Weißbluten. Eine Doppelexistenz wie die unsre will gebüßt sein. Für ein Selbstinterview ist sie allerdings ganz nützlich.

Also fangen wir an. Wer interviewt wen?

Vielleicht machen wir's am besten so, daß der Herausgeber des »FORVM«, der Kritiker, der Mitarbeiter politischer und kultureller Zeitschriften und, kurzum, der Publizist den Romanschriftsteller interviewt.

»Kurzum« ist gut. Warum sagen Sie nicht einfach: der Journalist den Dichter?

Weil beide Bezeichnungen einen wertenden Beigeschmack haben, der mir nicht schmeckt. In unseren Gegenden assoziiert man zum Journalisten eine reporterhafte Beschränkung aufs Tagesgeschehen und zum Dichter eine elfenbeinerne Distanz davon. Weder das eine noch das andre ist mein Fall.

Würden Sie sagen, daß Sie sich auf dichterische Weise mit dem Tagesgeschehen beschäftigen?

Wenn ich »Tagesgeschehen« durch »Zeitgeschehen« ersetzen darf und wenn Sie mir versprechen, aus »dichterisch« keine Wertung herauszuhören, dann würde ich es sagen. Zumindest habe ich mich in meinen letzten Romanen darum bemüht.

Nur in den letzten? Nicht von Anfang an? Eigentlich war doch schon der »Schüler Gerber«, den Sie als Zwanzigjähriger geschrieben haben, an die Schulproblematik jener Zeit gebunden, und »Die Mannschaft« an die damaligen Erscheinungsformen des Zeitphänomens »Sport«, und –

Keine Schleichwerbung, bitte. Außerdem war das eine andre Art von Zeitgebundenheit. Das sehen Sie ja schon daran, daß der »Schüler Gerber« noch heute, 35 Jahre nach seinem ersten Erscheinen, als Taschenbuch gelesen wird, obwohl –

Wer betreibt hier Schleichwerbung?

– obwohl die damalige Schulproblematik längst nicht mehr besteht.

Das würde bestenfalls heißen, daß Sie mit Ihrem Erstlingsroman etwas erwischt haben, was über seinen zeitgebundenen Anlaß hinaus gültig bleibt.

Wenn Sie es so schmeichelhaft ausdrücken wollen ...

Es ist gar nicht so schmeichelhaft, wie Sie glauben. Denn es hieße ja auch, daß Ihnen mit Ihren späteren Romanen nichts dergleichen geglückt ist.

Jetzt könnte ich auf »Mein ist die Rache« und auf »Hier bin ich, mein Vater« hinweisen und –

Tun Sie's nicht. Erklären Sie mir lieber, was Sie unter der »andern Art von Zeitgebundenheit« verstehen.

Sie war sozusagen fiktiv. Den damaligen Zeitproblemen konnte man noch mit den Mitteln der Fiktion, der Erfindung, der Phantasie beikommen.

Den heutigen nicht mehr?

So will es mir scheinen. Vielleicht liegt das auch daran, daß ich damals jünger war. Und daß die Fragen, die sich mir und meiner Generation damals stellten, keinen so grauenhaften Tatbeständen entsprangen. Es ist seither zu viel geschehen. Es ist so Unvorstellbares Wirklichkeit geworden, daß die Vorstellungskraft – der Nährboden aller kreativen Kunst – zur Bewältigung solcher Wirklichkeit nicht mehr fruchtet. Über die Dinge, mit denen wir uns heute auseinanderzusetzen haben, kann man keine Romane mehr schreiben. Entweder wird es ein schlechter Roman, oder eine schlechte Auseinandersetzung, oder beides. Davor habe ich Angst. Das ist der Zwiespalt, der mir in immer stärkerem Maß bewußt wurde und aus dem ich die Konsequenzen zog.

Wissen Sie zufällig, wann diese Bewußtseinsspaltung eingesetzt hat?

Vor etwa 15 Jahren, nach dem Erscheinen der »Zweiten Begegnung« und nach meiner Rückkehr aus der Emigration.

Die »Zweite Begegnung« war der letzte Roman, den Sie geschrieben haben?

Ja.

Ein schlechter Roman?

Wahrscheinlich. Aber wenigstens eine gute Auseinanderset-

zung. Nur daß sie eben besser mit publizistischen Mitteln durchzuführen war als mit belletristischen. Und diese publizistischen Mittel standen mir in Europa wieder zur Verfügung. Drüben in Amerika hatte ich sie entbehren müssen. Hier, im deutschen Sprachraum, gab es für mich wieder Zeitungen und Zeitschriften, Rundfunk und Fernsehen, Vortragssäle und öffentliche Diskussion. Hier konnte ich direkte Wirkung ausüben oder durfte mir einbilden, daß ich das könnte. Und als ich 1953 mit der Gründung und Herausgabe des »FORVM« betraut wurde, war die Entscheidung zugunsten der Publizistik und gegen die schöne Literatur gefallen.

Und Ihre Einbildung, daß Sie mit publizistischen Mitteln direkte Wirkung ausüben könnten, hat sich bestätigt?

Zumindest teilweise. Zumindest im Sinn jenes Lichtenberg-Zitats, das dem »FORVM« gewissermaßen als Motto vorstand: »Daß man seine Gegner mit gedruckten Argumenten überzeugen kann, habe ich schon seit dem Jahre 1764 nicht mehr geglaubt; ich habe auch deswegen die Feder gar nicht angesetzt, sondern bloß, um jene zu ärgern und denen von unserer Seite Mut und Stärke zu geben.« Zumindest steht fest, daß jene sich ärgern.

Wer sind »jene«? Wer ärgert sich?

Ich könnte sie alle aufzählen. Aber die »Welt der Literatur« leidet unter Platzmangel.

Und wie verhält sich's mit denen von unserer Seite? Mit dem Mut und mit der Stärke?

Auch dafür habe ich Anhaltspunkte.

Dann ist ja alles in Ordnung. Sie geben eine Zeitschrift heraus, die ihren Auftrag erfüllt, mit der Sie Wirkung ausüben und die sich in den 12 Jahren ihres Bestehens einen Rang zu erwerben vermochte, der sie bereits aus zwei Existenzkrisen gerettet hat. Was wollen Sie noch? Woher die Schizophrenie?

Wenn es mein Lebensziel gewesen wäre, eine Zeitschrift herauszugeben, die man für wichtig genug hält, um sie nicht mehr eingehen zu lassen, dann dürfte ich mir jetzt tatsächlich mit einem befriedigten »Es ist erreicht!« den Schnurrbart zwirbeln.

Sie haben doch gar keinen Schnurrbart?

Eben. Es war ja auch nie mein Lebensziel, eine Zeitschrift herauszugeben und mich zugunsten der Publizistik gegen die Literatur zu entscheiden. Daher die Schizophrenie. Ich bilde mir ein, daß ich wieder Romane schreiben muß und daß ich damit, wenn auch auf anderen Wegen, den gleichen Auftrag erfüllen kann, den ich als wichtig erkannt habe und den ich für den meinen halte. Ich bilde mir ein, daß ich ihn jetzt schon lange genug mit publizistischen Mitteln zu erfüllen versucht habe. Und da sie nicht meine einzigen Mittel sind, möchte ich jetzt wieder von den anderen Gebrauch machen. Ich möchte nicht mehr als Herausgeber einer Zeitschrift an monatliche Erscheinungstermine gebunden sein, nicht mehr als Theaterkritiker an Premierentermine, nicht mehr als Autor von Rundfunksendungen an Ablieferungstermine. Ich möchte überhaupt nicht mehr gebunden sein, sondern wieder das, was man einen freien Schriftsteller nennt. Ich möchte dem todesmutigen Verlag Langen-Müller, der sich einer Gesamtausgabe meiner Werke unterzieht, sein Wagnis nicht nur mit Sammelbänden schon bestehender publizistischer Arbeiten lohnen (wie zuletzt mit den »Pamphleten, Parodien, Post-Scripta«) und nicht nur mit Neuauflagen schon bestehender Romane, sondern mit neuen Romanen; vor allem mit dem einen, den ich schreiben will, seit ich schreiben kann: die Geschichte des jüdischen Minnesängers Süßkind von Trimberg.

Aber Sie sagten doch selbst, daß man heutzutage mit Romanen –

Das war der andre. Bin ich schizophren oder nicht?

Wenn ich Sie richtig verstehe, sind Sie es zwar, wollen es aber nicht bleiben.

Sie verstehen mich richtig.

Und ist Ihnen klar, daß es sich da um eine Alternativfrage handelt?

Ja.

Wie werden Sie sich entscheiden?

Das wissen Sie genau so gut wie ich.

Halten Sie die Übersetzungskunst für eine Sache der Intelligenz?

Der Romanschriftsteller im Gespräch mit dem Übersetzer (1969)

Sie stören mich schon wieder in der Arbeit an meinem Roman. Hören Sie doch endlich auf damit!

Hören Sie endlich auf, sich stören zu lassen! Warum übersetzen Sie denn, wenn es Sie stört?

Weil es mir trotzdem Freude macht.

Na also. Das dachte ich mir.

Sie sind ein hochintelligenter Mensch.

Sonst könnte ich ja nicht übersetzen.

Halten Sie die Übersetzungskunst für eine Sache der Intelligenz?

Auch. Sozusagen vorher. Man muß sich vorher klar darüber werden, ob man nicht nur Lust hat, den betreffenden Autor zu übersetzen, sondern auch die nötige Fähigkeit.

Die hängt doch wohl von der Beherrschung der betreffenden Fremdsprache ab?

In mindestens gleichem Maß von der Beherrschung der eigenen – und beides genügt nicht. Es gehört noch eine Art Wesensverwandtschaft mit dem Autor dazu, mit seinen Themen, mit seinen Problemen, mit seiner Haltung, mit dem, was er zu sagen hat.

Und welche dieser Merkmale verbinden Sie mit Kishon?

Leider alle. Deshalb macht es mir ja soviel Freude, ihn zu übersetzen. Wenn ich ein israelischer Satiriker wäre, würde ich genau das schreiben, was Kishon schreibt. Nur besser.

Und ich bemühe mich, ihn so ins Deutsche zu übersetzen, wie er meiner Meinung nach schreiben würde (oder müßte), wenn er deutsch schriebe.

Sie übersetzen ihn aus dem Original?

Ich wollte, ich könnt's. Aber dazu reicht mein Iwrith nicht aus. Ich übersetze ihn aus englischen Übersetzungen, die sich zum Teil noch im Rohzustand befinden. Das gibt mir auch größere Freiheit. Wenn mir etwas nicht gefällt, schiebe ich's auf den Übersetzer und versuch's in der deutschen Fassung besser zu machen. Kishon ist manchmal sehr überrascht, wenn er liest, was er geschrieben hat.

Freudig überrascht?

Darüber äußert er sich in gewähltem Hebräisch, und das verstehe ich nicht. Ich nehme an, daß er sich daran gewöhnt hat. Und außerdem passiert's ja gar nicht so oft. In der Regel ist das, was an Kishon gut ist, von Kishon. Und es scheint sehr vieles an ihm gut zu sein. Der Erfolg spricht jedenfalls dafür.

Und der freut Sie natürlich.

Allerdings.

Auch der Erfolg Ihrer Vorlesungen freut Sie.

Allerdings.

Und der Erfolg der Langspielplatten, die Sie mit Hannelore Schroth und mit Paula Wessely gemacht haben.

Allerdings.

Warum sind Sie so kurz angebunden?

Weil es höchste Zeit ist, daß ich mich wieder in Sie verwandle und an meinem Süßkind-Roman weiterarbeite.

»Arbeitsjournal« zum Süßkind-Roman

Anfang Juli 1966

Merkwürdiges »technisches« Erlebnis. Ich nehme die Arbeit an der »Theaterkolleg«-Sendung fürs Bayerische Fernsehen wieder auf und muß, da die Schreibmaschine beim Richten ist, mit der Hand schreiben – was aus vielen fast schon tabuisierten Gründen der »wirklichen« Arbeit (dem sogenannten »Dichten«) vorbehalten ist und was ich schon seit vielen Jahren nicht mehr getan habe. Ich beginne also mit einem Zweierbleistift auf Fahnenpapier zu schreiben, wechsle nach wenigen Zeilen zum gewohnten (d. h. ungewohnten) Einserbleistift: und verspüre plötzlich eine vehemente Lust, wieder zu »dichten«, ja ich kann's mir sogar *vorstellen*, mit einer geradezu kindischen Deutlichkeit, und freue mich darauf.

Die Fernseh-Arbeit wäre mir auch mit der Schreibmaschine *nur* lästig, und die Verpflichtung, sie jetzt endlich fertigstellen zu müssen, bedrückt mich schon die ganze Zeit. Aber die »Gegen-Vorstellung« dazu bestand immer nur im Ruhe haben, alte Papiere ordnen, vielleicht ein bißchen durch die Gegend fahren. Niemals im »Dichten«. Das kam erst mit dem Einserbleistift. Bless him.

Mitte Juli

Zweiter Bleistiftversuch, diesmal bereits vorsätzlich, also sinnlos.

Ebenso sinnlos scheint der Versuch zu sein, mir mit halbwegs kontinuierlichen »Tagebuch«-Eintragungen weiterzuhelfen. Er ist ja auch in früheren Jahren schon wiederholt gescheitert, das erste Mal noch in der Mittelschule. (An einige Notizen von damals kann ich mich allerdings bis heute erinnern, ebenso wie an einige Gedichte aus der Volksschul- und Kriegszeit, 1915–18, größtenteils patriotischen Inhalts; die Notizen möchte ich bei Gelegenheit protokollieren, die Gedichte nicht.)

Zum Tagebuchführen muß man offenbar geboren oder doch veranlagt sein. Ich bin es nicht. Ich bin ein Briefschreiber.

Was vielleicht ganz lohnend wäre: das Tagebuch eines nicht geführten Tagebuchs zu führen. Also wenn *das* kein »nouveau roman« wäre. (Mit Gides »Journal des faux-monnayeurs« hätte es *nichts* zu tun.)

Der Wunschtraum von der Privatsekretärin kreist neuerdings immer häufiger um die Vorstellung, daß jemand da wäre, dem ich all dies und dergleichen *diktieren* könnte, on the spur of the moment. Denn sowie ich zu *schreiben* anfange, setzt die Berufstätigkeit und die Berufs*eitelkeit* ein, der Perfektionismus, die déformation professionelle.

Schreckensbild: ich lande *doch* noch beim Diktaphon.

Erste Augusthälfte

Höchst merkwürdiger und ungewohnter Zustand: ich stehe unter keinem Termindruck. Das ist mir schon seit vielen Jahren – eigentlich seit meiner Rückkehr nach Europa – nicht mehr passiert. Der Reiz dieser Neuheit wird allerdings dadurch beeinträchtigt, daß ich ihn kommen sah. Es wird auch nicht mehr lange dauern, bis ich wieder etwas Dringendes zu tun habe. Und leider weiß ich auch das im voraus. Immerhin kann ich jetzt ein paar Tage lang ohne schlechtes Gewissen schlafen gehen.

Zweierlei habe ich in den nunmehr 40 Jahren meiner Schreibertätigkeit noch nicht gelernt (und werde es nicht mehr lernen): die *Dauer* einer Arbeit richtig einzuschätzen – gleichgültig, ob es sich um Stunden, Tage oder Wochen handelt –, und ohne Termindruck mit ihr fertig zu werden. Ich erinnere mich an meine hochmütig-kokette Antwort auf diesbezügliche Erkundigungen zur Zeit meiner ersten Romane: »Das Buch ist schon fertig, ich muß es nur noch schreiben.« Dieses »nur noch« hat dann meistens 1–2 Jahre gedauert.

Während der letzten Spaziergänge zunehmende Beschäftigung mit der – schon in Amerika geplanten – »Golem«-Novelle (angereizt durch Reich-Ranickis Einladung zu einer Anthologie). Ich habe sogar das Gefühl, daß die Sache Gestalt annimmt. Wenn nicht *bald* etwas dazwischen kommt: meiner Seel, ich bin imstand und fang an.

Unüberwindliche Abneigung, irgendwelche Entwurfs-Notizen hier niederzulegen. Das wäre bereits Sache des Bleistifts.

Anfang 1967

Ertappe mich beim Versuch, über meine Ausgaben Buch zu führen. Weiß, daß er abortiv enden wird. Frage mich, woher ich das weiß. Weiß auch *das*.

Weder »Golem«-Novelle noch »Süßkind« haben in der Zwischenzeit irgendwelche Fortschritte gemacht. In Reich-

Ranickis Anthologie kommt eine verkürzte »Urfassung« von »Mein ist die Rache« (unter dem Titel »Der 94. Psalm«), da er nur zwischen 1933 und 1945 Entstandenes aufnehmen kann. Schade. Ich hätte mich sonst wirklich zur »Golem«-Novelle aufgerafft.

Also *wieder* nicht zum »Süßkind«?

Keine Vulgärpsychologie der Welt ließe sich jetzt noch ausreden, daß ich den S. eigentlich gar nicht schreiben will, daß ich mir künstliche Hindernisse schaffe, daß ich Angst vor dem Versagen habe, daß ich nur deshalb an dem Plan festhalte (oder festzuhalten vorgebe), weil ich jetzt schon so lange davon gesprochen und so viele Vorbereitungen getroffen habe – und was an Klischees sonst noch auf der Hand liegt.

Die Wahrheit ist, daß mir irgendjemand oder irgendetwas einen Tritt geben müßte, damit ich gegen die Tür fliege, die von selbst nicht aufgehen will (und warum sollte sie).

Das heißt, daß ich – in nahezu buchstäblichem Sinn – einen »Anstoß« brauche.

Und da ich ihn von niemandem bekomme...

Ende März 67

Ich fürchte, jetzt wird es ernst. Alle noch fälligen Verpflichtungen eingelöst, Aufsatz für den »Monat« (über den politischen Witz) abgeschickt, ebenso Buchbesprechung für die »Süddeutsche« (über Kurt Wolffs Briefwechsel), seit Jahren vorbereitetes Bindungs-Attentat der »Welt« *noch* einmal abgewehrt, d. h. für die Mindestdauer bis zum Frühjahr 68 auf Distanz gehalten und eindeutig klargestellt, daß der Roman Vorrang hat. Und jetzt müßte er ihn auch wirklich haben. Jetzt müßte ich wirklich mit der Arbeit beginnen.

Wie macht man das, bitte? Wie beginnt man mit der Arbeit an einem Roman? Erstes Kapitel, erster Satz? Ich kann mich nicht erinnern, daß ich jemals so begonnen hätte. Allerdings kann ich mich auch an keinen Roman erinnern, den ich so lange mit mir herumgetragen hätte, so lange hätte schreiben wollen und nicht geschrieben habe, der über so viele Jahre mit so vielem Dran-Denken vorbelastet wäre, für den es – ja, auch das – so viele Notizen und Ansätze gäbe. Früher, als ich noch hauptberuflich Romanschriftsteller war, gab es nichts dergleichen. Wenn ich damals eine Notiz machte oder eine Szene entwarf, *hatte* ich bereits mit der Arbeit begonnen – gleichgültig, wann ich zur Verwertung der betreffenden Notiz oder zur Ausarbeitung der betreffenden Szene kommen würde. Das heißt, daß die Arbeit als solche noch nicht kontinuierlich sein mußte, wohl aber war es die *Beschäftigung* mit ihr. Das heißt, daß ich mich – wenn's einmal so weit war – mit nichts mehr andrem beschäftigte als mit dem in Arbeit befindlichen Roman. Und so weit ist es jetzt bei mir noch lange nicht. Von solcher Ausschließlichkeit der Beschäftigung kann noch keine Rede sein.

Das Problem besteht offenbar darin, ob sich aus dem tatsächlichen Vorhandensein von Notizen und Entwürfen die Illusion ableiten läßt, daß ich mit der Arbeit tatsächlich schon begonnen hätte, ob also die *Vor*-Arbeit eine brauchbare Basis für den Start zur *systematischen* Arbeit abgibt – die dann sogar mit einem ersten Satz eines ersten Kapitels einsetzen könnte. Ein erstes Kapitel schwebt mir ja schon seit Jahren vor: das brennende Elternhaus Süßkinds, vom Kreuzfahrerpöbel angezündet, die Eltern kommen in den Flammen um, Süßkind – der um diese Zeit etwa 15 oder 16 Jahre alt sein müßte – überlebt und läßt aus den rauchenden Trümmern die Rückblende seiner Kindheit aufsteigen.

Das könnte ich sofort zu schreiben beginnen, jetzt, in diesem Augenblick. Aber da ich um das Eingeständnis wenigstens *einer* Angst nicht herumkomme: ich habe Angst, daß dieser Impetus nicht ausreicht, ich habe Angst vor einer allzu frühen Unterbrechung, ich möchte erst anfangen, wenn ich das Gefühl habe, wenigstens zwei-drei Wochen lang in Schwung bleiben zu können.

Ich werde mir jetzt einmal die Notizen anschauen und dann die Süßkind-Monographie von Kastein lesen (die ich nicht kenne, so wenig wie irgendeine andre Sekundär-Literatur).

Möge es zum Guten sein. (Dies wiederum schwebt mir seit jeher als *letzter* Satz des Buches vor.)

10. April

Erste (aufgenötigte) Pause nach ungefähr einer Woche kontinuierlicher Arbeit, wobei die Kontinuität zwei- oder dreimal nur pro forma und nur durch wenige Zeilen aufrecht erhalten wurde. Immerhin: etwa 12 Ms-Seiten, die als Anfang durchaus haltbar wären. Brennendes Haus und Beginn der Rückblende. Gegen jegliches Brauchtum in die Maschine geschrieben, nur um mich (und P.) durch Lektüre zu vergewissern, daß es tatsächlich »etwas ist«. Es ist tatsächlich etwas.

Über Erwarten: Freude und verhältnismäßige Leichtigkeit. Sozusagen: dichten kann ich noch. Möglicherweise sogar besser als zuvor. Fähigkeit (oder Mut) zum Weglassen, zur Verknappung. Stilistisches Risiko. Hier noch durch die Hektik der Brand-Szenerie verfechtbar. Aber ist da nicht ein Ton angeschlagen, der nicht der meine ist?

Unter Erwarten: die Schwierigkeit des »historisierenden« Stils, d. h. ich hatte mir das nicht so schwer vorgestellt. Wie soll das werden? Angst vor dem direkten Dialog.

*Un*erwartet: die beinahe ständigen Zweifel an der historischen Korrektheit. Müßte eigentlich in jeder dritten Zeile jemanden fragen, ob das »stimmt«.

Trotz allem ein durchaus positives Gefühl und *richtiger* Ärger über die Unterbrechung.

Juli 1969

Seit ungefähr 14 Tagen kontinuierliche Arbeit am »Süßkind«, eigentlich zum erstenmal mit dem Gefühl des »richtigen« Arbeitens, d. h. daß ich mich zur Kontinuität nicht zwinge und nicht aus Alibi-Gründen jede Nacht arbeite, sondern weil ich sonst nicht schlafengehen könnte.

Sehr verlockt zur pathetischen Formulierung: Ich arbeite, weil ich *muß*.

Das Ganze ursprünglich eine Trotz-Reaktion auf die allseits – auch mir gegenüber – großmächtig angekündigte und dann doch nicht zustandegekommene Arbeitsklausur in Alt-Aussee, womit auch alle übrigen Vorkehrungen (kein Salzburg, keine »Welt«-Verpflichtungen bis Herbst, etc.) sich als sinnlos erwiesen, und das war ärgerlich. Umschwung und Anstoß erfolgten bemerkenswerter Weise nach einem Gespräch mit L.: »Du hast doch noch gar nicht probiert, ob's nicht auch *so* geht?« Hab ich also probiert – und es geht. Sogar ohne Kundendienst. Sogar trotz massiver Ablenkung durch TV-Drehbuch für »Vater«.*

Intensität läßt allerdings noch sehr zu wünschen übrig und ist vom angestrebten, offenbar *doch* nur in Klausur erreichbaren Ausmaß noch sehr weit entfernt: bestenfalls 4–5 Nachtstunden, bestenfalls 6–7 Doppelseiten.

Bisheriges Ergebnis insgesamt 35 Seiten, in unmittelbarem Anschluß an die vor mehr als zwei Jahren geschriebene Brand-Szene, weitergeschrieben und fortgesetzt, also auch Kontinuität des Handlungsablaufs. Rückblenden in die

---

* Anm. d. Hrsg.: »Hier bin ich, mein Vater«

Kindheit, die wieder zum abgebrannten Haus und zur Bergung Süßkinds zurückführen. Das heißt, daß die Exposition jetzt sozusagen fertig ist, und daß jetzt die eigentliche »Handlung« beginnen müßte.

Infolgedessen die erste Stockung (und infolgedessen diese Eintragung).

S. ist jetzt 13½ Jahre alt und ich habe absolut keine Vorstellung, was er in den nächsten 3–4 Jahren machen soll. Wäre es ein historischer Roman, dann könnte man sich jetzt mit einer Masche behelfen à la: »Über die nun folgenden Jahre ist uns nichts berichtet...« Es ist aber *kein* historischer Roman und es ist uns sowieso nichts berichtet.

Das nächste, was ich mir vorstellen kann, ist erst wieder die Liebesszene mit der Steinmetz-Tochter. Und dann muß sehr bald das erste Gedicht kommen. Aber was passiert bis dahin?

Zum Bisherigen:

Das Schreiben macht Freude, manchmal sogar große, manches »Angelesene« (sehr wenig) fügt sich organisch ein und »gibt was her«, manches »Historische« (noch weniger) erweist sich als haltbar, z. B. lasse ich ihn aus purer Datumspielerei im Jahre 1269 Bar-Mizwah werden – und richtig hat's im Jahre 1270 den benötigten Kreuzzug gegeben. Trotzdem liegen hier die schwersten Bedenken. Eigentlich müßte das bisher Geschriebene (und *alles* noch zu Schreibende) sowohl von einem Judaisten wie von einem Mittelalter-Experten nachgeprüft werden. Das ist einer der Gründe, warum ich das Bisherige (und alles Künftige) in die Maschine schreiben lasse. Es liegt dann sozusagen eine zweite Erstschrift vor, die ich erst nach fachmännischer Durchsicht nochmals überarbeite. So etwas wäre mir früher nie eingefallen und ich fühle mich auch gar nicht wohl dabei. Der Gültigkeitsanspruch eines Typoskripts ist, ob man's will oder nicht, größer als der einer Handschrift, und man muß sich dann sehr vor der Lockung in acht nehmen, das einmal Geschriebene stehen zu lassen, weil's eben schon »dasteht«. Es ist ja doch nur »drauflosgeschrieben«, und was dem »Golem« und der »Kafka«-Geschichte* recht war, muß einem Roman – gar einem pseudohistorischen, der voller Fußangeln steckt – noch lange nicht billig sein.

Aber die guten Erfahrungen mit den beiden Novellen fallen doch sehr ermutigend ins Gewicht. Außerdem scheint sich's jetzt doch bezahlt zu machen, daß ich diesen Roman schon so lange mit mir herumtrage, viel länger als irgendeinen je zuvor.

Ich kann mir sogar vorstellen, wie das wäre, wenn er eines Tags wirklich fertig ist.

Mitte August

In der Nacht auf heute das 100. Manuskriptblatt paginiert. Das ergäbe in der Maschin-Rohschrift (zweite Tranche wird bereits getippt) etwa 70–80 Seiten, oder 50 in einem »echten« Typoskript, also vielleicht ein Achtel des Gesamtumfangs. Keine Ahnung, ob das viel oder wenig ist. Keine Ahnung, ob ich bei gleichbleibendem Arbeitstempo wirklich noch 8 Monate pausenlos weiterzuschreiben habe. Aber selbst das wäre erträglich und schreckt mich nicht. Überhaupt ist die Zeitpanik fast völlig gewichen. Fast: denn manchmal kommt es mir noch immer unwahrscheinlich und undurchführbar vor, daß ich mit diesem Roman – der doch das sozusagen Lebenswerk sozusagen krönen soll – in einem knappen Jahr fertigwerden könnte. Anderseits scheint es sich zu bewahrheiten, daß die vielen Jahre der Beschäftigung mit dem Thema jetzt wirklich »zum Tragen kommen«. Hier ist die bundes-

---

* Anm. d. Hrsg.: »Golems Wiederkehr« und »Der Mann, der nie über Kafka schrieb«, in: F. T. »Golems Wiederkehr und andere Erzählungen«, 1968.

deutsche Phrase einmal am Platz. Es »trägt« wirklich. Ich komme immer wieder auf lang zurückliegende Notizen zurück, *ohne* daß ich sie vorher zu Rat gezogen hätte. Das heißt: bei einem gelegentlichen Durchstöbern der Schmierzettel stellt sich heraus, daß ich das, was ich soeben geschrieben habe, *ohnehin* hatte schreiben wollen. Auch daß ich tatsächlich *jede* Nacht arbeite und anders gar nicht mehr schlafen gehen kann, läßt optimistische Schlüsse zu.

Anlässe zu Pessimismus und Mißtrauen:

1. Nach wie vor *keine* Steigerung der Arbeits-Intensität. Nach wie vor maximal 4–5 Stunden pro Nacht mit maximal ebensovielen Seiten. Ich habe »Lust« zum Schreiben, aber keine unstillbare. Weit entfernt von jenem (mir noch dumpf erinnerlichen) Stadium der »Besessenheit«, in dem ich dann überhaupt nichts andres mehr tun und denken kann, in dem überhaupt nichts andres mehr *existiert* als der Roman. Dabei wäre die rein »technische« Möglichkeit gerade jetzt gegeben. Auf die 10–12 Stunden kontinuierlicher Arbeit von dermaleinst mache ich mir erst gar keine Hoffnung. »Der Beleuchter ist älter geworden, Marlene«,* und schließlich liegt der letzte Roman schon 20 Jahre zurück. Aber 6–8 Stunden, wenn's sein muß in zwei Tranchen, müßte ich herauskriegen, um das Gefühl zu haben, daß es wirklich »läuft«.

2. Was ich bisher geschrieben habe, ist genau besehn, noch immer Exposition. Von Süßkinds eigentlichem Schicksal, von der Tragödie des in deutscher Sprache dichtenden Juden, ist noch keine Spur. Und *diese* Tragödie wollte ich doch schreiben.

3. Aus der Verlegenheit und Hemmung, den eigentlichen

---

* Anm. d. Hrsg.: Antwort eines Freundes von Marlene Dietrich auf deren Klage in einem Hollywooder Filmstudio: ich sehe jetzt viel schlechter aus als vor wenigen Jahren, obwohl ich doch immer noch denselben Beleuchter habe.

»Stoff« anzupacken, kommen die allzu einläßlichen Gespräche mit dem jungen Burgherrn. Daß sie »an sich« nicht schlecht sind, ist eher eine Gefahr als eine Beruhigung. Um so viel schwerer werde ich mich dann entschließen, sie wegzuwerfen. Aber vielleicht stellt sich noch heraus, daß sie Späteres vorbauen, daß etwas *aus* ihnen *wird*, daß sie brauchbar sind. Was allerdings nicht genügt. Sie müßten unentbehrlich sein.

4. Ich habe noch immer nicht den richtigen »Stil« gefunden. Manchmal wird's holzschnitthaft und manchmal farblos. Die ideale Lösung wäre ein historisierender Chronikstil im Bericht und knappe Modernität in den Dialogen.

Immerhin: es ist bis jetzt noch nichts geschehen, was mich »zweifeln« ließe, und es könnte sein, daß diese Zweifel bereits in der Vorbereitungszeit lagen, daß zumindest die Ver-Zweiflung mir durch den qualvoll langatmigen Anlauf und durch die Schwierigkeiten des Absprungs erspart bleibt.

Ende August

Etwa 150 doppelseitig beschriebene Ms-Blätter, das sind etwa 100 maschingeschriebene und, wenn's gut geht, ebensoviele Druckseiten oder maximal ein Viertel des Romans. Rein umfangmäßig würde das vielleicht genügen, in der Substanz genügt es *nicht*. Immer noch Exposition, immer noch ohne Struktur-Absicherung drauflosgeschrieben. Als ob sich der »Golem«-Glücksfall in einem so viel größeren Rahmen wiederholen könnte.

Selbst innerhalb dieser 150 Seiten sehr beunruhigende Gewichtsverlagerungen. Süßkinds »Abschiedsgespräche« (mit Konradin und Meister Balthasar) und sein »Begegnungs«-Dialog mit Hartmann *viel* zu ausführlich. Um solche bis ins Detail ausziselierte Dialoge zu rechtfertigen, müßte ich sie in eine viel breitere und buntere »Tapisserie« einweben. Das kommt davon, daß ich Dialoge sowieso »kann«, daß mir aber für die Ausbreitung des »historischen Kolossalgemäldes« beinahe alles fehlt (nicht nur die Kenntnisse – auch die Lust, sie zu »verarbeiten«). Selbst wenn ich mir P.'s Zuspruch zu eigen mache, daß in diesem Roman nichts vorzukommen braucht, was auch in jedem Bildungsroman für die reifere Jugend stehen könnte – also keine historischen Schilderungen um ihrer selbst willen –: selbst dann ist das Mißverhältnis zwischen Dialog und Unterlage zu groß. Einziger Trost: daß wenigstens die Dialoge *als solche* stimmen. Hier glaube ich auch schon den richtigen »Stil« gefunden zu haben, d. h. einen haltbaren Mittelweg zwischen billig historisierenden Mätzchen und einer noch billigeren »Modernität« à la Feuchtwanger (»Wann erscheint Ihr nächstes Buch, Herr Doktor Josef?«). Sicherlich haben die Leute damals nicht so gesprochen, wie ich sie sprechen lasse, aber es ist vorstellbar, daß sie so gesprochen hätten, es wirkt – so hoffe ich – »natürlich«.

Die Zäsur, die jetzt erreicht ist (durch die Begegnung Süßkind – Hartmann), hat mich erstmals an eine »Einteilung« des Romans in 3 oder 4 »Bücher« denken lassen, die sinngemäß (nicht wirklich) »Anlauf – Aufstieg – Höhepunkt – Abstieg« heißen könnten. Als »Anlauf« ist das bisher Geschriebene gut genug. Aber als Fundament?

Der »Aufstieg« müßte durch Süßkinds erstes Auftreten als fahrender Sänger markiert sein, der »Höhepunkt« durch seine politischen Lieder, der »Abstieg« durch die Szene, in der sich ein jüdischer Spaßmacher über ihn lustig macht.

Überhaupt »Szenen«. Ich kann mir nicht vorstellen, daß ich *ganz* ohne »Gobelins« auskomme – ein Turnier, die Belagerung einer Burg, etc., also Szenen, die *in sich* spannend sein müßten, wenn schon der Roman keine eigentliche Spannung hat (was ja bei einem »Entwicklungsroman« entschuldbar wäre).

Mitte September

Sozusagen Krise. »Sozusagen«: weil es ja an sich durchaus zulässig und »normal« wäre, nach mehr als zwei Monaten ununterbrochener, intensiver Arbeit einmal ein paar Tage lang nicht weiter zu kommen. Das wäre aber – so scheint mir – nur dann »normal« (also nicht beunruhigend), wenn ich annähernd genau wüßte, *was* jetzt getan werden soll, und bloß keine Lust hätte, es zu tun, oder beim *Wie* auf Schwierigkeiten stieße, oder keinen Übergang fände, oder dergleichen. Wenn also die Krise an *mir* läge. Leider habe ich Grund zu der Annahme, daß sie *am Stoff* liegt, daß es eine *organische* Krise ist. Manchmal weiß ich nicht mehr, *was* ich da eigentlich schreiben will, genauer: ob ich für das, was ich schreiben will, nämlich den tragischen Dualismus des »deutschen Juden«, überhaupt den richtigen Stoff in der Hand habe (geschweige denn im Griff). Die heutige Tragik dieses Dualismus – die übrigens nie die meine war, schon *vor* Hitler nicht – läßt sich nämlich nicht einfach ins 13. Jahrhundert übertragen, schon weil damals ganz andere (oder auch gar keine) Begriffe von »Volk«, »Nation«, »Zugehörigkeit« etc. gegeben waren.

Dazu immer wieder die Schwierigkeiten mit der »Tapisserie«, mit der historischen Szenerie, in die Süßkinds Existenz eingebettet sein muß.

Und dazu der Zeitdruck, im Frühjahr fertig zu werden, damit's im Herbst erscheinen kann. Es wäre doch wirklich *absurd*, das seit Jahrzehnten geplagte (*heiliger* Freud!) – geplante »Lebenswerk« um eines Ablieferungstermins willen herunterzuhudeln.

»Abreisen sind immer überstürzt«, pflegte die sel. Tante Jolesch zu sagen. Offenbar gilt das auch für Ablieferungen.

Anfang Dezember

Die Pause dauert jetzt schon länger, als die Arbeit gedauert hat.

Zwar sind die zuletzt erwähnten 150 Ms-Seiten dann noch auf 170 angewachsen, aber nach diesen 20 zusätzlichen Seiten, die schon zum »2. Buch« (»Aufstieg«) gehören, war es sozusagen endgültig aus. Sie hatten mir ohnehin keine rechte Freude mehr gemacht, und von der mangelnden Lust war's dann nicht mehr weit zur lähmenden Unlust. Der Versuch, mit Härtling* auf Grund des Typoskripts ins Gespräch zu kommen, endete abortiv, d. h. er erbrachte nichts weiter als einen flüchtig aufmunternden Brief (was dem Vielbeschäftigten natürlich in keiner Weise übel zu nehmen ist) – und seither, also seit bald einem Vierteljahr, ist nichts mehr passiert. Wie soll das enden? Wo ich doch nicht einmal weiß, wie's weitergehen soll.

Ob die »vulgärpsychologische« Anmerkung von 1967 nicht *doch* zutrifft?

Größte Hemmung: daß man einen historischen Roman doch heute nicht mehr so schreiben kann wie Walter Scott (oder, noch schlimmer, wie Felix Dahn). Und *wenn* man's könnte, müßte man viel mehr *wissen*. Schon zugegeben, daß die damals handelnden Personen vom beispielsweise »Interregnum« keine Ahnung hatten – dem *Leser* muß sinnfällig gemacht werden, was damals vorging und wie sich's auf das

* Anm. d. Hrsg.: Der Schriftsteller Peter Härtling war zu der Zeit Verlagsleiter im S. Fischer Verlag, wo der Roman »Süßkind von Trimberg« 1972 erschienen ist.

Leben der Menschen ausgewirkt hat. Woher nehmen und nicht stehlen? (Diebstahlsgelegenheiten gäbe es in Fülle.)

Zwei annähernd gleich absurde Gedanken spuken mir durch den Hinterkopf:

1. Das Ganze hinhaun und in einem Interview (oder dergl.) verlautbaren, daß der Plan aufgegeben ist.

2. Den Roman des gescheiterten Süßkind-Romans schreiben, d. h. vom eigentlichen Stoff nur das zu Papier bringen, was mich *reizt* und was ich verfechten kann – und die Übergänge durch Schilderung der unlösbaren Problematik bewerkstelligen. Eine Art Kombination der »Falschmünzer« mit dem »Tagebuch der Falschmünzer«. Car on revient toujours à son premier André Gide.

Diese zweite Möglichkeit ist übrigens schon vor Jahren einmal von O. F. Beer zur Sprache gebracht worden. Wer hätte das gedacht. Und ich könnte mir sogar vorstellen, daß Härtling mir zureden würde, es so zu machen. Aber woher weiß ich, daß ich *das* könnte?

Also wieder nix. Es wird – da ich an die lustlose Kontinuität wohl kaum anknüpfen kann – am ehesten so weitergehen, daß ich *Szenen* vorwegnehme, zu denen ich Vertrauen habe.

(Die Lustlosigkeit ist so groß, daß schon diese schäbigen Notizen mir das Gefühl vermitteln, wieder »gearbeitet« zu haben.)

Anfang 1970

Es sind noch etwa 15 Seiten dazugekommen, bis incl. Bruch zwischen Hartmann und S., und damit wäre das sozusagen erste Kapitel des sozusagen II. Buchs beendet. Die Szene als solche glaubhaft, aber das Problem, ob und wann S.'s »Denken« eingeschaltet werden soll, ist nach wie vor ungelöst. Ein *Struktur*problem, *kein* Stilproblem (das *auch* noch nicht gelöst ist.)

Immerhin ist es jetzt »weitergegangen«, unter Wahrung der Kontinuität. Und immerhin ist die *Un*lust gewichen, ohne freilich durch direkte »Lust« ersetzt zu sein.

Auch fehlt mir der Mut, mich von der Kontinuität »abzustoßen« und einzelne Szenen vorwegzuschreiben. Denn eigentlich ist die Kontinuität das einzige, woran ich mich »halten« kann. Schöner Halt, das.

Wenn ich nur einen TRICK fände! Einen ähnlichen, wie Thomas Mann (der ja wirklich ein großer Humorist war) ihn für den »Erwählten« gefunden hat. Dann wäre wenigstens das *Stil*problem gelöst. Aber mir ist noch immer nichts Besseres eingefallen, als das Archaisierende, das Mittelaltertümeln, auf die erzählenden Passagen zu beschränken und die Dialoge »modern« zu führen. Und nicht einmal *das* ist bis jetzt konsequent durchgehalten. Was allerdings in einer ersten Niederschrift nicht unbedingt sein muß.

Hätte ich keine anderen Sorgen mehr, dann wäre alles in Ordnung.

Semmering, Ende Februar

Die ARBEITSKLAUSUR. Natürlich ist sie es »noch nicht«, aber sie hat unentrinnbar begonnen, als bisher konkretester Versuch, mich selbst unter ein äußerliches Diktat zu stellen. Ersatz des dubiosen Slogans »Arbeit läßt sich nicht erzwingen« durch den nicht weniger dubiosen: »Arbeit ist nur eine Frage der Disziplin«.

Praktisch und technisch heißt das: ich *muß* in den annähernd drei Monaten, die jetzt vor mir liegen, *zumindest* so weit kommen, daß sich ein Ende absehen läßt. Und zwar muß ich das um jeden Preis, also auch um den, daß ich mit dem Ergebnis nicht glücklich bin.

Ein Zustand, an den ich mich nachgerade gewöhnt habe. Und den ich endlich loswerden möchte. (In der Tat ist die Vorstellung, diesen Albdruck los zu sein, mein derzeit stärkster Arbeitsantrieb. Manchmal sogar mein einziger.)

»Geschehen« ist in der Zwischenzeit nichts, außer einigen unerwartet positiven Reaktionen auf die Lektüre des Bisherigen. Sperber fand es (u. a.) »spannend«, und Härtling hält die Struktur, die ich als unfertige Verlegenheitslösung empfinde, für die einzig mögliche: nämlich die Handlung sozusagen von Episodenfigur zu Episodenfigur weiterzuführen, ohne Verschränkung der Motive, ohne Herstellung von »Bezügen«, ohne konstruierte Zusammenhänge. Der Zusammenhang ist durch die Hauptfigur gegeben.

Das ist, wie mir soeben auffällt, das genaue Gegenteil einer story conference in Hollywood. Und das spricht eigentlich für es.

Breitenfurth, Mitte März

In den drei Semmering-Wochen immerhin 30 Seiten mit einer immerhin kompakten Szene, die ihrerseits durch ein erstes Abgehen von der Kontinuität ermöglicht wurde. Ob das nun tatsächlich als »Fortschritt« verbucht werden kann, ist eigentlich gleichgültig. Mir würde es schon als Erleichterung genügen. Und ob es *das* ist, wird sich ja sehr bald zeigen.

Die kompakte Szene scheint mir »in sich« gelungen, obwohl *und* weil sie mir unter der Hand anders gediehen ist, als sie geplant war, nämlich zu einer Zusammenlegung *zweier* Szenen: Süßkinds Besuch und Aufenthalt in einer großen Judengemeinde (Speyer) und der hadernde Rabbi beim Bußgebet geht jetzt direkt in die Pogromszene (Sturm auf die

Synagoge) über. Das wird jetzt rückwirkend gestützt und vorgebaut werden müssen, also nicht bloß »gepolstert«. Aber darauf muß man ja gefaßt sein, wenn man von der Kontinuität abgeht. Und solange ich die Vorbau-Erfordernisse im Auge behalte (und in den Griff bekomme), kann – so hoffe ich – nichts passieren.

Der Versuch, auf markante Szenen hin zu schreiben, also gewissermaßen Säulen einzurahmen und sie erst dann durch Mauerwerk zu verbinden, wird jedenfalls weitergeführt, und die nächste »Erleichterung« müßte darin bestehen, daß selbst in dieser provisorischen Szenenfolge der zeitliche Ablauf nicht mehr gewahrt wird. Also ein doppeltes Abgehen von der Kontinuität. Also als nächste Szene immer diejenige, die mich gerade »reizt«.

Mitte April

Nicht schlecht, d. h. keine schlechte Szenen-Ausbeute, das »doppelte Abgehen von der Kontinuität« scheint sich zu bewähren, und es kristallisiert sich sogar eine gewisse »Reiz«-Systematik heraus, nämlich eine *stoffliche*: indem ich dabei bin, jetzt einige (oder gar alle) Szenen mit *jüdischem* Hintergrund zu schreiben (»Reb Meckermann«, Pogrom, Besuch bei Rabbi Meir in Rottenburg). Als nächstes müßten dann z. B. Sänger- und Ritterszenen kommen, 1–2 Liebesszenen, und *so* weiter. Hoffentlich verliere ich die *zeitliche* Kontinuität nicht aus dem Auge, sondern nur aus der Schreibe. Und es bangt mir ein wenig vor den Übergängen und Polsterungen, die im Nachhinein fällig werden.

Was ich endgültig aufgeben muß: die Hoffnung auf eine Arbeits-»Explosion«, auf ein völliges »Versinken« in der Arbeit für viele Stunden täglich. Dafür bin ich entweder zu alt, oder zu lange aus der Übung, oder ich trage den Stoff schon zu lange mit mir herum, als daß ich jetzt noch »drauflos« schreiben könnte. Immerhin [wird] das bisher vorliegende Material bereits ein Drittel des Gesamtumfangs ausmachen. Und immerhin kann ich mir vorstellen, in der jetzigen Urlaubs- und Konzentrations-Phase so weit zu kommen, daß sich das Ende *absehen* läßt.

25. Juli 1971

Der Roman ist sozusagen fertig. Ich sage »sozusagen«, weil es ohne diese Einschränkung wie ein Jubelruf klänge, welcher mir ferne liegt – und *gar* so fertig ist der Roman ja nicht, sondern er wird noch einer sehr gewissenhaften Durcharbeitung bedürfen.

Immerhin: es liegt ein Typoskript vor, und wenn das letzte Wort nicht sowieso AMEN wäre, könnte ENDE drunterstehen.

Immerhin: der Roman ist in einem größeren und haltbareren Ausmaß fertig, als es dem von mir sehr gern (und gerade à propos Süßkind sehr oft) zitierten Genieblitz Flauberts entspricht: »On ne finit pas une oeuvre, on l'abandonne.« (Eine Formulierung, die anderseits auf den Süßkind in höherem Maß anwendbar bleibt, als es bei *irgend*einem meiner vorangegangenen Abandonnements der Fall war.)

Immerhin: wenn mich *den* Moment der Schlag trifft, kann der Roman trotzdem erscheinen.

Und das ist mehr, als ich seit vielen Jahren und noch bis vor wenigen Monaten zu hoffen gewagt hätte.

31. Juli, nach Lektüre der vorangegangenen Seiten, und das wäre jetzt also der Abschluß auch dieses »Tagebuchs«, das sich vom abortiven Schicksal »aller« derartigen Versuche, zu denen ich mich irgendwann aufgerafft oder gezwungen habe, nur geringfügig entfernt. Die 1966 notierte Idee, den Roman

eines nicht geführten Tagebuchs zu schreiben, ist die schlechteste nicht. Sie wird hiemit ad acta gelegt, und zwar in jenes Faszikel, wo auch der Essay über »Die sprachlichen Grenzen des Humors« (1933!), der Essay über die Parallelen zwischen Rilke und Thomas Mann, der »Gegenwarts-Roman« aus der historischen Sicht des Jahres 2500 und noch ein paar andere Pläne liegen, zu deren Ausführung ich *garantiert* nicht mehr kommen werde.

Irgendwann im Verlauf der Aufzeichnungen fällt das Wort »unentbehrlich«, als Postulat. Also das, was man auch im Sinn des (lately bis zum Überdruß zitierten) Ausspruchs Flauberts nicht »abandonner« kann. Ich fürchte, daß nur ein sehr geringer Prozentsatz dieses Romans »unentbehrlich« ist, also zwingend innerhalb seiner Struktur.

Aber vielleicht habe ich auch jetzt noch eine falsche – oder genauer: hier nicht anwendbare – Vorstellung von dieser Struktur? Es ist eben *kein* konsequent durchkomponierter, *kein* dramaturgisch »gebauter« Roman, in dem jede Szene »sitzt« und jedes Handlungselement »zu etwas führt«. Hoffentlich hat er wenigstens den »epischen Atem«. Härtling zufolge hat er ihn, und gar nicht »wenigstens«, sondern eklatant. Schon in den ersten Worten, die er unmittelbar nach der Lektüre äußerte, kam etwas vom »großen Bogen« vor. In der Tat ist der am Schluß wiedererscheinende Fra Angelo (oder dessen Vision) eines der wenigen »Kompositionselemente«. Ein andres: daß Süßkind in den Judengemeinden nie etwas vorgetragen hat. Das fiel mir tatsächlich erst zum selben Zeitpunkt auf wie ihm. (Die besten Stellen sind immer die, von denen man erst nachher merkt, daß sie gut sind.)

Daß so »vorhandene« Figuren wie der Steinmetz und seine Tochter, die alte Gräfin, Burkhart, ja sogar der Würzburger Bischof – Figuren also, die sehr nachhaltig ins Geschehen eingreifen – spurlos verschwinden, ist mir nach wie vor unbehaglich und nur zum Teil dadurch gerechtfertigt, daß sich daraus das Bild eines zur Kontaktlosigkeit Verurteilten, eines Außenseiters, eines organisch *Einsamen* ergibt.

Denn es *ist* der Roman einer Einsamkeit: des Juden, des Künstlers, des »Wanderers zwischen zwei Welten« (einiges Dazugehörige soeben in einem Brief an Sperber).

Zum Thema »Figuren« erlaube ich mir anzumerken, daß ich das noch kann: Figuren hinstellen, die vom ersten Augenblick an *leben*, die man weder vergißt noch verwechselt.

Macht Spaß.

[...]

Mit der »Arbeitswut«, auf die ich so sehr gewartet hatte, war's also bis ganz zum Schluß *nichts*. Nur in den letzten drei Tagen habe ich so gearbeitet, wie ich mir die ganze Zeit vorgestellt hatte, daß ich an diesem Roman arbeiten würde. Und auch das nur deshalb, um H. bei seiner Ankunft die Maschin-Abschrift übergeben zu können (was dank Mariettas übernervlicher Hilfe auch geschah).

Und das ist bei weitem nicht alles. Es ist geradezu erschreckend, wieviel Vorstellungen, die ich von der Arbeit an diesem Roman jahrelang mit mir herumtrug, sich nicht verwirklicht haben. Es ist geradezu erschreckend, daß es trotzdem ein Roman geworden ist.

Sollte die Hand des Heiligen, gepriesen sei Er, auch auf *meinem* Scheitel geruht haben?

Möge es zum Guten sein.

Kritik der Kritik

Der Romanschriftsteller im Gespräch mit dem Kritiker (1972)

Die Redaktion der WELT hat Ihnen vorgeschlagen, den Romanautor Friedrich Torberg durch den gleichnamigen Kritiker interviewen zu lassen. Sie haben diesen Vorschlag akzeptiert. Warum?

Um dem Anschein eines manipulierten Interviews vorzubeugen. Wenn mich ein Kollege aus der Kulturredaktion befragt hätte, wäre uns sicherlich unterstellt worden, daß die Fragen, die er mir stellt, gestellt sind. Da stelle ich sie mir lieber selbst.

Fürchten Sie nicht, daß das ein wenig kokett wirken könnte?

Das fürchte ich sogar sehr. Aber diese Gefahr besteht schließlich immer, wenn ein Autor über sich zu reden beginnt. Gleichgültig, ob es sich um ein echtes oder um ein fiktives Gespräch handelt – etwas von Koketterie und somit von Verlogenheit spielt immer hinein. Ein wirklich »echtes« Gespräch mit einem Schriftsteller ist eine Fiktion, finden Sie nicht?

Wer fragt hier – Sie oder ich?

Richtig.

Und wonach möchten Sie am liebsten gefragt werden?

Nach der Resonanz meines »Süßkind«-Romans, nach seinem Erfolg, nach der Aufnahme, die er beim Publikum und bei der Kritik gefunden hat.

Beginnen wir mit der Kritik. Sie war, wie ich gelesen habe, geteilt.

Wo haben Sie das gelesen?

In einer Kritik.

Natürlich in einer schlechten. Genauer: in *der* schlechten. Es hat nämlich nur einen einzigen nennenswerten Verriß gegeben: von Marcel Reich-Ranicki in der »Zeit« und von Peter Wapnewski im »Spiegel«.

Das sieht mir eher nach zweien aus?

Es sieht nur so aus. Die beiden Kritiker sind miteinander befreundet, haben sich aufeinander berufen, haben einander respektvoll zitiert und ihre Einwände so unverkennbar ergänzt, daß ich die zwei Verrisse als einen einzigen betrachte, von Reich-Wapnewski. Fast alle übrigen Besprechungen, darunter so gewichtige wie die von Manès Sperber in der »FAZ«, von K.H. Kramberg in der »Süddeutschen«, von Hermann Kesten in der »Neuen Zürcher«, von Friedrich Heer im Hamburger »Sonntagsblatt«, von Heinz Politzer in der »Weltwoche«, von Robert Neumann und Albrecht Goes und Willy Haas und Herbert Eisenreich und noch von vielen anderen waren, um das Mindeste zu sagen, gut.

Was gilt Ihnen als gute Kritik? Eine lobende?

Eine verständnisvoll lobende. Auch verständnisvolle Vorbehalte, wie sie etwa von Neumann und Kramberg angebracht wurden, sind mir lieb. Jedenfalls lieber als verständnisloses Lob.

Insgesamt waren Sie also mit der kritischen Aufnahme Ihres Romans zufrieden?

Im höchsten Grad.

Auch mit dem Publikumserfolg?

Ja, soweit er sich aus Briefen, Gesprächen und Vorlesungsreaktionen feststellen läßt. Was den Verkaufserfolg betrifft, so steht das Buch in Österreich seit Monaten auf den Bestsellerlisten und findet auch in der Schweiz seine Leser, aber in der Bundesrepublik ist es bei einem großen

Teil des Buchhandels auf einen sehr merkwürdigen Widerstand gestoßen, dessen Motive ich nur vermuten kann.

Politische Motive?

Wenn sie es sind, dann richten sie sich ganz gewiß nicht gegen das Thema, sondern gegen den Autor.

Ich verstehe.

Ich auch. Und da der Roman trotz allem bereits auf die dritte Auflage zusteuert, bin ich hoffentlich vor dem Verdacht gesichert, nach Ausreden für einen Mißerfolg zu suchen.

Aber Sie hätten sich einen größeren Erfolg gewünscht?

Nicht mir. Dem Thema. Für meine Person und für meine Autoreneitelkeit bleibt mir kaum etwas zu wünschen übrig. Es ist das Thema, das vielleicht eine intensivere Resonanz verdient hätte. Die Geschichte des einzigen Minnesängers jüdischer Herkunft, die Geschichte des ersten Juden, der in deutscher Sprache gedichtet hat, scheint mir (als einem der mutmaßlich letzten) gerade heute und gerade in Deutschland eine Aktualität zu besitzen, die auch durch die historische Einkleidung hindurch transparent werden müßte. Denn mehr als eine Einkleidung liegt hier nicht vor. Wer das Buch als »historischen Roman« liest, hat danebengelesen.

Wie und wann sind Sie auf dieses Thema gekommen? Während der Nazizeit?

Viel früher. Schon als Gymnasiast, und durch Zufall. Im Deutschunterricht hat man ja über Süßkind von Trimberg nichts erfahren. Als ich ihn entdeckte, war ich von der eigentlich grotesken Figur eines jüdischen Minnesängers sofort fasziniert und war schon damals, schon vor dem »Schüler Gerber«, fest entschlossen, dieses Buch zu schreiben. Ich habe den Plan jahrzehntelang mit mir herumgetragen, ehe ich mich endlich an seine Ausarbeitung machen konnte, und für die habe ich dann noch fünf Jahre gebraucht. Auf die erweiterte Dimension, die dem Thema mittlerweile durch Hitler zugebracht worden war, hätte ich gern verzichtet. Das war sozusagen eine Fleißaufgabe der Weltgeschichte. Aber es war nicht der Antrieb.

Sondern? Was hat Sie zu diesem Thema getrieben? Was wollten Sie damit beweisen? Oder, da ein Roman ja nichts »beweisen« will: Was wollten Sie dartun?

Die Kontinuität des jüdischen Schicksals in der Diaspora und besonders in deren deutschem Raum. Das Schicksal eines Juden, der sich durchaus als Jude fühlt, aber seine Gefühle nur auf deutsch ausdrücken kann. Und zugleich das Schicksal des Künstlers als eines »Wanderers zwischen zwei Welten«, der zum Schluß von beiden verstoßen wird.

Meine viel zu vielen Arbeitszimmer

(1979)

Wer kennt sie nicht, die weihevolle Stimmung, in der man das Geburtshaus eines berühmten Dichters betritt, das im Glücksfall auch noch sein Sterbehaus war und wo jetzt sein Arbeitszimmer gezeigt wird, für dessen naturgetreue Erhaltung eine in seinem Namen agierende Gesellschaft e. V. museale Sorge trägt. Mit frommem Schauder betrachtet man den Schreibtisch oder gar das Stehpult, an dem er manche Weile sinnend stand, ehe er nach dem Federkiel griff, der immer noch gebrauchsfertig daliegt, ein ausgetrocknetes Tintenfaß und ein Näpfchen mit Streusand daneben. Wahrlich, hier war gut dichten. Hier vollzog sich in jenem steten, störungsfreien Gleichmaß, welches der kreativen Tätigkeit so ungemein zuträglich ist, ein Lebens- und Schaffensweg, wie er sich heute nicht mehr vollziehen könnte. Heute dichten sie direkt in die Schreibmaschine, und der Anblick einer solchen, neben der vielleicht ein Ersatzfarbband oder ein Radexblättchen liegt, wird im Beschauer – so er sich überhaupt einfindet – keinerlei Ehrfurcht hervorrufen, sondern höchstens die Neugier, ob sich's um ein Büromodell oder eine Portable handelt. »Heilige Poesie, himmelan schwebe sie!« hieß es bei Goethen. Und sie tat's. Sie ist – wenn auch nicht unbedingt himmelan – entschwebt. Es gibt sie nicht mehr. Und was es schon gar nicht mehr gibt, ist die Poesie des Arbeitszimmers.

Ich selbst habe sie in meinen literarischen Anfängen – durch die ich frühzeitig hindurchging – noch ganz leise zu spüren bekommen. Das mir gehörige Zimmer, mein Arbeitszimmer also, war das kleinste der elterlichen Wohnung, hatte aber den Vorteil, ein wenig abgeschieden an der Gartenfront zu liegen. Und mein Schreibtisch war der selbe, an dem ich mich noch kurz zuvor für die Matura vorbereitet hatte. Es war eine erfolglose Vorbereitung, weil ich dann durchfiel, und zugleich eine erfolgreiche insofern, als ich sofort danach mit der Niederschrift meines ersten Romans begann, des »Schüler Gerber«, der mir bis heute artige Tantiemen einbringt. Die Umstellung vom Gymnasiasten zum Schriftsteller erfolgte sowohl seelisch wie gegenständlich. Aus den Regalen an der nahen Wand verschwanden Schulbücher, Hefte, Lexika, Atlanten und sonstige Lehrbehelfe, an ihre Stelle traten die Werke meiner Lieblingsautoren und allerlei Literaturzeitschriften, und was den Schreibtisch als solchen betraf, bedeckte er sich statt mit sinnlosen Mathematikbeispielen und lateinischen Übersetzungsübungen mit Manuskriptblättern.

Schon der Umstand, daß eine nicht bestandene Matura sich am selben Schreibtisch zur bestandenen literarischen Reifeprüfung wandelte, weist ohne Zweifel die Merkmale einer höheren und somit poetischen Gerechtigkeit auf. Aber die Poesie tat noch ein übriges.

Um mich so recht zu vergewissern, daß ich die Pein der Schule endgültig hinter mir hatte, beschloß ich, fortan genau zur gleichen Stunde schlafen zu gehen, zu der ich unterm jahrelang entwürdigenden Schulzwang hatte aufstehen müssen. Ich wollte tun, was mir gefiel. Ich wollte, statt büffelnd bis in die späte Nacht, schaffend bis in den frühen Morgen am Schreibtisch sitzen. Und da ich ohnehin und seit jeher – sozusagen konstitutionell – dazu neigte, die Nacht zum Tag zu machen, hatte ich keine Mühe damit.

Es war Juni, als ich meinen Entschluß verwirklichte. Gleich in der ersten Nacht stürzte ich mich in die Arbeit an meinem Roman, ich schrieb und schrieb, hinter dem schwarzen, lichtundurchlässigen Fenstervorhang kam mir jedes Gefühl (und jedes Interesse) dafür abhanden, wie spät es war – und ich erinnere mich noch sehr genau, wann und wodurch mir das inne wurde: als ich aus dem Garten das Gezwitscher der erwachenden Vögel hörte. Ich zog den Vorhang zurück. Draußen war's hell. Kein Tag hat jemals wieder so poetisch begonnen.

Seither habe ich diesen Zeitplan – die Nachtarbeit bis zum frühen Morgen – in allen meinen Arbeitszimmern beibehalten. Es waren ihrer mehr, als ich's mir gewünscht oder ausgesucht hatte, viel mehr. Die Untermieten bei den möblierten Witwen, mit denen ich's nach meinem Fortgang vom Elternhaus zu tun bekam, bezog ich ja noch nach eigenem Wunsch und Gutdünken. Sie galten mir als Beweis einer unabhängigen Lebensgestaltung, und wenn der Vermieterin etwas nicht paßte, zog ich aus. Dann allerdings trat die Weltgeschichte dazwischen, und ihr Tritt sorgte für ein gründliches Ende meiner Unabhängigkeit, sorgte für einen Auszug, der nicht nach freier Wahl erfolgte, sondern zum hastigen Behuf der Lebensrettung. Aber auch in der Emigration, selbst wo sie sich mit freiem Auge kaum noch von Flucht unterscheiden ließ, selbst auf den kurzatmig wechselnden Stationen unterwegs, in einem schäbigen Pariser Vorstadthotel oder einer portugiesischen Flüchtlingsunterkunft – immer und überall wurde mir mein Aufenthaltsraum zum Arbeitszimmer, mochte der Tisch noch so wackelig und die Lampe noch so schwach sein. Hauptsache, daß Papier und Bleistift vor mir lagen und ein paar Bücher um mich herum. Später, in Amerika, stand der Tisch immerhin auf soliden Beinen und die Beleuchtung ließ nichts zu wünschen übrig. Und abermals später, nun wieder in Wien, konnte ich im Lauf der Jahre – und eigentlich zum erstenmal im Leben –

sogar darangehen, mir das alles nach meinen Bedürfnissen und meinem Geschmack einzurichten. Heute sieht mein Arbeitszimmer ganz so aus, wie ich es haben will, mit einem großen Schreibtisch am Fenster und dicht gefüllten Bücherregalen an den Wänden, in Zwischenräumen da und dort etwas hübsch Gerahmtes, kleine Erinnerungsstücke aus guten und schlechten Zeiten, eine Sitzgarnitur zum Garten hin, und was halt so dazugehört. Aber im wesentlichen besteht mein Arbeitszimmer noch immer aus einem Schreibtisch und ein paar Büchern. Das ist mir wichtiger als alles andere. Das ist das einzige unantastbare Heimatgefühl, das ich habe.

In meiner schon erwähnten Jugend, als der »Schüler Gerber« bereits erschienen war, wandte sich eine angesehene Zeitschrift an einige Schriftsteller mit der Umfrage, ob sie ihren Blick beim Schreiben gerne auf eine bestimmte Aussicht richten und auf welche. Er möchte durch keine Aussicht abgelenkt werden, antwortete einer. Er könne nur mit Aussicht ins Grüne schreiben, gab ein anderer bekannt. Und ein dritter schrieb mit Aussicht über die Dächer der Stadt.

Der Mangel an Ernsthaftigkeit, der mir damals eignete (und den ich bis heute nicht gänzlich losgeworden bin), bewog mich zu der Antwort: »Ich schreibe am liebsten mit Aussicht auf Vorschuß.«

Auch in dieser Hinsicht hat sich an meinem Arbeitszimmer nichts geändert.

Ein historischer Zukunftsroman

(1976)

Das Buch, das ich nie geschrieben habe ... »Das« Buch? Ach, wär's doch wirklich nur eines!

In meinem Hinterkopf, in meinen Tag- und Wunschträumen, in meinen heillos desorganisierten Ablagemappen mit den vielen durcheinandergeratenen Zetteln wimmelt es von ungeschriebenen Büchern, und es ist keines darunter, von dem ich sagen möchte, daß es für immer ungeschrieben bleiben wird. Gibt es das überhaupt? Kann ein Schriftsteller schon zu seinen Lebzeiten auf ein geplantes Buch endgültig verzichten, so endgültig, daß er den Verzicht öffentlich kundgibt? Im Grunde steht ihm nichts andres zu und an als ein gleichfalls nur geplanter Verzicht, also immer noch ein Plan, der verwirklicht werden mag oder auch nicht. Man könnte sich zu dem seinerzeit so beliebten Umfragen-Klischee: »Was haben Sie unter der Feder?« eine Ergänzung vorstellen: »Und was ist Ihnen unter der Feder weggerutscht?« Darüber ließe sich reden. Aber die Frage nach dem Buch, das man »nie« geschrieben hat, mit Sicherheit zu beantworten, schiene mir fast ebenso hoffärtig wie die Ankündigung, daß man ein bestimmtes Buch mit Sicherheit noch schreiben wird.

Es geht hier also, was mich betrifft, nicht um ein »nie« geschriebenes Buch, sondern um ein noch nicht geschriebenes. Nur mit dieser Einschränkung fühle ich mich berechtigt und befähigt, an der vorliegenden Anthologie mitzuwirken. Andernfalls würde mich die Trostlosigkeit des Mottos, das ihr voransteht, sogar am Schreiben über etwas Nichtgeschriebenes hindern. Ich wäre dann gewissermaßen zweifach blokkiert. Und mir genügt schon die eine Blockade.

William Somerset Maugham, wahrscheinlich die edelste Blüte angelsächsischer Trivialliteratur, hat in seine 1948 erschienene Selbstbiographie (»A Writer's Notebook«) die Anfänge einiger Geschichten aufgenommen, an deren Ausarbeitung ihm nichts mehr lag und die er zum Gebrauch durch andere Autoren freigab. Es waren kurze Entwürfe von Ausgangssituationen, die sich schon in ihrer fragmentarischen Skizze so spannend anließen, daß jeder, der sich je um die Kunstform der »short story« bemüht hatte, die Freigebigkeit Maughams zunächst als rätselhaft empfand. Des Rätsels Lösung folgte unverzüglich: Die spannenden Anfänge versagten sich einer gedeihlichen Fortsetzung, ja sie bezogen ihr Spannungsmoment ziemlich direkt aus der Unmöglichkeit, sie auf adäquate Art zu beenden. Sie waren, kurz gesagt, unbrauchbar. Der alte Fuchs hatte seiner Kollegenschaft ein ganz und gar wertloses Geschenk gemacht.

Ohne mich eines weiterreichenden Vergleichs erkühnen zu wollen, möchte ich hoffen, daß der nun anschließende Entwurf, falls ich ihn nicht doch noch ausführe, sich als unbrauchbar erweisen wird.

Das Buch, das ich noch nicht geschrieben habe und möglicherweise nie geschrieben haben werde, ist ein historischer Roman und zugleich die Parodie eines solchen. Er spielt im zwanzigsten Jahrhundert und stammt von einem fiktiven Autor des dreißigsten, der unsre Gegenwart auf ähnliche Weise schildert, wie heutige (oder gestrige) Autoren das frühe Mittelalter (oder das späte Altertum) zu schildern pflegen, mit den annähernd gleichen Unarten und Ungenauigkeiten, die allen historischen Romanen anhaften. Könnte einer, der zur betreffenden Zeit gelebt hat, einen solchen Roman lesen – er fände ihn abwechselnd komisch und ärgerlich. Die Vorstellung dieses nichtexistenten Lesers hat mich seit jeher erheitert, und daß er im Fall meines nichtgeschriebenen Romans sehr wohl existieren würde – in Gestalt jedes beliebigen Zeitgenossen –, ist natürlich ein zusätzlicher Reiz. Aber es ist nicht die Hauptsache. Auch daß die historischen Mißgriffe meines Romans um so größer sein werden, als irgendwann zwischen dem zwanzigsten und dreißigsten Jahrhundert (bedeutend näher zum zwanzigsten, wie ich annehme) unser Erdball vermittels der Atom- oder einer sonstigen Bombe – vielleicht unter Zuhilfenahme des Weltraums – Harakiri begangen hat, weshalb der fiktive Zukunftsautor auf die ebenso dürftigen wie dubiosen Ergebnisse der bis dahin durchgeführten Ausgrabungen und Vergangenheitsforschungen angewiesen ist – auch das veranschlage ich nur als Nebeneffekt.

Worum es mir hauptsächlich geht und was ich eigentlich anstrebe, ist die Gleichsetzung unsrer heutigen, so überaus wissenschaftsgläubigen und fortschrittsstolzen Welt mit dem (wenn man will) finstersten Mittelalter. Ich möchte sichtbar und sinnfällig machen, daß all die technische Glorie, all der phantastische Erfindungsreichtum, all die noch nicht dagewesene, an die Grenzen menschlicher Möglichkeiten stoßende Leistungshöhe unserer Zeit sich im Oberflächlichen verliert, daß sie wohl das Weltbild, nicht aber das Bild des Menschen verändert hat. Er ist noch immer der alte Adam. Und er ist es nicht erst aus der Sicht meines angenommenen Betrachters vom Jahr 2980, er ist es, wenn man scharf genug hinsieht, schon aus heutiger Sicht. Schon sie müßte ausreichen, einem heute Lebenden die Wesensgleichheit unsrer Gegenwart mit einer Vergangenheit klarzumachen, über die er sich ebenso erhaben glaubt wie der zukünftige Betrachter mit seinem Rückblick auf unsre Gegenwart.

Der Anstoß zu meinem Roman ging von einer Mauerinschrift aus, die mir nach meiner Rückkehr aus der Emigration allenthalben ins Auge stach. Sie grüßte in den amerikanischen Besatzungszonen Österreichs und Deutschlands von jeder zweiten Häuserwand und lautete (manch einer wird sich noch daran erinnern): AMI GO HOME! Eine dieser zahlreichen Inschriften, offenbar von ungelenker Hand gefertigt, nahm sich wie ein einziges Wort aus: AMIGOHOME! Vor HOME befand sich immerhin die Andeutung eines Zwischenraums – und das war's. Das war die Inspiration, die mich überkam und mich in betörend schöpferischen Nebeldunst hüllte ...

Als ich erwachte, stand auf einem der Vormerkblätter, deren meine eingangs erwähnten Ablagemappen voll sind, das folgende:

»Da alle Verbindungen mit Übersee unterbrochen waren, wußten die Menschen in jenen Teilen Europas zwischen Burgund und der Ostmark nichts weiter, als daß ihre Befreier aus Amerika kommen würden. Ob's aber Nord- oder Südamerika wäre, wußten sie nicht. Darum wollten sie sich in den Begrüßungsparolen, die sie auf allen öffentlichen Plätzen anbrachten, für beide Möglichkeiten wappnen und verknüpften das nordamerikanische Englisch mit dem südamerikanischen Spanisch. Um den Ankömmlingen darzutun, daß man sie als Freunde betrachtete und daß sie sich, wo sie auch landeten, zu Hause fühlen sollten, wählte man eine ebenso kurze wie einprägsame Formel: AMIGO – HOME! prangte es in leuchtenden Farben auf Häuserwänden und Gartenmauern und Viadukten.«

Von diesem Tag an drang die Gegenwart mit ihren zukünftigen Vergangenheitsvisionen unablässig auf mich ein (oder ich auf sie). Was immer sich ereignete: ich sah es mit den

Augen meines um tausend Jahre älteren Kollegen, der zwischen Altertum und Mittelalter und Neuzeit nicht so recht unterscheiden konnte und dem die Grenzen, die wir für die einzelnen Abschnitte der menschlichen Entwicklungsgeschichte mit so selbstherrlicher Eindeutigkeit abgesteckt haben, schon deshalb verschwimmen mußten, weil jenes lang zurückliegende Atombomben-Desaster fast alle zuverlässigen Auskunftsquellen vernichtet hatte. Und ihre ebenso mühsame wie mangelhafte Rekonstruktion strotzte nur so von Irrtümern, Mißverständnissen und Fehleinschätzungen.

Aber sind derlei Verfremdungseffekte denn überhaupt vonnöten? Ist denn der Unterschied zwischen einem heutigen Catcher-Turnier oder meinetwegen einem Boxkampf um die Weltmeisterschaft und den im Colosseum von Rom dargebotenen Circenses gar so groß? Gilt nicht ein gleiches für die Olympischen Spiele, für die internationalen Fußball-Konkurrenzen, für Pferderennen und all die anderen Sportveranstaltungen mitsamt den unübersehbaren Menschenmengen, die sie begaffen? Paßt der Religionskrieg, der in Irland zwischen Katholiken und Protestanten tobt, ins Bild der europäischen Kulturlandschaft von heute? Wird ein arabischer Potentat, zumal wenn er über Öl gebietet, heutzutage anders empfangen als ein Herrscher aus dem Morgenland vor sechs- oder siebenhundert Jahren, und wirkt er mit seinem Gefolge und seinem ganzen Zeremoniell weniger exotisch als damals? Oder wenn wir auf die Exotik verzichten: hat der Prunk, mit dem ein westlicher Staatsbesuch in Paris oder London aufgezogen wird, nicht auch für zeitgenössische Betrachter etwas Mittelalterliches an sich? Leben wir nicht in einer Zeit, die es fertigbringt, eine seit eh und je zusammengehörige Metropole durch eine Mauer – ganz wie sie die alten Chinesen gebaut haben – in zwei Hälften zu teilen, um die Bevölkerung diesseits und jenseits ab- und einzusperren? Und was das Unwahrscheinlichste ist: es gelingt ihr. Während andere

Menschen zum Mond fliegen, können die Menschen aus Ost- und Westberlin nicht zueinander.

Wer wollte es dem künftigen Chronisten verargen, wenn er daraus seine anachronistischen Rückschlüsse auf unsre Zeit zieht und wenn diese Mauer ihm aufschlußreicher erscheint als Mondflüge und Marsraketen.

Vielleicht hat er Glück und entdeckt in irgendeinem verschütteten Archivraum von damals ein paar Zeitungen aus der zweiten Hälfte des zwanzigsten Jahrhunderts (vielleicht gar die heute in meinem Besitz befindlichen), in denen – beispielsweise – über die Hochzeit des Fürsten von Monaco mit der amerikanischen Filmschauspielerin Grace Kelly berichtet wird. Manches aus diesen Berichten könnte er so, wie es damals gedruckt und von zahllosen Lesern verschlungen wurde, in seinen historischen Roman übernehmen, wörtlich so:

21 KANONENSCHÜSSE FÜR GRACE KELLY
Die zukünftige Landesmutter von Monaco ist in Monte Carlo eingetroffen / Jubel und Extravaganz um das »Paar des Jahres«

Monte Carlo (UPI). 21 Salutschüsse, abgefeuert aus sechs alten Bronze-Kanonen, begrüßten das monegassische Fürstenpaar, als die Yacht »Deo Juvante« in die Herkulesbay vor dem Hafen von Monaco einfuhr. Alle Bürger des Fürstentums und Tausende von Fremden waren auf den Beinen. Monegassische und amerikanische Fahnen schmückten die Häuser. Am Hafen stand in strammer Formation die fürstliche Garde in dunkelblauen Uniformjacken, rotgestreiften Paradehosen, schimmernden Helmen mit mächtigen feuerroten Federbüschen; sie präsentierte moderne Gewehre mit aufgepflanzten Bajonetten. Ein grüner Rolls Royce erwartete das Brautpaar, das, auf der Brücke der weißen Yacht stehend, nach allen Seiten lächelte und winkte.

Ein steifer Mistral drohte am Morgen noch den ganzen Empfang ins Wasser zu werfen. Im ersten Tageslicht, um 6 Uhr, warf der amerikanische Passagierdampfer »Constitution«, auf dem sich die Schauspielerin Grace Kelly mit Pudel Oliver, ihr Vater John Kelly, ihre Mutter und eine ihrer Schwestern befanden, in der Bucht von Cannes die Anker aus. Die »Croisette«, um diese Tagesstunde sonst nur von heimkehrenden Fischern bevölkert, wimmelte von Menschen, die mit langen Fernrohren, Feldstechern und Operngläsern ...

Nicht minder ergiebig steht es um ein Ereignis aus meiner engeren Heimat. Als die mächtige Glocke des Stephansdoms zu Wien, die altberühmte, legendenumwobene »Pummerin«, nach ihrer Zerstörung in den Wirren des zweiten oder dritten Weltkriegs – der wievielte war es eigentlich? und wer hat damals warum gegen wen gekämpft? – jedenfalls scheint er zwölf Jahre gedauert zu haben, von 1933 bis 1945 – und dann also, als die von Brandbomben zerstörte Pummerin neu gegossen und der Glockenturm restauriert war, als »Österreichs klingende Königin« ihren Einzug in die Wienerstadt hielt, da staute sich das Volk zuhauf und stauten sich die Phrasen der Zeitungsberichte in glatt verwendungsfähigem Wortlaut:

DREI LÄNDER GRÜSSEN DIE PUMMERIN
Wiens festlichster Tag seit Kriegsende

Im Stephansdom und rund um das Gotteshaus sind viele Hände am Werk, um Gerüste zu entfernen, Schutt und Materialien zu beseitigen und alle übrigen Vorbereitungen für die Feierstunde am Samstag rechtzeitig zu beenden. In 27 großen und kleineren Orten an der Strecke Linz-Wien haben die Honoratioren und mit ihnen die Bevölkerung und die Schuljugend alles getan, damit der »Pummerin« ein würdiger Empfang bereitet werde.

Am Freitag früh um acht Uhr setzt sich in Linz der Zug mit der »Pummerin« in Bewegung. Nach einer Feier am Landhausplatz fährt die Glocke zum Bulgariplatz, wo das Tedeum gesungen und ein Friedensgebet gesprochen wird, begleitet von Trachten- und Sängergruppen, von Frauen in Goldhauben und von Musikkapellen bewegt sich der Zug ... Gendarmerie mit Fanfaren und eine Fahnengruppe mit den Flaggen von Ober- und Niederösterreich ... sieben Steinmetze in ihrer traditionellen

Kleidung ... während gleichzeitig aus allen Fenstern des Platzes Flaggen und Wimpel der Jugend hervorwehen.

Auch von Feierlichkeiten und Volksbelustigungen andrer Art wird der rückwärtsgewandte Zukunftschronist zu melden wissen, von Feuerwerken und Freilichttheater, von Wahlkampagnen mit allem Drum und Dran (einschließlich Saalschlachten), von frommen Prozessionen und unfrommen Aufmärschen, denen sich schilderbewehrte Hellebardiere entgegenwerfen ... Studenten verteidigen die verbriefte Unverletzlichkeit des Universitätsbodens gegen die eindringenden Büttel ... der Heilige Vater erteilt den Pilgern seinen Segen ... aus Peking eingetroffene Reisende berichten von öffentlichen Massenhinrichtungen (die Verbindung mit Übersee ist wieder einmal unterbrochen) ... nein, es herrscht kein Mangel an Altertümlichem und Mittelalterlichem in unsrer Neuzeit, es herrscht kein Mangel an Verwechslungsmöglichkeiten, sie bieten sich in verwirrender Vielfalt dar, man braucht nur zuzugreifen.

Warum greife ich nicht zu?

Die Antwort ist deprimierend einfach: weil mir keine Handlung einfällt (und bei Somerset Maugham werde ich sie nicht finden). Das ist der Grund, warum ich diesen Roman noch nicht geschrieben habe. Aber die Umwandlung des »noch nicht« in ein unwiderrufliches »nie« möchte ich mir bis zu meinem Ableben vorbehalten.

Herr Bundesminister, meine Damen und Herren,

Sie alle kennen den immer noch ein wenig feierlichen Augenblick, wenn's im Theater dunkel wird und der Vorhang aufgeht. Es ist ein Augenblick voll der konzentrierten Erwartung, daß jetzt etwas Interessantes kommt. Er hat nur ein einziges Gegenstück, nämlich den Augenblick, wenn ein Redner ans Pult schreitet und sein Manuskript entfaltet. Es ist ein Augenblick voll der konzentrierten Befürchtung, daß jetzt etwas Langweiliges kommt. Angstvoll schielen die Blicke derer, die diesem Vorgang ausgesetzt sind, nach dem Stoß der Manuskriptblätter und versuchen daraus auf die Zeitdauer des ihnen Bevorstehenden zu schließen, hoffnungsfroh beobachten sie, wie der beiseite geschobene Stoß allmählich höher wird – es sei denn, der Redner schiebe die schon verbrauchten Blätter tückischerweise unter die noch nicht verbrauchten oder er bediene sich, noch tückischer, eines von Stichworten besäten Zettels, aus dem sich überhaupt nichts schließen läßt.

Ich selbst halte, wie Sie sehen, weder ein Manuskript noch einen Zettel in Händen, aber ich warne Sie vor dem Trugschluß, daß ich mich auf meine Rede nicht vorbereitet hätte. Und ich gestehe Ihnen gleich jetzt, daß mir die Vorbereitung nicht leicht gefallen ist. Das hatte mehrere und in ihrer Wertigkeit verschiedene Gründe. Zunächst die Rücksichtnahme auf Sie, meine freundlichen und geduldigen Zuhörer. Sodann den für mich ebenso ehrenvollen wie hemmenden Umstand, daß ich nicht zum erstenmal für eine mir erwiesene Auszeichnung zu danken habe und daß ich einigermaßen verlegen bin, wie ich das anstellen soll, ohne mich zu wiederholen. Vor allem aber rührt meine Verlegenheit daher, daß es sich diesmal um die höchste der mir bisher zuteil gewordenen, um die gewichtigste aller für einen österreichischen Schriftsteller erreichbaren Auszeichnungen handelt, um den Großen Staatspreis für Literatur.

Wenn die aus diesem Anlaß mir zugegangenen Glückwünsche ehrlich gemeint waren – und ich sehe keinen Grund, das zu bezweifeln –, dann gibt es nicht wenige, die mir den Preis von Herzen gönnen, die der Meinung sind, daß ich ihn verdient habe oder gar schon früher verdient hätte und die sich mit mir über die Preiszuerkennung freuen. Daneben aber – auch dafür habe ich Anhaltspunkte – gibt es einige, die sich darüber ärgern und deren Ärger, wie ich freimütig bekennen möchte, mir die Ehre der Preiszuerkennung erheblich versüßt. Damit hier kein Mißverständnis entsteht: sie ärgern sich nicht etwa aus Konkurrenzneid, sondern weil sie mich ganz einfach – sei's aus persönlichen, aus literarischen, aus politischen oder aus welchen Gründen immer – nicht schmecken können (was durchaus auf Gegenseitigkeit beruht). Und sie kleiden ihren Ärger – sofern sie mir die Freude machen, ihn zu äußern – in die hämische Tarnform, daß ein Schriftsteller, der die Siebzig überschritten hat, eben darum für diese Art offizieller Ehrung geradezu fällig wird.

Nun, dagegen habe ich nichts. Alter ist gewiß kein Verdienst, so wenig wie Jugend; es ist eine Fügung, für die man nichts kann. Aber wenn einer mehr als fünfzig von seinen mehr als siebzig Jahren sich der Tätigkeit des Schreibens hingegeben hat, dann mag er, wenn schon nicht für die Beharrlichkeit seiner Jahre, so vielleicht doch für die Beharrlichkeit seines Schreibens auch einer offiziellen Ehrung würdig geworden sein. Ich spreche nicht ohne Absicht von »Beharrlichkeit«. Sie ist meine einzige Leistung, sie ist das einzige, worauf ich mich beziehen und berufen kann, ohne in den Verdacht der Selbstbeweihräucherung zu geraten. Ich habe fünfzig Jahre lang »beharrlich« geschrieben. Ich habe auf meiner persönlichen Haltung beharrt, ich bin von meinem literarischen Standort nie abgewichen, meine politische Überzeugung hat niemandem Konzessionen gemacht. Und wenn ich die offizielle Ehrung, die mir heute zuteil wird, mit gutem Gewissen entgegennehmen darf, so deshalb, weil ich es mit keiner einzigen jemals von mir geschriebenen Zeile auf eine offizielle Ehrung angelegt hatte.

Meine Damen und Herren, lassen Sie mich zum Schluß noch ein kleines Postscriptum zu der von mir erwähnten und geübten Beharrlichkeit anbringen. Sie war nicht nur eine Frage der inneren Entscheidung und somit etwas Selbstverständliches. Sie mußte sich auch gegen Widerstände und Widernisse von außenher behaupten und bewähren. Ich habe zehn Jahre in der Emigration verbracht, und ich brauche Ihnen nicht erst lang und breit zu erzählen, was diese Emigration für mich als einen in Österreich geborenen Juden bedeutet hat: das erzwungene Verlassen der Heimat; die Flucht vor den Schergen des Nationalsozialismus; den ruhelosen, von Tag zu Tag gefährdeten Aufenthalt in fremden, feindseligen Ländern; den für einen Schriftsteller besonders schmerzhaften, ja schlechthin ruinösen Verlust der sprachlichen Identität; den Ausbruch des Zweiten Weltkriegs; die freiwillige Meldung zum Militärdienst in Frankreich; den Zusammenbruch Europas; abermals Flucht; das abermals täglich gefährdete Warten auf das lebenswichtige Visum nach Amerika; und die Rettung dorthin.

In all diesen Jahren wäre mir nichts so absurd vorgekommen wie der Gedanke an einen österreichischen Staatspreis für Literatur – absurd schon deshalb, weil es damals keinen Staat namens Österreich gab und weil niemand wußte, ob es ihn jemals wieder geben würde. Die Erinnerung an jene Zeit wird mich bis an mein Lebensende nicht verlassen, so wenig wie die Erinnerung an den heutigen Tag. Ich danke der

Vorsehung, die mich diesen Tag erleben ließ. Ich danke dem Schicksal, das es mir ermöglicht hat, den Großen Österreichischen Staatspreis für Literatur zu empfangen. Es ist unlösbar verbunden mit dem Schicksal, das es dem Staate Österreich ermöglicht, große Literaturpreise zu vergeben.

(Dankrede, gehalten am 16. Oktober 1979 anläßlich der Verleihung des Großen Österreichischen Staatspreises für Literatur.)

Wie weit reicht Wien?

A. E. I. O. U.

(1976)

Wie ich dem sicherheitshalber zu Rate gezogenen Lexikon soeben entnommen habe, ist diese vokalfreudige Devise nicht von Karl V., dem Herrscher über das eigentliche Weltreich der Habsburger, geprägt worden, sondern schon von Friedrich III. Sie stand ursprünglich für *Austriae Est Imperare Orbi Universo*, und dem entspricht ja die deutsche Übersetzung *Alles Erdreich Ist Österreich Untertan*. Von wem die gängig gewordene Version *Austria Erit In Orbe Ultima* stammt, ließ sich leider nicht eruieren. Ich ziehe ihren zuversichtlichen Pessimismus der andern, allzu imperialistischen Fassung vor und deute sie mir in dem Sinn, daß Österreich nach dem Untergang des übrigen Erdballs noch immer bestehen oder wenigstens erst ganz zuletzt untergehen wird.

Allerdings lehrt die Geschichte, daß man sich auf österreichische Zukunftshoffnungen nicht verlassen kann. »Ewig bleibt mit Habsburgs Throne Österreichs Geschick vereint«, hieß es in der alten Kaiserhymne – eine einseitige Abmachung, die von der Ewigkeit nicht eingehalten wurde.

Österreich ist über diesen Vertragsbruch mit verhältnismäßig heilen Knochen hinweggekommen, und zumal die Zweite Republik, anders als die von heftigen Zweifeln an ihrer Bestandsfähigkeit geschüttelte Erste, hat sich mit ihrer Existenz nicht bloß abgefunden, sondern hat ein durchaus positives Verhältnis zu ihr gewonnen. Es scheint, als wäre Österreich nach den Erfahrungen der sieben Jahre, die es von den insgesamt zwölfen des Tausendjährigen Reichs abgekriegt hat, herzlich froh, daß es sich aus der heimgekehrten Ostmark wieder in seinen vormaligen Zustand zurückverwandeln durfte. Die Freude ist ihm noch heute, dreißig Jahre später, deutlich anzumerken – beispielsweise in der betont österreichischen Färbung seiner Umgangssprache (wer sich ihrer schon während der Nazizeit befliß, galt beinahe als Widerstandskämpfer); in einem gesteigerten Selbstverständnis und Selbstbewußtsein, das sogar die Form eines neuartigen österreichischen Nationalgefühls annehmen kann; und in einer allenthalben – auf politischem, auf wirtschaftlichem, auf kulturellem Gebiet – spürbaren Tendenz, sich im Vergleich zum großen deutschen Bruder nicht länger bagatellisieren zu lassen. »Deutschland ist weniger, als es meint – Österreich ist mehr, als es scheint«, lautete der epigrammatische Zuspruch, den Franz Grillparzer vor ungefähr 150 Jahren der Habsburgermonarchie angedeihen ließ. Heute täte er nichts dergleichen. Das heutige Österreich weiß ziemlich genau, was es ist.

Ja – und was ist es nun eigentlich?

Indem ich von Österreich wie von einem menschlichen Lebewesen spreche, setze ich das Land – das ja als solches zu den angeführten Regungen und Reaktionen außerstande wäre – mit seinen Bewohnern gleich. Natürlich ist Österreich das, was seine Bewohner aus ihm machen. Wie steht es also um sie? Wie ist der Österreicher beschaffen?

Da könnte man zunächst einmal feststellen, daß es ihn gar nicht gibt (oder nur als amtlich beglaubigten Staatsbürger). Er erweist sich schon hier, wie noch in manch einer anderen Hinsicht, als Erbe des 1918 auseinandergebrochenen Vielvölkerstaates. Ein Vorarlberger, dem alemannischen Schweizervolk grenznah verwandt, hat kaum etwas mit den von ungarischen und kroatischen Elementen durchsetzten Burgenländern gemein, ein Salzburger oder Tiroler kaum etwas mit den unter slawischen und italienischen Einflüssen stehenden Kärtnern. So kommen wir nicht weiter.

Es ist ein unsinniges Postulat, daß man »nicht verallgemeinern« dürfe. Zwar mag es auch cholerische Schweden und phlegmatische Sizilianer geben, aber im allgemeinen sind die Sizilianer cholerisch und die Schweden phlegmatisch. Man *muß* verallgemeinern. Wobei man sich darüber klar sein muß, daß der jeweils als typisch akzeptierte Volkscharakter wesentlich von der Landschaft mitbestimmt wird, die ihn umgibt. Wenn ich die österreichische Landschaft mit einem einzigen Wort charakterisieren sollte, würde ich sie (schon zum Unterschied von den majestätischen Gipfeln der Schweiz) »liebenswürdig« nennen – nicht ohne sogleich hinzuzufügen, daß der Charakter einer Landschaft, nämlich das, was sich dem Auge darbietet, notwendig etwas Vordergründiges, etwas im Ursprungssinn des Wortes Oberflächliches ist. Und so, wie hinter der aus Bergen und Seen anmutig in eins gefügten Alpenlandschaft Österreichs stete Lawinen- und Erdrutschgefahr lauert, kann aus der Liebenswürdigkeit des Österreichers Tücke und Brutalität hervorbrechen, kann der Charme zur Servilität entarten, die Gemütlichkeit zur Anschmeißerei und das freundliche Lächeln zur Tarnung eines verlogenen Nepps.

Das alles läßt sich ebensowenig leugnen wie die Tatsache, daß es wohl kaum ein Volk gibt, dem derlei Verwandlungskünste fremd wären, bei dem gute und schlechte Eigenschaften einander nicht die Waage hielten. Das Reizvolle an der österreichischen Mischung ist die unmittelbare Zusammengehörigkeit, die Wechselbeziehung zwischen den guten und schlechten. In manchen Fällen tritt die eine geradezu als Kehrseite der andern in Erscheinung. Gewiß, in geistigen und künstlerischen Belangen ist der Österreicher konservativ und neuerungsfeindlich bis zur Borniertheit – aber das hat ihn davor bewahrt, eine Reihe modischer Eintagsmücken für elefantische Offenbarungen zu halten. Gewiß, politisch ist er (mit Ausnahme des peinlichen und schmerzhaft gescheiterten Umfallers ins Großdeutsche) immer ein wenig abseits von den großen Strömungen des Weltgeschehens gestanden – aber die »immerwährende Neutralität«, zu der die Zweite Republik staatsvertraglich verpflichtet ist, hat ihn keineswegs eingeschläfert, und für anarchistische Terrorbanden wäre Österreich kein guter Boden. Gewiß, es geht in Österreich mitunter arg provinziell und muffig zu, aber dafür weder pathetisch noch humorlos. Und wenn es einerseits zutrifft, daß die rebellischen Genies, die Neuerer und Bahnbrecher, die dieses Land hervorgebracht hat – Freud und Adler in der Seelenforschung, Schönberg in der Musik, Kokoschka und Schiele in der Malerei, Loos in der Architektur –, im Ausland frühere und höhere Anerkennung gefunden haben als in der Heimat, so dürfen wir anderseits registrieren, daß in der Zeit zwischen den beiden Kriegen der Ruhm der deutschsprachigen Literatur zum überwiegenden Teil österreichisch war: Hofmannsthal und Schnitzler, Franz Kafka und Karl Kraus, Robert Musil und Hermann Broch, Joseph Roth und Franz Werfel und Stefan Zweig und noch etliche andere dazu.

Dem möglichen Vorwurf, daß hier schon wieder ein Rückgriff auf Vergangenes erfolgt, sei zweierlei entgegengehalten: Erstens kann sich die österreichische Literatur auch seit 1945 sehen lassen, von Doderer bis zu Peter Handke und Thomas Bernhard; und zweitens scheint mir die Beziehung zur eigenen Vergangenheit durchaus nichts Schimpfliches zu sein. Ich vermeide den Ausdruck »Tradition«, um nicht gerade bei jenen, denen ich sie schmackhaft machen will, um nicht gerade bei den Jüngeren in hoffnungslosen Verruf zu geraten. Aber ich möchte einem Kontinuitätsbewußtsein das Wort geredet haben, einem Gefühl für die eigenen Wurzeln, ohne deren pflegliche Behandlung nichts wachsen und gedeihen kann, nichts Späteres, nichts Heutiges.

Von diesem Kontinuitätsbewußtsein – das im übrigen nichts mit Kritiklosigkeit zu schaffen hat – hängt nach meiner bescheidenen, in wechselvollen Schicksalsjahren erhärteten Meinung das künftige Gedeihen Österreichs ab. Und diesem Kontinuitätsbewußtsein tut das heutige Österreich, vielleicht ohne es zu wollen oder gar zu wissen, doch schon recht weitgehend Genüge.

Als vor einigen Monaten ein Abgeordneter der Südtiroler Volkspartei namens Peter Brugger verlauten ließ, daß Südtirol, falls in Italien die Kommunisten an die Macht kämen, wieder zu Österreich zurückkehren müsse, reagierte die Mailänder Tageszeitung »Il Tempo« mit einem Leitartikel, der die separatistische Bestrebung nicht etwa verwarf, sondern im Gegenteil auf die Frage »Warum nur Südtirol?« abgestimmt war. Auch die Lombardei und Venetien, so hieß es, seien einmal österreichisch gewesen und möchten gleichfalls zurück.

Eine schönere Bestätigung ist jenem *Tu felix Austria*, das ja mit dem hier abgehandelten *A.E.I.O.U.* in ursächlichem Zusammenhang steht, schon seit Jahrhunderten nicht mehr zuteil geworden.

Wie weit reicht Wien?

(1968)

Da hat sich die Redaktion eine hochinteressante Frage ausgedacht, um dieses Heft einzuleiten. Und jetzt müßte man nur noch wissen, an welches Wien man dabei denken soll. Was denn eigentlich gemeint ist, wenn man »Wien« sagt. Die Hauptstadt der Republik Österreich? Und zwar der Zweiten Republik? Das heutige Wien also? Dann wäre die Frage, wie weit es reicht, mit erschreckender Mühelosigkeit zu beantworten.

Das heutige Wien, Hauptstadt und zugleich eines der neun Bundesländer des heutigen Österreich – flächenmäßig das kleinste von ihnen, nach der Bevölkerungszahl (rund eindreiviertel Millionen) das größte –, reicht genau bis an die Grenzen seiner 414 Quadratkilometer, nicht einen Schritt darüber hinaus.

Eher reichen die acht anderen Bundesländer nach Wien hinein, schon in struktureller und politischer Hinsicht. Die beiden großen Parteien, ÖVP (Österreichische Volkspartei) und SPÖ (Sozialistische Partei Österreichs), die zu annähernd gleichen Teilen etwa 90 Prozent der Gesamtbevölkerung erfassen und die bis 1966 gemeinsam regiert haben, müssen den in der Koalition geübten »Proporz« auch jede für sich beobachten, müssen auf ihre Parteiapparate in den Bundesländern Rücksicht nehmen – und dort stoßen oft genug Beschlüsse der Parteileitungen nur deshalb auf Ablehnung, weil sie aus Wien kommen.

Die nahezu separatistisch anmutenden Tendenzen, die sich

während der ersten Nachkriegsjahre in manchen westlichen Bundesländern bemerkbar machten, haben zwar seit dem 1955 erfolgten Abzug der alliierten Besatzungstruppen ihre Virulenz eingebüßt, aber der Widerstand gegen alles, was nach Bevormundung durch Wien aussehen könnte, dauert unvermindert fort. Von einem respektvollen Aufblicken zur Hauptstadt, von einer Bereitschaft, sich nach ihr zu richten, gar von einem Ehrgeiz, es ihr gleichzutun, kann keine Rede sein. Die Bundesländer, zumal die älplerischen, beeinflussen den Lebensstil der Hauptstadt, nicht umgekehrt. Wann aber wäre es umgekehrt gewesen?

Eine demoskopische Meinungsbefragung unter Nichtösterreichern würde auf die richtige Spur führen. Touristen von fern und nah, aber auch die Einwohner der heute zum Ostblock zählenden Nachfolgestaaten (und wer weiß wieviel Österreicher dazu) – sie alle würden auf die Frage, woran sie denken, wenn sie »Wien« sagen, mit größter Wahrscheinlichkeit von Dingen zu reden beginnen, die ihnen aus früheren Zeiten und vielleicht nur vom Hörensagen bekannt sind, die in Vergangenem wurzeln und sich nicht einmal unbedingt in die Gegenwart herübergerettet haben müssen, von Dingen, an deren Fortbestand sie mit Recht oder Unrecht glauben und die sie dem heutigen Wien gutschreiben.

Aber es ist das Einstige, an das sie denken und um dessentwillen sie auch dem Heutigen die Penetranz, mit der es sich selbst besingt, nicht übelnehmen, es ist mein Wien, die Stadt der Lieder, die obendrein stets die Stadt meiner Träume sein soll, es ist, ob sie's nun wahrhaben wollen oder nicht, die Kaiserstadt, die Haupt- und Residenzstadt des einstigen 50-Millionen-Reiches, die Metropole, in der sich dieses Reiches Völkerschaften (ihrer zehn oder zwölf) amalgamierten, in deren Umgangssprache sich slawische, ungarische, jüdische und italienische Brocken mischten: ein geographischer, politischer und geistiger Mittelpunkt von ungeheurer Anziehung und Ausstrahlung, die noch im entlegensten Nest an der galizianisch-russischen Grenze, noch im dalmatinischen Fischerdorf spürbar blieb. Dieses Wien hat den Zerfall der Monarchie um zwei Jahrzehnte überlebt. Mit diesem Wien, obschon ihm Glanz und Gloria zusehends abhanden kamen, war es erst 1938 endgültig vorbei, erst mit der Heimkehr in ein Reich, in dem es nie zu Hause gewesen war. Bis 1938 fuhr man aus Prag und Brünn und Budapest noch immer zu den Wiener Theaterpremieren, lagen in den Kaffeehäusern von Agram und Krakau und Czernowitz noch immer die Wiener Zeitungen auf, war Wien eine sozusagen in Liquidation befindliche Zentrale, die von den intakten Filialen noch immer anerkannt wurde. Seit 1945 – als Wien aus den sieben Jahren, die es vom Tausendjährigen Reich abbekommen hatte, wieder zu sich zurückfand – ist es keine Zentrale mehr. Dafür ist es intakt. Eine intakte Filiale. Eine Filiale seiner selbst.

Um es noch ein wenig krasser zu sagen: Was an dieser Filiale intakt, was am heutigen Wien heutig ist, hat im Grunde mit Wien nichts zu tun, könnte anderswo genauso intakt sein: Wohnbauten und Wohnsiedlungen, Spiel- und Sportplätze, Höhenstraßen und Rolltreppen, unterirdische Passagen... Wer wollte das schmälern oder gar schmähen. Aber wer wollte nach Wien kommen, um gerade das zu suchen?

Ein Wiener, der das Schreiben von Berufs wegen ausübt, wird eines Tages unweigerlich gedrängt sein (oder gedrängt werden), auch einmal über Wien zu schreiben, und eines zweiten Tages ein zweitesmal, und so in Abständen weiter. Nun, dadurch kommt er wenigstens besser in die Lage, sich selbst und einer wechselnden Öffentlichkeit über das Thema »Wien« Rechenschaft zu geben. Es ist eine Art Bestandsaufnahme, ähnlich dem medizinischen *check-up*, wobei man als Wiener zugleich Arzt und Patient ist. Gelegentlich einer solchen Kontrolluntersuchung erschien mir Wien vor etwa zehn Jahren als »die Stadt der funktionierenden Legenden«.

Ich fürchte, daß diese Bezeichnung heute nicht mehr anwendbar wäre, oder nur in sehr beschränktem Ausmaß. Ich fürchte, daß die Legenden, denen die Wirklichkeit Wiens seit jeher so erfolgreich nachgeeifert hat, daß man gar nicht recht wußte, ob der gemütliche Wiener die Ursache oder die Folge der ihm gewidmeten Lieder war und ob das »süße Mädel« von Schnitzler geschildert oder geschaffen wurde – ich fürchte, daß all diese Legenden immer bedrohlichere Abnützungserscheinungen zeigen und allmählich zu funktionieren aufhören.

Das Kaffeehaussterben macht rüstige Fortschritte, Wiens letztes ruhmreiches Literaten-Café, das »Herrenhof«, besteht nicht mehr, und was man sich überhaupt unter dem Begriff »Wiener Kaffeehaus« vorstellt, gibt's praktisch nur noch in den Außenbezirken; alles andere sind international nivellierte Lokale. Auch findet man immer weniger echte »Heurige«, die kleinen, leisen Buschenschenken, die ihren grünen Kranz nur so lange »ausg'steckt« haben, als die Lese des dazugehörigen Weinbergs vorhält; alles andere sind jahraus, jahrein geöffnete Gaststätten mit lauter Musik und greller Beleuchtung und großer Speisenauswahl.

Hingegen ist von den Speisekarten der eigentlichen Restaurants die Rubrik »Rindfleisch«, deren Vielfalt einstmals den Stolz der Wiener Gastronomie bedeutet hat, völlig verschwunden; wenn's hochkommt, tauchen zwei Sorten Rindfleisch unter den »Fertigen Speisen« auf. Verschwunden ist das Herrenmodegeschäft Prix am Graben, das in seinem altehrwürdigen Schild noch den Titel »Hemdenmacher und Wäscheputzer« geführt hat. Verschwunden ist Wiens vornehmste »Luxus- und Galanteriewaren-Handlung«, der Hieß am Kohlmarkt.

Oper und Burgtheater haben ihren Vorrat an traditionellem Ruf und Ruhm fast restlos aufgezehrt und werden nur noch aus Gewohnheit den führenden europäischen Bühnen zugerechnet. Die Operette, des Wien-Klischees liebstes Kind, hat ihr einziges Heim im Raimund-Theater, und wahrlich, es ist ein Altersheim. Die Wiener medizinische Schule, einst weithin berühmt, liegt friedlich dort, wo der übrige Lehr- und Universitätsbetrieb liegt: im argen. Wiens Literatur, die in der Zeit zwischen den beiden Kriegen [...] gut drei Viertel aller deutschsprachigen Literaturgipfel besetzt hielt, trauert um Heimito von Doderer, ihren letzten bedeutenden Repräsentanten ... Es ist ein Schwanengesang mit zahllosen Strophen.

Gewiß: ein Gesang noch immer. Gewiß: die Stadt, der er gilt, hat noch immer Musik in sich, und die imperiale Grandezza, mit der in ihrem steinernen Bild das Grün der Gärten und der luftige Raum einander ausgewogen halten, hat unter den Städten der Welt noch immer nicht ihresgleichen (und wird es niemals haben). Gewiß: durch die Ritzen des edlen Gemäuers lugt da und dort noch ein unverwechselbarer Lebensstil hervor, eine heitere Gelassenheit, die durchaus dem Wertbeständigen zugewandt ist und sich vom Wirbel ringsumher nichts weismachen läßt. Und gewiß: auch das neue, das heutige Wien hat seine Meriten und Talente, denen innigst zu wünschen ist, daß sie blühen und gedeihen mögen.

Aber sie sind es nicht (und werden es niemals sein), was sich in aller Welt und für alle Zeiten mit dem Begriff »Wien« verbindet. Das Wien, an das man denkt, wenn man »Wien« sagt, und von dem man sich auch heute noch im Hafen von Triest oder in einem Kaffeehaus in Meran, vor einer Litfaßsäule in Laibach oder vor einem Theatergebäude in Bielitz jäh und geheimnisvoll angerührt fühlt – dieses Wien existiert nicht mehr. Und dennoch reicht es über sich, über sein Ende hinaus, hält seine Leuchtkraft an, wie das Funkeln eines Fixsterns, auch wenn er schon längst erloschen ist.

Der schönste Bezirk

(1953)

Der neunte Bezirk ist der schönste von allen Wiener Bezirken. Als einzige, ganz vorsichtig zu erwägende Ausnahme könnte man höchstens die heute unter der Bezeichnung »Döbling« zusammengefaßten Vororte gelten lassen – Vor*orte*, wohlgemerkt, nicht Vor*städte*. Denn Grinzing, Nußdorf, Sievering, oder wie Döblings Bestandteile sonst heißen mögen, hatten auf die Bezeichnung »Stadt« nicht einmal hinter der einschränkenden Vorsilbe »Vor« den geringsten Anspruch. Im alten Wien gab es noch Rang- und Sprachverantwortung, die darauf achtete, daß Nam' und Art übereinstimmten. Eine Vorstadt mußte tatsächlich vor der Stadt liegen, also an die Stadtmauer, an die Festungswerke, an die Glacisgründe angrenzen und ihrerseits den Schutz eines zweiten Befestigungsgürtels genießen. Auf den neunten Bezirk traf das in schlechthin mustergültiger Weise zu. Was sich hingegen späterhin als »neunzehnter Bezirk« etablierte, um der Schönheit des neunten unlautere Konkurrenz zu machen, lag jenseits des Linienwalls und eigentlich schon auf dem Land. Da ist es natürlich keine Kunst, »schön« zu sein.

Getrost jedoch und gemach! An Eigenart und Atmosphäre – nein, sagen wir ruhig: an Eigenarten und Atmosphären, denn ihrer sind viele – kann es der neunte Bezirk noch lang mit dem neunzehnten aufnehmen, und die Vorstädte (jawohl: Städte!), aus denen er organisch erwuchs, haben sich dennoch ihren unverwechselbaren Charakter erhalten. Wer, in aller Welt oder mindestens in Grinzing und Sievering, vermöchte auf den ersten Umblick, besonders zu vorgerückter Stunde, genau zu sagen, ob er in Grinzing oder in Sievering sei? Aber versuche doch einer, den Himmelpfortgrund mit der Rossau zu verwechseln, den Althan- mit dem Thurygrund, die Alservorstadt mit Lichtental! Eher als daß ihm solches geschähe, wird ihn die unaufdringliche Exklusivität der Gegend um die Strudlhofstiege an das Gesandtschaftsviertel des dritten Bezirks gemahnen, oder das ruhige Halbrund hinter der Votivkirche an die noble Wohnlichkeit der Wieden; eher wird er sich in der Heß- oder Wasagasse schon in der Innern Stadt glauben, oder angesichts der urwüchsigen Lebensfülle, mit der ihn die oberen Sprengel der Nußdorfer-, der Währinger-, der Liechtensteinstraße umfangen, schon in Ottakring oder in sonstwelchen entern Gründen. So bunt und vielgestaltig ist der neunte Bezirk. So viel Peripherie verträgt sein Zentrum. Wahrlich, wenn irgendein Wiener Bezirk als eigene Stadt gelten darf wie nur noch die Innere selbst, dann ist es der neunte!

Auch in seinem historischen Anteil an Wiens Entwicklung und Geltung hat er nicht seinesgleichen unter den Bezirken. Hier steht Schuberts Geburtshaus und Beethovens Sterbehaus. Hier schrieb Johann Gabriel Seidl das »Gott erhalte«. Hier, im Etablissement »Zum Goldenen Steg« (in der heutigen Nußdorferstraße), dirigierten die jungen Kapellmeister Lanner und Strauß ihre ersten Tanzorchester. Von hier aus traten die »Wäschermädelbälle« ihren Siegeszug an, der lang über den Vormärz hinaus anhielt und erst am deutschen Tonfilm zuschanden wurde. Hier baute schon im 17. Jahrhundert der Fürst von Liechtenstein sein Stadtpalais und seine bis auf den heutigen Tag hochberühmte Bildergalerie. Und der aristokratische Stempel, den noch andre fürstliche oder gräfliche Häuser (Auersperg, Dietrichstein, Clam-Gallas) dem Alsergrund aufprägten, stimmte in stilvoller Harmonie auf die bürgerliche Behäbigkeit und die volkstümliche

Vergnügungsbereitschaft dieses Bezirks sich ab, welcher ein höchst theaterfreudiger war seit je, seit Danzers Orpheum über Komödienhaus und Neue Wiener Bühne bis zur Volksoper. Von hier nahm eine der sensationellsten Reportagereisen des vergangenen Jahrhunderts ihren Ausgang, als Julius Löwy, der Chefredakteur des »Illustrierten Wiener Extrablatts« (ebenso wie »Tag« und »Stunde« und heute noch der tschechische »Vídeňský Denník« ein Produkt des Alsergrunds), 1889 im Fiaker zur Pariser Weltausstellung fuhr. Der neunte Bezirk beherbergt in seinen Gemarken so wichtige Institute wie die medizinischen der Wiener Universität, das Allgemeine Krankenhaus, das Handelsmuseum, das technologische Gewerbemuseum; so respektgebietende wie die Polizeidirektion und die Rossauerkaserne; und so reizvoll rätselhafte wie die Nationalbank und den Franz Josefs-Bahnhof.

Bedenkt man noch, daß die herbstlichen Kastanien nirgends so reich und glänzend fielen wie im Liechtensteinpark; daß man nirgends so ideal »anmäuerln«* konnte wie an der Servitenkirche und nirgends einen so ungestörten »Spitzendoppler«** spielen wie auf den asphaltierten Querzeilen zwischen Kolingasse und Maria Theresien-Straße, hinter dem dreigeteilten Schlickpark; daß man in der Schmiede am Clam-Gallas-Garten (dem heutigen Fliegerkino) die besten »Stollen«*** geschenkt bekam, mit denen selbst der größte Patzer eine »Königsmaut« zustandebringen mußte (3 aus der Luft, 2 von der Bank, nicht umgekehrt); und daß es niemals, niemals wieder so guten türkischen Honig gegeben hat wie am Peregrinimarkt –: dann wird, wer sich noch ein kleines

* Anm. d. Hrsg.: »anmäuerln«: ein Spiel mit Murmeln, die man gegen eine Mauer wirft;

** »Spitzendoppler«: eine Knaben-Variante des Fußballspiels;

*** »Stollen«: Eisenschrauben für Hufeisen.

bißchen Objektivität bewahrt hat, nicht länger leugnen können, daß der neunte Bezirk der schönste von allen Wiener Bezirken ist.

Und das sage ich nicht vielleicht deshalb, weil ich dort geboren und aufgewachsen bin.

Kulturkritik in Wien

(1957)

Als vor kurzem einer der ehrwürdigen Mimen des ehrwürdigen Burgtheaters sein 70- oder vielleicht 80jähriges Bühnenjubiläum feierte, da begab es sich, daß er in seiner Dankrede, mit der er die verschiedenen ihm zuteil gewordenen Ehrungen quittierte, auch für eine musikalische Darbietung dankte, die ihm noch gar nicht zu Gehör gebracht worden war. Und damit hatte er eigentlich nichts weiter getan, als was Mimen vor jedem Auftreten zu tun pflegen oder tun sollten: er hatte sich vorbereitet, er hatte sich seine Rolle – in diesem Fall seine Rede – zurechtgelegt, und er sprach sie ohne Rücksicht darauf, ob sie mit dem Vorangegangenen tatsächlich übereinstimmte.

Ich rufe Ihnen diesen Vorfall nicht etwa deshalb in Erinnerung, weil er für den kulturellen Zustand Wiens typisch wäre, sondern weil ich mich in einer ganz ähnlichen Situation befinde wie jener Ehrwürdige – mit dem fundamentalen Unterschied allerdings, daß ich in keiner Weise ehrwürdig bin. Ich stehe lediglich vor der riskanten Aufgabe, an fünf Vorredner, die sich ihre Reden mit Recht und mit Sorgfalt vorbereitet haben, als letzter anschließen zu müssen. Und schon der Charakter des mir zugewiesenen Themas – »Kulturkritik in Wien« – schien mir die Verpflichtung zu umschließen, mich auch mit den kulturkritischen Darlegungen meiner Vorredner auseinanderzusetzen und sie in meine eigenen miteinzubeziehen. Wie aber sollte ich das bewerkstelligen? Einerseits mußte ich auf meinen Diskussionsbeitrag doch wohl die gleiche Sorgfalt verwenden wie sie, mußte ihn also vorbereiten. Anderseits hätte ich der eben erwähnten Verpflichtung doch nur dadurch gerecht werden können, daß ich meinen abschließenden Beitrag improvisiere – und bei einer von so langer Hand vorbereiteten Veranstaltung wäre das nicht nur einer Respektlosigkeit gegen die Veranstalter, die Vorredner und die Hörer gleichgekommen, sondern es brächte, wie jede Improvisation, noch zusätzliche Fährnisse und Mißlichkeiten mit sich. Es war ein richtiges Dilemma, mit dem ich mich da konfrontiert sah, und es ist dem permanenten Dilemma des Kulturkritikers, dem Konflikt zwischen pflichtgemäßer Obsorge und Eingebung des Augenblicks, schon nicht mehr ganz so wesensfremd.

Immerhin ließ sich in der Programmankündigung, die mir wie Ihnen allen mit geradezu niederschmetternder Rechtzeitigkeit zugegangen ist, ein ganz bestimmter Anhaltspunkt entdecken, an den ich mich jetzt, Ihre freundliche Erlaubnis vorausgesetzt, anhalten möchte. Ich meine die vollen Titulaturen, mit denen die Sprecher des heutigen Abends auf dem Programm angeführt waren. Es fand sich da – und ich bitte sowohl die Inhaber dieser Titel wie die Veranstalter um Nachsicht für die nochmalige Aufzählung – es fand sich da, in dieser Reihenfolge, ein Professor, ein Doktor, ein Professor Doktor, ein Regierungsrat Professor, ein Professor Doktor und als letzter (in dem ich mich selbst erkennen mußte) ein Chefredakteur. Über dem Ganzen stand: »Wie erhält man Wien als Kulturzentrum?« Und die Antwort liegt nahe: so nicht.

Nun: diese Antwort läge nicht bloß nahe. Sie wäre, eben darum, gar zu bequem. Es wäre gar zu oberflächlich, aus der höflich-korrekten Anführung wohlverdienter Titel und Würden gleich den ganzen kulturellen Zustand definieren zu wollen, in dem solche Anführung für notwendig oder wesentlich erachtet wird. Lassen Sie mich, wofern Sie mir also diesen gewissermaßen symbolischen Ausgangspunkt konzedieren wollen, sogleich und mit allem Nachdruck feststellen, daß ich Höflichkeit und Korrektheit für durchaus unentbehrliche Kulturmerkmale halte und daß aus der proklamierten Verknüpfung von Rang und Person eine durchaus liebenswerte Freude am Erreichten und Erworbenen spricht. Hier aber sind wir – unversehens vielleicht, aber keineswegs gewaltsam – schon mitten in der Problematik dessen, was uns als »Kulturkritik« zu gelten hat.

Kulturkritik nämlich, meine Damen und Herren, wird ihrer schwierigen und verantwortungsvollen Aufgabe nur dann gewachsen sein, wenn sie sich vor der »Freude am Erreichten« ebensosehr in acht nimmt wie vor deren Gegenteil, vor der Geringschätzung des Erreichten, vor der Überschätzung des noch zu Erreichenden. Sie muß sich vor dem behaglichen Ausruhen auf alten Lorbeeren ebenso hüten wie vor der allzu eifrigen Bereitschaft, dem »Neuen« nur deshalb, weil es neu ist, Lorbeerkränze zu winden. Schon indem ich dies sage, merke ich mit einigem Gram, daß es den unguten Klang eines reaktionären Aufrufs hat, eines Plädoyers für das risikolose Mittelmaß. Es ist nichts weniger als das. Es ist weder ein Aufruf schlechthin für das Alte noch schlechthin gegen das Neue. Ja es plädiert viel eher für ein Maßhalten im Alten als im Neuen. Das Neue als solches soll gar nicht maßhalten, kann gar nicht maßhalten: damit würde es ja seinen eigenen Antrieb und Auftrag desavouieren. Es sei so neu als es immer will. Wofür hier plädiert wird, ist eine Erkenntnis, die der Kulturkritik schon deshalb gemäß sein muß, weil sie, die Kulturkritik, ihre wirkliche Aufgabe doch nur im humanistisch ausgeweiteten, im universellen Rahmen der Epoche entfalten kann, in der sie geübt wird. Und zu den wesentlichen, zu den gewaltigen, zu den im höchsten Sinn tragischen Erkenntnissen dieser unserer Epoche scheint mir die Wahrnehmung zu gehören, daß Revolutionen, je ungeheuerlicher sie sich in Szene setzen und je unversöhnlicher sie ein Neues herbeizuführen entschlossen sind, desto unweigerlicher zu einer grausamen Neuauflage des Alten degenerieren. Hellsichtige Geister haben das längst gewußt. Es ist nun an die dreißig Jahre her, daß José Ortega y Gasset in seinem »Aufstand der Massen« dieses zu sagen hatte:

»Das Unbegreifliche und Zeitwidrige ist, daß eine heutzutage angezettelte Revolution genau so verläuft wie alle früheren und deren Schwächen und Irrtümer auch nicht im geringsten verbessert. Darum sind die ›neuen‹ politischen Versuche, die augenblicklich in Europa und seinen Grenzgebieten angestellt werden, ein entschiedener Rückschritt, eine eintönige Wiederholung aller Revolutionen von jeher, und das gerade Gegenteil von einem Neuanfang des menschlichen Lebens.«

Meine Damen und Herren: ich spreche immer noch von Kulturkritik. Ich meine, daß sie sich diese Erkenntnis zunutze machen und sie anwenden soll. Sie soll, meine ich, zu der Erkenntnis durchstoßen, daß es in der Kunst keine Revolutionen gibt, und soll allem, was sich als revolutionär ausposaunt, mit mißtrauischer Wachsamkeit begegnen. Sie soll sich des zutiefst evolutionären Charakters aller echten künstlerischen Neuerungen bewußt sein, soll ihn aufspüren und hervorkehren und gegen das scheinrevolutionäre Getöse abgrenzen. In der Kunst ist dieser Vorgang nicht so schwer zu regulieren wie in der Politik, in der Kunst entlarven sich die vermeintlichen Revolutionen nach einiger Zeit als lediglich komische Irrtümer, nicht als tragische, nicht als blutige, nicht als unmenschliche. In der Kunst ist Irren noch menschlich. Und diesem Irren auf die Spur zu kommen und auf der Spur zu bleiben, obliegt der Kulturkritik. Sie hat's – soweit sie nicht selbst dem Irren unterliegt, da ja auch sie von Menschen ausgeübt wird – sie hat's verhältnismäßig leicht. Und eben darum sollte sie sich's nicht noch leichter machen.

Eine gewisse Neigung dazu – und damit sei, wie zuvor vom

größeren Komplex der Zeitkritik auf ihre kulturkritische Anwendung, nunmehr vom kulturkritischen Komplex auf die Kulturkritik in Wien geschlossen und abgeschlossen – eine gewisse Neigung, sich's leicht zu machen, ist der Wiener Kulturkritik nicht abzusprechen. Nun wäre ja dagegen, daß sie zu einem Festhalten an schon erprobten Maßstäben tendiert, noch nichts einzuwenden. Nur verwechselt sie bisweilen die Maßstäbe mit dem zu Messenden. Das heißt: sie verwirft Neues, weil ihr die alten Maßstäbe nicht darauf zu »passen« scheinen und weil sie fürchtet, andernfalls die Maßstäbe selbst verwerfen zu müssen. Dem ist nicht so.

Gerade die alten und erprobten Maßstäbe sind bestens geeignet, die Wertbeständigkeit des Neuen zu ermessen. Aber auch Maßstäbe müssen dehnbar sein, auch Maßstäbe – und ich bitte Sie, sich das ganz visuell vorzustellen, etwa an Hand eines zusammenlegbaren Zollstabs – auch Maßstäbe können erweitert werden. Dazu ist es freilich notwendig, daß jene, die sie anlegen, die Tätigkeit des Messens und Vergleichens, also des »Kritisierens« im wörtlichen Sinn, als eine kreative Begleittätigkeit ausüben. Kulturkritik ist etwas Mitschöpferisches und Organisches, und der Kulturkritiker operiert nicht von außen her, sondern innerhalb des kulturellen Organismus. Und damit darf ich für jene freundliche Titelparade, die mir als Anhalts- und Ausgangspunkt gedient hat, am Ende doch eine nicht ganz so oberflächliche Deutung in Anspruch nehmen.

Ich will sagen, daß alle diese mit vollen Titeln Angeführten – etwa mit Ausnahme des abschließenden Chefredakteurs, der ja auch rechtens des akademischen Grades enträt – daß sie doch alle etwas geleistet haben, was auch ohne Titel besteht. Und ich will sagen, daß sie mir durch die Anführung ihrer Titel in eine unbeteiligte Distanz abgedrängt schienen, als wären sie ein eigens zur Untersuchung bestelltes und würdig legitimiertes Gremium. Kulturkritik aber – und das gilt für die Kulturkritik in Wien so gut wie anderswo – ist keine Untersuchung aus unbeteiligter Distanz. Sie ist selbst ein Teil des kulturellen Zustands, den sie kritisiert.

(Gesprochen am 27. März 1957 in der Österreichischen Nationalbibliothek als Schlußreferat eines vom Österreichischen Schriftstellerverband abgehaltenen Diskussionsabends zum Thema »Wie erhält man Wien als Kulturzentrum?«)

P. S. zu einem mißverstandenen Gschnas

(1952)

Nun haben Künstlerhaus, Akademie und Sezession ihre diversen, wenn auch nicht sonderlich verschiedenen Narrenparadiese hinter sich, und auf einem der letzten hat sich noch rasch ein Sündenfall begeben, der pünktlich mit der dazugehörigen Austreibung endete. Es handelte sich indessen nicht um ein Vergehen gegen die Sittlichkeit, wie sich's die lüsterne Phantasie etwa ausmalen mag (und nur ausmalen kann, solange ihr die einzig ergiebige Nahrung zugeführt wird, nämlich kein Besuch der betreffenden Feste). Was vorlag, war ein Eigentumsdelikt, begangen von einem jungen Maler an einer Flasche Sekt. Die sah er scheinbar herrenlos auf einem verlassenen Tisch, setzte sich daran und lud auch noch eine vorüberkommende Dame ein, sie mit ihm zu leeren. Wie gänzlich ohne Arg er handelte, geht schon daraus hervor, daß er auch noch dasaß, als der rechtmäßige Eigentümer nach geraumer Zeit vom Tanze zurückkam. Es erfolgte ein scharfer Zusammenstoß, der Eigentümer forderte Spesenersatz, der junge Maler, des Geldes wie des Verständnisses bar, weigerte sich zuerst höflich, dann immer heftiger, zum Schluß handgreiflich, und der Rest ist Polizeigeschichte.

Ein an sich unerhebliches Geschehnis. Aber der Stilbruch der mitten durch unser Leben geht, tritt an ihm so kraß zutage, als hätte es sich haarscharf auf jenem schmalen Grat abgespielt, der Zeitenwende heißt und auf dem die Requisiten einer herrenlos gewordenen Vergangenheit wie verlorene Flaschen herumstehen. Entweder konnte jener Besucher sich's leisten, den Sekt nicht nur zu bestellen, sondern ihn unbeaufsichtigt zurückzulassen – dann hätte er, schon gar auf einem Gschnasfest, auch den Humor und die Großzügigkeit aufbringen müssen, von einem offensichtlichen Maler nicht nur kein Geld zu verlangen, sondern ihn noch zu einer anderen Flasche einzuladen. Wenn er sich das alles aber nicht leisten konnte, dann wäre es rätlicher für ihn gewesen, entweder keinen Sekt zu bestellen oder wenigstens die Flasche zum Tanze mitzuführen, statt durch die demonstrative Gleichgültigkeit, mit der er sie stehenließ, dem jungen, gläubigen Sezessionisten eine Welt in geordneten Bahnen vorzutäuschen: noch gab es, so mußte es ihn ein paar selige Minuten lang bedünken, auf der einen Seite Mäzene, für die eine angefangene Flasche halb leer – und auf der anderen Seite ihn selbst, für den sie halb voll war. Dann, jählings, gingen Traum und Flasche in Scherben, der Mäzen war kein Mäzen, und vielleicht wird eben darum aus dem jungen Maler kein Maler werden.

Er heißt obendrein Claudio, ganz wie von Hofmannsthal, dessen Zeit noch voll von Fasching und Mäzenen war (und der sich aus dieser Zeit schon rückwärtsgesehnt hat nach hohen Gittern, Taxushecken, Kavalieren und Abbati), Claudio wie der aus »Der Tor und der Tod«, der keinem etwas war und keiner ihm... »Genug. Ich grüße dich, wenngleich beklommen. Doch wozu bist du eigentlich gekommen?«

P. S. zur Verwendung von Bienenhäusern

(1952)

Unschönes begibt sich in Salzburg und erregt teils berechtigter, teils nur begreiflicher Weise den Mißmut der Öffentlichkeit und der Behörden. Er gilt dem ständig wachsenden Troß von Marketenderinnen, die im Gefolge der amerikanischen Besatzungstruppen auftreten, sich als Anrainer ihrer Siedlungen niederlassen und überall dort, wo einzelne Truppenkörper in hochtemperierten Bierlokalen Erholung suchen, um sie herumstreichen wie Katzen um den heißen Bräu. Dagegen ist jetzt die Salzburger Polizei vermittels einer Razzia eingeschritten, und bei dieser Gelegenheit sind nebst den Wogen der Empörung auch einige Vertreterinnen des ältesten aller Berufe hochgegangen sowie einige ihrer schäbigen Nutznießer, die ihnen zum schamlosen Zweck (und zu noch schamloserem Preis) sogar ehemalige Bienenhäuser vermietet hatten.

Ist schon das Mietkapital, das aus solcherlei geschlagen wird, unsauber genug, so muß dem von seiten der zornroten Presse unternommenen Versuch, auch noch politisches Kapital daraus zu schlagen und eine »Ami-Verseuchung der Westzone« festzustellen, mit dem Hinweis begegnet werden, daß da im Westen nichts Neues vorliegt.

Neben unzähligen andern Belegen, die es in der Weltgeschichte und in der Weltliteratur dafür gibt, kann eine erstaunlich zutreffende Schilderung der gegebenen Umstände sogar bei Wilhelm Busch nachgelesen werden, und zwar in »Schnurrdiburr oder Die Bienen«, wo ein junger Mann durch ähnliches Bestreben ein ähnlich übertriebenes Mißfallen hervorruft.

»Er fühlt, obwohl noch unbewußt, ein süßes Ahnen in der Brust« und ist gerade dabei, diesem Ahnen nachzugehen und nachzugeben, »doch da ertönt ein tiefer Baß: Ha, Ungetüm, was ist denn das?!« – eine nachlässigere Fassung von »Ami go home«, die jedoch den natürlichen Lauf der Dinge damals so wenig aufgehalten hat wie heute. Das Ende, Salzburg oder anderswo, Uniform oder nicht, bleibt das gleiche:

»Ade nun also – und um zehn
Beim Bienenhaus auf Wiedersehn.«

Salzburger Festspiele 1952

Anfang Juli

Vorsaison im Salzburgischen

Nach den ehernen Gesetzen des Hotel- und Gastwirt-Kalendariums ist sie allerdings schon vorüber. Glock Mitternacht am 30. Juni verschwinden, hohl mit den mageren Gebeinen klappernd, die Gespenster der verbilligten Vorsaison-Arrangements, der vierzehntägigen Pauschalaufenthalte inkl. Hin- und Rückfahrt, und die Hauptsaison beginnt. An dieser Überzeugung hält das Sommerfrischengewerbe unbeugsam fest, mit allen Konsequenzen und ungeachtet der jeweils gegebenen Sachlage.

Einer unserer Gymnasialprofessoren war von ähnlich starrem Glauben an die natürliche Gesetzmäßigkeit der Dinge durchdrungen. Einmal begab es sich in seiner Unterrichtsstunde, daß die winterliche Rückfälligkeit eines Apriltages das Klassenzimmer in immer tiefere Düsternis tauchte. Laut und lauter erscholl der Ruf nach Beleuchtung (die damals, kurz nach dem Ersten Weltkrieg, noch durch Gaslicht und den Schuldiener bewerkstelligt wurde), und diesen Rufen gebot der Professor – er war böhmischer Herkunft und achtete sorgfältig auf die Vermeidung jeglichen Umlauts – mit folgenden Worten Einhalt: »Wir haben heite«, so sprach er, »den achtzehnten April. Es ist tiefer Friehling. Es ist dreiviertel nein Uhr vormittag. An einem Vormittag im Friehling, das mechte ich mir ausgebeten haben, herrscht bekanntlich Helle.«

Am 1. Juli beginnt bekanntlich die Hauptsaison.

Indessen sind nicht nur Vor- und Hauptsaison zu einigermaßen fluktuierenden Begriffen geworden – auch der Begriff der Sommerfrische selbst hat sich im Lauf der Zeit grundlegend verändert, und unsere Eltern würden ihn kaum wiedererkennen. Für sie (die Eltern jener Generation, deren Klassenzimmer noch mit Gaslicht beleuchtet wurden) war »Sommerfrische« ein tiefer Einschnitt in den Ablauf des Jahres und in die Führung des Haushaltes. Man »ging aufs Land« unter so gewaltigen Vorkehrungen, als ob man nach Amerika ginge, mit Kind und Köchin und enormen Rohrplattenkoffern – »mit Wirtschaft«, wie der bedenklich zweideutige Ausdruck hieß. Es war eine durchaus eigene, in sich gerundete Periode der Seßhaftigkeit, die da kurz nach Schulschluß begann und kurz vor Schulbeginn schloß, man war auf Gedeih und Verderb an einen im voraus bestimmten, im voraus bezahlten Aufenthaltsort gebunden, und weil man das wußte, trachtete man auch schon im voraus die Gedeihlichkeit der Bindung sicherzustellen – was am besten dadurch geschah, daß man immer am gleichen Ort seßhaft wurde. Sommerfrische, damals, bedeutete nichts weiter, als daß man genau so lebte wie sonst, nur anderswo. Man erholte sich dort, wo man schon gewohnt hatte, und so, wie man's schon gewohnt war.

Sommerfrische, heute, bedeutet das genaue Gegenteil. Vielleicht bedeutet es auch das genaue Gegenteil von Erholung. Oder vielleicht erholt man sich heute auf eine genau gegenteilige Art.

Im Salzkammergut wird überdies zwischen Haupt- und Hochsaison unterschieden, zumindest im erweiterten Umkreis der Stadt Salzburg bis einschließlich Wolfgang-, Mond- und Attersee. Erst wenn die Festspielzeit beginnt, erst wenn die Zug- und Autobusverbindungen mit Salzburg auf wahrhaft festliche Frequenz gebracht werden, so daß man mehrmals am Tag und sogar einmal noch des Nachts nach Seewalchen oder Strobl gelangen kann – erst dann ist wirklich Hochsaison. Bis dahin träumt das Salzkammergut von jenen besseren Sommerfrischentagen, da man nach St. Gilgen kam, um in St. Gilgen zu bleiben, da man am Mondsee Wohnung nahm, weil man am Mondsee wohnen wollte, und nicht, weil näher bei Salzburg nichts mehr zu haben war. Bis dahin ist die Salzkammergut-Lokalbahn, die Jahr um Jahr beharrlich totgesagte, die unbekümmert um ihr längst proklamiertes Begräbnis sich Jahr um Jahr beharrlich in Bewegung setzt – bis dahin ist dieses Sinnbild österreichischen Lebenswillens kein bloßes Relikt, auf das man mit Fingern zeigt, sondern ein konkretes Beförderungsmittel. Bis dahin darf, wer im Salzkammergut Aufenthalt nimmt, sich dem wohlig-trügerischen Schein hingeben, daß es nicht die Salzburger Festspiele sind, die der Gegend ihren Stempel aufdrücken, sondern die Gegend.

Und welch eine Gegend ist es, welch ein Stempel! Die Wiener Gemütlichkeit – mit allem was dazugehört, mit Wein und Musi, mit Maderln und Hamur – mag dem und jenem immerhin als Bumerang-Ergebnis einer Eigenpropaganda gelten, die sich und aller Welt so lang von ihrem einmaligen Zauber sang und sagte, bis sie dem selbstgeschaffenen Ruf auf ja und nein gerecht wurde. Vor dem einmaligen Zauber des Salzkammergutes verstummt solche Theorie (und jede andere). Dabei trifft es keineswegs zu, daß sich Natur vom Menschen nicht ins Handwerk pfuschen ließe und daß ihre Herrlichkeit immer nur Selbstherrlichkeit wäre. Menschliche Planung gehört so gut zu ihr wie himmlische Willkür, ja es ist gerade das Beiwerk aus Straßenschwung und Viadukt, aus Kirchturm und verstreuten Hütten, welches die Landschaft von der Wildnis unterscheidet. Hier aber, im Salzkammergut, wäre das Beiwerk – wie organisch es sich dem Landschaftsbild auch einfügt – dennoch und unzweifelhaft entbehrlich. Hier ist es ganz und gar die Natur, die sich den Zauber schafft, einen Zauber von einmaligem Maß und Gleichgewicht und von einer unerschöpflichen Vielfalt des Panoramas. An jeder Biegung eines jeden Weges wird neue Landschaft offenbar, noch nie zuvor geschaute Landschaft, die man auf den ersten Blick erkennt. Und so vollendet sind die Gipfel der Berge und die Spiegel der Seen aufeinander abgestimmt, daß Pathos und Sentimentalität ein Drittes ergeben, von dem man zuallerletzt glauben würde, daß es sich aus diesen beiden riskanten Faktoren ergeben könnte: Anmut.

Noch ist sie, diese Anmut, jenen überlassen, die um ihretwillen das Salzkammergut aufsuchen. Noch sind die Wirte wundermild und um das Wohl des Gastes bemüht, der schon gekommen ist, noch haben sie ausg'steckt und locken den Gast, der noch kommen soll, mit der Tafel »Zimmer frei«, häufig in englischer Übersetzung dazu: »rooms to let«, eine so perfekte wie ungefüge Letternfolge, der man anzumerken glaubt, daß sie den englischen Wortschatz der ganzen Wirtsfamilie umfaßt. Noch können die slawischen, die reichsdeutschen, die ungarischen Sprachbrocken, die im Salzburger Casino hörbar werden, niemanden darüber täuschen, daß die betreffenden Fremden nicht distinguiert sind, sondern emigriert. Bald aber wird sich das alles wandeln. Bald werden die Ausländer nicht mehr in nationale Gruppen zerfallen, sondern zu internationalem Publikum zusammenschmelzen, die Wirtsfamilien werden ihren englischen Wortschatz erweitern und für den zimmersuchenden Gast nicht einmal Deutsch verstehen, in den Restaurants werden die Portionen kleiner und die Preise höher werden, und ein Großteil der Besucher wird von den landschaftlichen Schönheiten des Salzkammergutes nichts weiter zur Kenntnis nehmen als die Salzburger Kirchenportale und allenfalls noch die fernen Konturen der Berge, eine Art Barocky Mountains.

Mitte Juli

Salzburger Probenzeit

Einen Dichter beim Dichten zu beobachten oder eine Köchin beim Kochen, wäre ein ebenso frevles wie nachteiliges Unterfangen, das sich lediglich gegen das fertige Produkt auswirken würde. Selbst vom saftigsten Romankapitel, selbst vom aufregendsten Gulasch hätte einer, der bei der Zubereitung dabei war, keinen rechten Genuß. Daraus ist es vielleicht zu erklären, daß Dichter so wenig lesen und Köchinnen so wenig essen. Sie wissen zu genau, aus welch garstigem Rohzustand und mit welch fragwürdigen Mitteln die ganze Pracht zustande kommt.

Anders verhält es sich auf dem Theater, welches nach Alfred Polgars vollgültiger Definition ein Scharlatan ist, der wirklich zaubert. Infolgedessen verwischen sich hier die Unterschiede zwischen Zubereitung und Ergebnis, das Werdende ist von Anfang an wesensgleich mit dem Gewordenen, die Probe wesensgleich mit dem Exempel, auf das sie gemacht wird, und die aus der Probenarbeit entstandene Aufführung muß ja auch jedesmal aufs neue aus sich selbst entstehen, sich wieder an sich selbst erproben, muß Kostüm-, Stell-, Sprech- und Hauptprobe in einem sein und Aufführung noch dazu. Und weil Schauspieler – mag übler Leumund ihnen Geltungsbedürfnis und Eitelkeit nachsagen, Effekthascherei und Beifallsgier – in Wahrheit ein bescheidenes, selbstgenügsames Völkchen sind, kann ihnen nicht einmal das Fehlen des Publikums etwas anhaben. Der Stab der Mitarbeiter ist ihnen Publikum genug, die Stimmung, von der sie abhängen, wird ihnen vom Regiepult her geliefert oder verpatzt, und die Vorstellung des Erfolgs ersetzt ihnen den Erfolg der Vorstellung. Sie sind in vieler Hinsicht auf den Proben sogar besser dran als am Abend. Denn mit Partner und Regisseur läßt sich noch streiten, mit Publikum und Kritik nicht mehr. Ein leeres Parkett ist ihnen mit Recht lieber als ein volles, das nicht mitgeht, ein Tadel des Regisseurs lieber als eine spürbar nicht eingetretene Erschütterung oder ein hörbar ausgebliebener Lacher, und wenn sie auf den Proben noch so hart angefaßt, noch so abfällig beurteilt werden, wenn sozusagen der Regiestab über sie gebrochen wird: sie selbst sind es in keiner Weise. Die Probenzeit bietet ihnen alle Reize einer wochenlangen En-suite-Aufführung ohne die Pein und Langeweile einer solchen.

Dies gilt vervielfacht noch und konzentriert für die Probenzeit vor den Salzburger Festspielen, und die nach Salzburg engagierten Schauspieler.

Vervielfacht und konzentriert: nicht nur die Situation der Schauspieler läßt sich auf diese Grundformel bringen, sondern der Salzburger Festspielsommer überhaupt. Nirgends und niemals sonst ist so viel Prominenz aus der Welt des Theaters und der Musik zur gleichen Zeit am Werk, diesseits wie jenseits der Rampe, auf Bühnen und Podien wie in Zuschauerräumen und öffentlichen Lokalen. Gewaltiger Andrang herrscht allerorten, und ein guter Platz mit wirklich ungestörtem Blick auf die Vorgänge wird an manchem Abend immer noch eher für das Festspielhaus zu bekommen sein als nachher im Restaurant, wo ein Teil des Publikums endlich in Ruhe die Mitwirkenden der Aufführung zu sehen hofft, denen er während der Aufführung selbst nur halbes Augenmerk zuwenden konnte, weil er vom anderen Teil des Publikums abgelenkt wurde und, vor allem, viel zu nervös war in

Gedanken daran, ob es nachher im Restaurant Platz geben würde, um endlich in Ruhe die Mitwirkenden der Aufführung zu sehen. In Amerika ist dieser Konflikt durch rapide Entwicklung des Fernsehwesens bereits weitgehend beseitigt; als gelungenste Übertragung etwa vom Eröffnungsabend der Metropolitan Opera gilt diejenige, die vor Beginn und in den Pausen die meisten Berühmtheiten einfängt und von der Aufführung nur ein paar unumgänglich nötige Ausschnitte überträgt, – so daß, wer sich hauptsächlich für das Drum und Dran des festlichen Abends interessiert, am besten zu Hause bleibt und sich die Sache über den Fernsehapparat ansieht. Freilich liegt hier schon wieder der Keim eines neuen Konflikts beschlossen, denn es könnte auf diese Weise noch dahin kommen, daß die Besucher eines Opernabends sich fast zur Gänze aus Leuten rekrutieren, die wirklich der Oper wegen hingehen. Aber bis dahin hat's wohl auch in Amerika gute Weile, und vollends die Salzburger Festspiele sind bis auf weiteres vor solch grotesker Möglichkeit völlig gesichert.

Im Schauspiel unterstreichen die heurigen Festspiele – die sechsten seit ihrer Wiederbelebung – stärker als alle bisherigen nach dem Krieg die österreichische Note, stärker zumal als die Festspiele 1951, bei denen Hofmannsthal zwischen Kleist und Shakespeare zu stehen kam. Diesmal ist ihm in Gestalt einer auf jeden Fall verdienstlichen Nestroy-Ausgrabung, dem »Traum von Schale und Kern«, denkbar Österreichisches beigegeben, und mit ein bißchen historischer Schmockerei ließen sich wohl auch zwischen Österreich und dem Venetianer Goldoni, dessen »Lügner« das Schauspielprogramm komplettiert, ein paar Affinitätsbrücken schlagen. Ganz zu schweigen von den zusätzlichen Austriazismen, die sich um die heurige »Jedermann«-Aufführung gerankt haben wie Spinnweben um ein Hintertürl... Indessen bleibt auch auf vorwiegend österreichischer Note jene kosmopolitische Vielfalt gewahrt, die ja desgleichen zur Salzburger Sendung gehört: Goldoni wird von einem Schweizer inszeniert, Nestroy von einem Hamburger, und Hofmannsthal – in größtenteils norddeutscher Besetzung – von einem Amerikaner. Wer wollte da noch über mangelnde Weltoffenheit klagen.

Zweite Julihälfte

Die letzte Festspiel-Vorwoche

»Wie alljährlich, so auch heuer«: Musterfall einer zu völliger Bedeutungsleere erstarrten Phrase, die dem Außenstehenden, wenn überhaupt etwas, höchstens das Gefühl einer erprobten und auf ihre Erprobtheit pochenden Darbietung vermittelt, an deren garantiertem Ablauf in gewohnter Bahn so wenig zu zweifeln ist wie an dem garantierten Gold, das Morgenstunde im Munde hat.

Für den Beteiligten jedoch, für den am Ablauf aktiv Mitwirkenden, verbirgt sich hinter jener glatten, selbstverständlichen Fassade ein ziemlich genaues Gegenteil von Glatt und Selbstverständlich. Für ihn – und für den Routinier nicht minder als für den Neuling – gewinnt das Heuer immer erst im Rückblick den Charakter der Alljährlichkeit. Vorher ist es nicht einmal ganz sicher, ob es ein Heuer werden wird. Und wenn demnächst, wie alljährlich Ende Juli, auch heuer wieder die Salzburger Festspiele beginnen, so werden die Mitwirkenden wieder nur mühsam und allmählich zur Kenntnis nehmen, daß es auch heuer geklappt hat, und richtig dran gewöhnen werden sie sich erst dann, wenn es vorüber ist.

Es ist ein seltsam zwiespältiges Wesen, das die nach Salzburg Engagierten während der Vorbereitungen zu den Festspielen an den Tag legen. Einerseits haben sie etwas von jenen

Unglücklichen an sich, denen wegen eines »Nicht genügend« im Schulzeugnis noch eine herbstliche Versetzungsprüfung bevorsteht, und die sich deshalb auch jetzt, während der Sommerferien, mit dem Lehrstoff beschäftigen müssen. Anderseits ist es unverkennbar, daß ihnen diese Beschäftigung Freude macht, ja, daß sie sich geradezu darum reißen, ihr auch während des Sommers obliegen zu dürfen. Sie wären, wenn es so etwas gäbe, durchgefallenen Vorzugsschülern vergleichbar, bemitleidenswert und beneidenswert in einem. Aber schließlich wird wohl der Neid überwiegen. Schließlich bekommen sie für den Durchfall auch noch gezahlt.

Salzburg ist kein bloßes Sommerengagement, noch ist es ein Engagement zu irgend welchen Festspielen, wie sie auch andernorts immer üppiger in jenes Kraut schießen, das die Fremden fett machen sollen. Die Salzburger Festspiele, je weiter sie sich von ihrer ursprünglichen Idee und Konzeption entfernen (und das tun sie), werden desto eindeutiger zum künstlerischen Gala-Defilé Europas, zu einer Festspielveranstaltung von internationalem Gepränge, die einfach durch die Fülle und Qualität des Gebotenen alle Konkurrenz aus dem Feld schlägt, auch die Konkurrenz der Erinnerung an ihre eigene, stil- und sinnvollere Vergangenheit. Hofmannsthals »Jedermann« ist längst kein Aussichtsturm mehr, zu dem man eigens als zu einem Ziel gepilgert käme, sondern eine barocke Jausenstation, die man unterwegs mitnimmt, und was an Mozart-Opern auf dem Programm steht, wahrt neben Verdi, Donizetti und Richard Strauss einen Proporz, der überall recht und billig wäre, nicht nur in Mozarts Geburtsstadt. So weit hat Salzburgs Rahmen sich gespannt, daß es nichts mehr gibt, was keinen Platz darin hätte, daß es eine richtige, komplette, auf ein paar Wochen zusammengedrängte Theatersaison ist, die da Ende Juli anhebt, mit einem Repertoire aus fünf Opern (darunter einer Welturaufführrung) und aus drei Sprechstücken, mit neun großen Orchesterkonzerten unter sieben großen Dirigenten, mit den erlesensten Ensembles aus Sängern und Schauspielern unter der Leitung von Regisseuren und einem Hofrat, mit Serenaden und Matineen, mit Solisten und Virtuosen. Und alles, alles das könnte sich auch anderswo begeben, ist nur noch zum geringsten Teil organisch an Salzburg gebunden oder für Salzburg typisch. Das einzige, was daran für Salzburg typisch ist, ist just dies, daß es sich eben nicht anderswo begibt, sondern in Salzburg.

Klarer mit jedem Jahr, und dem ständigen Kömmling immer vertrauter und unentbehrlicher, zeichnen im wiederbelebten Festspielrelief sich neue Anhaltspunkte und Richtlinien ab, entstehen neue Übereinkünfte und Gepflogenheiten, zu deren Einhaltung es keiner ausdrücklichen Absprache mehr bedarf. Und an der Frage, wann die Gewohnheit zur Tradition wird, hätte der Sophistiker kaum weniger zu kauen als an seinem alten Lieblingsproblem, bei wie vielen Sandkörnchen bereits von einem Sandhaufen die Rede sein kann und bei wie vielen noch nicht. Sei dem wie immer, sei's erst Gewohnheit oder schon Tradition – über das Larvenstadium der Zufälligkeit ist es entschieden hinaus: das nah auf dem Weg nach Parsch gelegene Hotel an der Salzach, das ab 1. Juli mit wachsender Ausschließlichkeit von Schauspielern bevölkert wird, die Nobelalm auf dem Gaisberg, mit deren Stammgästen sich jede gewünschte Oper erstklassig besetzen ließe, ihr womöglich noch nobleres Gegenstück in der Altstadt, wo die Starallüren des an den Festspielen mitwirkenden Publikums mit den Publikumsallüren der an den Festspielen nicht mitwirkenden Stars in schaurig-schönem Wettstreit liegen, das kleine Buffet gegenüber dem Landestheater mit seinem aus drei Tischen bestehenden Schankgarten, der dem Kundigen auf den ersten Blick verrät, wer drüben gerade auf der Probe zu tun hat (denn wer gerade nicht auf der Probe zu tun hat, sitzt hier), und so noch manches andere, wovon man demnächst nicht mehr wissen wird, seit wann es zur Tradition gehört.

Aber da ist noch einiges, wovon man's weiß. Da ist der Scheinwerfer auf dem Mönchsberg, der mit riesigem Lichtkegel aus Salzburgs nächtlicher Kulisse die Türme und Kuppeln herausholt und der einem die eigenen Augen in eine Wunderlampe Aladins verwandelt: wenn man sie reibt, sieht man eine Märchenstadt vor sich. Da ist das alte Gasthaus Holrig hügelan, von dessen Spezialität sich trotz jahrelanger Forschungsarbeit noch nicht herausgestellt hat, warum sie »Schmankerltorte« heißt (sie dürfte am ehesten zur Familie jenes Matschakerls gehören, dem der Matschakerhof seinen Namen verdankt). Und da ist, wie eh und je, das Café Bazar, Zentrum des magischen Kreises »Salzburg« und Peripherie zugleich, geometrischer Ort aller Nullen und Größen, die mit den Festspielen gleich viel zu tun haben, ragendes Wahrzeichen, wie es aus anderer, vordergründiger Perspektive nur noch die Hohensalzburg ist, oft berannte und nie geschleifte Festung einer Atmosphäre, in der die Kastellane Fritz und Dachs – für das Publikum als Oberkellner kostümiert – zweifache Kontinuität verwalten, zweifachen Begriff und Bestand: den des Kaffeehauses, und den der Salzburger Festspiele.

Ende Juli

Zu einem internen Mißverständnis

Denn einem solchen entsprang der ganze Wirbel, entsprang der Ruf nach einem »neuen« Jedermann, entsprang und entspringt das Für und Wider, das die Lotharsche Inszenierung jetzt nach sich zieht. Schauspieler und der Schauspielerei Nahestehende, die Theaterkritiker mit eingeschlossen, sind ein monomanisches Rudel und können es an eingeleisiger Weltbetrachtung getrost mit jedem Assyriologen aufnehmen, der ja die Entzifferung einer eben aufgefundenen Hieroglyphe nicht nur für das Interessanteste auf Erden hält, sondern darüber hinaus gar nicht versteht, wie irgendjemand andrer irgendetwas andres für interessanter halten kann. Den Leuten vom »Bau« war es ganz einfach fad geworden, Jahr für Jahr den gleichen, alten Jedermann zu sehen und beurteilen zu müssen. Es fiel ihnen nichts mehr dazu ein. Und sie verlangten nach einem »neuen« vor allem deshalb, weil sie sich von der bloßen Erfüllung ihres Verlangens neue Anregung versprachen. Die ist ihnen zuteil geworden. Ein neuer Jedermann nicht. Aber schon dies – daß alles beim alten geblieben ist und bleiben mußte – ist genug der Neuigkeit.

Das Publikum, weniger assyriologisch veranlagt und an den Vorgängen innerhalb des Baus nur insoweit interessiert, als es ihr Ergebnis zu sehen bekommt, fand am neuen Jedermann nicht weniger Gefallen als am alten, und hätte am alten nicht weniger Gefallen gefunden als am neuen. Denn das Publikum, und damit scheint man im Bau nicht gerechnet zu haben, ist Jahr für Jahr zum größeren Teil so geartet, daß es den Jedermann von sich aus erneuert: weil er ihm nämlich neu ist. Das Publikum nimmt den Jedermann, von dem es schon so viel gehört hat, Jahr für Jahr als eine mit dem Kern und Wesen der Salzburger Festspiele nahezu identische Institution, an der von ihm, dem Publikum, aus so wenig geändert werden muß wie am Domplatz selbst: der ja dem Zeitgefühl (was immer das sein mag) zumindest in verkehrstechnischer Hinsicht auch nicht mehr so ganz entspricht – und dessen gültigste Legitimation eben darin besteht, daß er das nicht tut.

Der Salzburger Jedermann lebt. Das ist das Fazit dieses

merkwürdigen Falles einer Wiederbelebung am lebenden Objekt.

Mitte August

Zu einer Parodie

Ein Teil der Presse, vor allem jener, der den ihm nicht genehmen Teil der Presse als »eine gewisse Presse« zu bezeichnen liebt – eine gewisse Presse also, und zwar eine gewisse völkisch betonte, hatte allen tierischen Ernstes daran Anstoß genommen, daß in den »Träumen von Schale und Kern« eine unverkennbar auf Richard Wagner gemünzte Opernparodie vorkam. Sie brandmarkte das als einen Mangel an Takt, ja sogar an Gastfreundschaft, und sie stellte die indignierte Frage, was man denn wohl in Österreich zu einer Mozart-Parodie im Rahmen der Bayreuther Festspiele sagen würde.

Nun: wenn es eine gute Parodie wäre, so würde man in Österreich nichts sagen, sondern lachen. Aber schon die bloße Fragestellung entbehrt der Grundlage, von der Indignation ganz zu schweigen. Denn erstens und zum Unterschied von Salzburg wird in Bayreuth weder Nestroy noch sonst etwas außer Wagner aufgeführt, so daß für irgend welche Parodie erst gar kein Platz ist – waberndes Weh um Wahnfried, und Wotan weigert dem Witz die Wohnstatt.

Zweitens jedoch und zum Unterschied von Mozart hat Richard Wagner, seit es ihn gibt (und seit er von einem zeitgenössischen Kritiker »der lärmendste Dulder Deutschlands« genannt wurde), immer wieder und bis auf den heutigen Tag zu Parodien herausgefordert, deren berühmteste, die »Tannhäuser«-Parodie, von niemand Geringerem stammt als vom Autor der »Träume von Schale und Kern«, der zur Sicherheit auch noch den »Lohengrin« parodiert hat. Es darf also in jeder Hinsicht und unter allen Umständen als statthaft bezeichnet werden, in eine Nestroy-Komödie eine Wagner-Parodie einzubauen, und der Hinweis auf die in Bayreuth unterbliebene Mozart-Parodie ist ungefähr so stichhältig, als wollte man gegen eine für Salzburg etwa geplante Aufführung des »Götz von Berlichingen« geltend machen, daß man uns bei den Festspielen in Recklinghausen auch nichts dergleichen geschafft hätte.

Sag' deinem Hauptmann: vor Ihrer Majestät, dem musikalischen Genie Richard Wagners, hab' ich wie immer den schuldigen Respekt. Er aber, sag' ihm – nein, sag's ihm nicht. Denn er hat mittlerweile gesiegt. Auf höhere Veranlassung wurde die Wagner-Parodie aus den »Träumen von Schale und Kern« bis auf einen zahmen Rest getilgt.

Ende August

Post Scriptum zu den gezogenen Bilanzen

Man könnte auch sagen: zum dazugegebenen Kren – den jede Salzburger Festspielsaison so unweigerlich nach sich zieht wie das Gebet sein Amen, der westliche Vertragsentwurf sein Njet oder der dicke Vetter den dünnen. Anders geht's nicht, und anders soll's gar nicht gehen. An der Lebendigkeit des kritischen Echos erweist sich die Lebendigkeit der Festspielidee.

Von allen Befürchtungen und Beanstandungen, denen sie sich ausgesetzt findet, kehrt die eines »Erstarrens im Musealen« am häufigsten wieder, ohne dadurch an Haltbarkeit zu gewinnen. Daß der »Jedermann«, Salzburgs allenfalls einziges Museumstück, auch unter eigens hiefür geschaffenen Voraussetzungen nicht umzubringen ist, hat er heuer so schlüssig bewiesen, daß es rechtens auch den Schluß der Diskussion bedeuten müßte. Und nicht einmal am »Jedermann« ist das Museale, oder freundlicher ausgedrückt: das Erprobte, das im Hergebrachten Verankerte, entscheidend. Entscheidend ist, daß es ihn so, wie Hofmannsthal und Reinhardt ihn für den Salzburger Domplatz geschaffen haben, eben nur in Salzburg gibt, nur in Salzburg geben kann, daß er nach Salzburg und zu Salzburg gehört. Man muß, um diesen »Jedermann« zu sehen, nach Salzburg kommen – und dies, so scheint uns, wäre als Pegel und Richtschnur für die Gestaltung der Salzburger Festspiele anzusehen: daß sie nach Möglichkeit nichts enthalten sollen, was man auch anderswo geboten bekäme oder anderswo gar besser.

Darum waren ja eben die »Träume von Schale und Kern« ein glücklicheres, dem Sinn und Auftrag der Festspiele tiefer entsprechendes Verdienst als selbst der betörende Glanz des »Figaro«, dessen stehende Wiener Repertoire-Aufführung schon so großartig ist, daß Salzburg sie kaum zu erreichen, geschweige denn zu überbieten vermag. Ein betrüblicher embarras de richesse – aber er ist nun einmal gegeben, und er verpflichtet. Es dürfte also, damit das Festspiel nicht hinterm Normalspiel zurückstehe, die Oper dort, wo sie durch schiere Perfektion betören will, keinem Vergleich die Basis liefern, sondern nur sich selbst die einmalig festliche – wie ihr das im »Othello« gelungen ist (und in der »Zauberflöte« nicht mehr so ganz).

Ob sie sich daneben auch Werken von noch nicht erhärteter Geltung aufschließen soll, Werken der neuen und neuesten Opernliteratur: das wird, so hoffen wir, ein Streitpunkt bleiben, der immer wieder Nahrung erhält. Der Salzburger »Wozzeck« von 1951, nachmals ein Haupterfolg der Pariser Kulturwochen, und die nicht gerade abgedroschene »Danae« von 1952 haben jedenfalls für Ansehen und Anziehungskraft der Festspiele mehr getan, als *noch* eine perfekte Darbietung *noch* eines klassischen Werkes es vermocht hätte, und wenn nicht alles trügt, so wird auch der für 1953 angesetzte »Prozeß«, Gottfried von Einems neue Oper nach Franz Kafkas Roman, die Aufmerksamkeit weiter und wichtiger Kreise auf Salzburg lenken und auf die Tatsache, daß man sich hier nicht nur in klassischer Beschaulichkeit ausruht, sondern daß es manchmal auch recht strapaziös zugeht.

Das Schauspiel, dem heuer kein besonders schöner Sommer beschieden war, hätte ihn grundsätzlich dennoch haben können. Es scheiterte an der Aufführung, nicht an der Konzeption, es stolperte gewissermaßen über den richtigen Weg: der doch wohl am besten angelegt ist, wenn der »Jedermann« von einem repräsentativen österreichischen und einem repräsentativen Werk der Weltliteratur flankiert wird.

Die Nachricht, daß Salzburg für 1953 Kritiker-Festspiele plant, die neben den eigentlichen, leicht atonalen Referatskonzerten und einer »Krenreiber-Suite« auch einige von allseits bekannten Dirigenten dirigierte Interviews umfassen sollen, ist verfrüht.

Zur besonderen Bilanz dieser Rubrik gehören schließlich ein paar Prachtexemplare von Druckfehlern. Die in den letzten Wochen hier veröffentlichten Berichte bedienten sich nämlich des Fernschreibers, jenes technischen Wunderwerks, das eine Art schriftlicher Telephonverbindung herstellt; man setzt sich zum Beispiel in Salzburg an ein schreibmaschinenähnliches Instrument und beginnt drauf loszutippen – und in der gleichen Sekunde, oder um einen nur dem Raumphysiker erkennbaren Bruchteil später, erscheint auf einem in Wien eingespannten Papier fix und fertig der verstümmelte Text. Es ist das Fegefeuer vor der normalen Hölle, die sich dann zwischen Redaktion und Setzerei auftut und in deren Schluchten die Druckfehlerteufel ihr hämisches Regiment führen.

Der Berichtigung bedarf, daß es nicht Hans Thimig war

sondern Hermann Thimig, dessen Darstellung des Müllerburschen Weiss so wesentlich zum Erfolg des Nestroyschen Zauberspiels beitrug. Aber vielleicht lag hier nur ein Irrtum vor und kein Druckfehler, eine individuelle Verwechslung innerhalb des Thimig-Kollektivs, wie sie einem Verehrer sämtlicher Thimigs wohl unterlaufen mag. Um einen Druckfehler, um einen unzweifelhaften und nur mittels Fernschreiber erzielbaren Druckfehler handelte es sich hingegen im zweiten Fall. Da war von einem Gasthaus die Rede, das »holprig hügelan gelegen« ist, und als dessen Spezialität die rätselhafte Schmankerltorte gepriesen wurde; und weil einerseits der Fernschreiber noch keine großen Anfangsbuchstaben besitzt, anderseits die Wiener Instanzen nicht schon an der Schmankerltorte das Gasthaus Powondra erkennen: so erschien im Druck ein völlig nichtexistentes »Gasthaus Holrig hügelan«. Waltete hier der Teufel erst am Wiener Ende des höllischen Wegs, so dürfte er das im dritten und letzten Fall bereits am Salzburger Anfang getan haben: indem er aus einem Schanigarten einen »Schankgarten« machte, offenbar dem gleichen Brauchtum folgend, das auf den Speisekarten von Salzburg und Umgebung das vertraute Rindfleisch durch ein befremdliches »Ochsenfleisch« ersetzt, Obers durch »Sahne«, Eierschwämme (wenn schon nicht Eierschwammerln) durch »Pfifferlinge« und was dergleichen Konzessionen an den großen Nachbarn mehr sind.

Wie freudig wir es nun auch begrüßen, daß er uns mit reisenden Scharen überzieht statt mit reisigen – man sollte ihnen gerade darum jenes Gefühl vermitteln, um das es jedem, der eine Reise tut, zu tun ist: das Gefühl, in einem anderen Land zu sein. Diese Rubrik, in bezug auf österreichisches Traditionsgut und seine Gefährdung besonders symptomempfindlich, hält zwar Schank- und Schanigarten für verwandte Begriffe, glaubt aber, daß sie nicht annähernd so verwandt sind wie etwa Hans und Hermann Thimig, sondern daß zwischen ihnen ein fundamentaler, ja geradezu weltanschaulicher Unterschied besteht. Und eine Fremdenverkehrswerbung, die das nicht wahrhaben will, ist ihr keinen Eierschwamm wert.

Eine gastronomische Untat

(1977)

Aus München, der liebenswerten Metropole des Freistaates Bayern, kommt eine ungeheuerliche Nachricht, von der die »Großstadt mit Herz«, wie sie sich gerne nennt, mitten in eben dieses getroffen wird: Ein dortiger Kaffeehausbesitzer hat kurz vor Ostern seinen Stammgästen ein Brieflein eingehändigt, das jedoch keine freundlichen Feiertagswünsche enthielt, sondern im Gegenteil einen Wunsch von einmaliger, noch nicht dagewesener Unfreundlichkeit. Der Text, sonst glaubt man's vielleicht nicht, sei in vollem Wortlaut hierhergesetzt:

Sehr geehrter Herr,

so sehr ich Ihre Anhänglichkeit als Kunde schätze, muß ich doch mit Rücksicht auf meine anderen Besucher für einen reibungslosen Ablauf des Service Sorge tragen und bin gezwungen, vor allen Dingen eilige Gäste und Fremde in den Hauptgeschäftsstunden bevorzugt zu bedienen.

Es ist Ihnen vielleicht aufgefallen, daß ich seit längerer Zeit mit einem gewissen Unbehagen beobachte, daß einzelne Gäste fast täglich die verkehrs- und handelsübliche Zeit für den Verzehr einer Tasse Kaffee und eines Gebäcks bei weitem überschreiten. Die Struktur meines Geschäftes ist darauf nicht eingerichtet, nicht zuletzt hervorgerufen durch die horrenden Mieten im Stadtzentrum und die Unkosten im Dienstleistungsbereich.

Daher bitte ich höflich um Ihr Verständnis, wenn ich Sie ersuche, Ihren fast täglichen Besuch den vorliegenden Gegebenheiten anzupassen, falls Sie im gegenseitigen Interesse nicht vorziehen wollen, auf ein ruhigeres Café auszuweichen.

Mit freundlichem Gruß
Fritz Kreutzkamm

Ein wahrhaft monströses Dokument, und wie alle Kundgebungen unguter Gesinnung entlarvt es sich schon durch seine Sprache. Wenn beispielsweise Herr Kreutzkamm die Schätzung, die er seinen anhänglichen Kunden entgegenzubringen behauptet, dem Zwang gegenüberstellt, »eilige Gäste und Fremde« – also das, was der Fachjargon als »Laufkundschaft« bezeichnet – »bevorzugt zu bedienen«, so konstruiert er einen in Wahrheit nicht vorhandenen Konflikt. Die bevorzugte Bedienung eiliger Gäste bleibt ihm nämlich völlig unbenommen. Der Stammgast will nicht bevorzugt, sondern normal bedient werden, will in Ruhe seinen Kaffee trinken, sein Gebäck konsumieren, vielleicht seine Zeitung lesen oder mit einem andern Stammgast ein wenig plaudern. Er verzichtet mit Freuden auf die eilige Bedienung, die dem eiligen Gast zuteil wird. Er selbst hat ja keine Eile.

Nach welcher Tabelle »die verkehrs- und handelsübliche Zeit für den Verzehr« berechnet wird, ab wann das Limit als überschritten gilt und ob die Berechnung mittels Stoppuhr oder nach dem Gefühl erfolgt, zählt zu den Geheimnissen des zweiten Absatzes, in dem der Lokalbesitzer auch sonst eine höchst absonderliche Auffassung von seinen gastgewerblichen Obliegenheiten vertritt. Nicht er, so scheint es, hat sich um das Behagen der einzelnen Gäste zu kümmern, sondern sie um das seine. Und es hätte sich unter ihnen etwa der folgende Dialog zu entwickeln: »Achtung! Herr Kreutzkamm beobachtet uns!« – »Mir ist aufgefallen, daß er das schon seit längerer Zeit tut.« – »Er tut es sogar mit einem gewissen Unbehagen.« – »Ja, wirklich. Wir sollten unsern Kaffee nicht so langsam trinken.« – »Oder wir verzehren noch ein zweites Gebäck, vielleicht dürfen wir dann etwas länger bleiben.«

Ist es das, was dem seltsamen Gastwirt vorschwebt? Und was wird im dritten Absatz nicht zuletzt hervorgerufen? Die Struktur seines Geschäftes oder daß es nicht darauf eingerichtet ist? Das Dokument wimmelt von Unklarheiten. Denn wenn Herr Kreutzkamm seinen fast täglichen Besuchern zum Schluß nahelegt, »auf ein ruhigeres Café auszuweichen«, so klassifiziert er damit sein eigenes Café als unruhig, also als zweitklassig – und diese minderwertige Klassifikation haben ihm eben jene eiligen Gäste aufgenötigt, die er trotzdem bevorzugt zu bedienen wünscht. Da kenne sich aus, wer will.

Ich für meine Person will nicht. Obwohl ich weder in München wohnhaft noch meines Wissens jemals bei Herrn Kreutzkamm eingekehrt bin, empört mich sein Vorgehen zutiefst und zweifach: erstens aus Liebe zu München (wenn ich ausnahmsweise einmal mich selbst zitieren darf: »Als Wiener fühlt man sich in München zwar im Ausland, aber nicht in der Fremde«), und zweitens aus Liebe zum Kaffeehaus. Ich habe über Geschichte und Wesensart des Kaffeehauses, über seine atmosphärischen und kulturellen Funktionen manch eine tiefschürfende Untersuchung veröffentlicht, ich habe ihm, genau besehen, unter dem irreführenden Titel »Die Tante Jolesch« ein ganzes Buch gewidmet, ich habe, wohin immer das Schicksal mich verschlug, zuerst nach einem Kaffeehaus Ausschau gehalten und dann erst nach einer Chance, mir das Geld für die Zeche zu verdienen, ich könnte ohne Kaffeehaus nicht leben, ich bin der geborene Stammgast. Und ich beanspruche auf Grund dieser meiner in Jahrzehnten erworbenen Autorität das Recht, Herrn Kreutzkamms Handlungsweise schärfstens zu verurteilen. Er hat einen meuchlerischen Anschlag nicht nur gegen den guten Ruf der Stadt München, gegen ihre Gastfreundschaft und Gemütlichkeit verübt, sondern weit darüber hinaus gegen das Kaffeehaus überhaupt, gegen die letzte geruhsame Insel im hektisch tobenden Meer des Großstadtbetriebs.

In Berlin, nahe der Gedächtniskirche, gab es bis vor wenigen Jahren eine »Schnellimbißstube« mit der anheimelnden Bezeichnung REIN UND RAUS. Damit war – da es sich doch wohl nicht auf den Verdauungsprozeß bezog – die preußisch straffe Durchführung einer Konsumation innerhalb kürzester Zeit gemeint. Daß solche Straffheit jetzt auch in München zutage tritt, gerade in München, dem Hort einer alles eher als preußischen Lebensart, ist eigentlich das Betrüblichste an dem ganzen Vorfall.

Trösten wir uns damit, daß sowohl München wie die Institution des Kaffeehauses ihn überstehen werden. Auch Herr Kreutzkamm wird ihn überstehen. Aber vielleicht wird bei künftigen Stadtrundfahrten der Autobus, wenn er durch die Maffeistraße kommt, seine Fahrt verlangsamen und der vom Fremdenverkehrsamt beigestellte Reiseführer wird, zum Fenster hinausdeutend, den Fahrgästen mitteilen:

»Hier befand sich früher ein Kaffeehaus.«

»Wieso?« mag sich dann einer der Fremdlinge verwundern. »Es steht doch noch immer ›Café Kreutzkamm‹ da?«

Und der Reiseführer wird sagen:

»Das täuscht.«

Alt-Aussee
oder
Die Erfüllung eines Kindertraums
(1978)

Als Großstadtkind ist man für die Reize der Natur nicht besonders empfänglich, zumal wenn man sie in der Sommerfrische aufgenötigt bekommt, wo man sich doch für ganz andere Dinge interessiert. Spätestens mit zehn Jahren hält man Ausschau nach einer Möglichkeit zum Fußballspielen, und spätestens mit vierzehn hält man Ausschau nach den Mädchen. In beiden Fällen ist die Natur eine lästige Ablenkung. Wenn ich an die Schulferien meiner Knabenzeit zurückdenke, fallen mir Wanderungen ein, die ich nicht unternehmen wollte, Berggipfel, die ich nicht bewundern wollte, und elterliche Anweisungen, denen ich nicht nachkommen wollte, zum Beispiel: dem lieben Gott dankbar zu sein, daß er mich all diese von ihm geschaffenen Wunder erleben ließ. Da war ich noch eher bereit, tief zu atmen, weil das angeblich gesund war. Ich hatte, nehmt alles nur in allem, in den schönsten Gegenden keine schöne Kindheit.

Plötzlich aber geschah etwas völlig Unvorhergesehenes und, wie ich glaube, Einmaliges. Es geschah mir in der Übergangsphase zwischen Fußball und Mädchen, also im Alter von zwölf oder dreizehn Jahren. Wir verbrachten den Sommer nicht (wie sonst zumeist) in Ischl, dem klassischen, noch von Kaiser Franz Joseph geadelten Ferienort der österreichischen Bürgerfamilien, sondern in Alt-Aussee. Und es war tatsächlich die Landschaft, die mich augenblicks gefangen nahm und mich mit einem nie gekannten Wohlgefühl erfüllte, so restlos erfüllte, daß ich – Fußball hin, Mädchen her – keinen andern Wunsch empfand als sie zu durchforschen, als mit ihr vertraut zu werden. Ich ging freiwillig spazieren, ich verlangte von selbst nach Ausflügen und Wanderungen, ich war beglückt und beseligt von allem, was ich sah, ich konnte gar nicht genug bekommen von dieser Landschaft, von den Streifzügen durch ihre Wälder, vom Rundgang um den See, von der Seewiese, von der Klause, vom Tressenstein, von der Blaa-Alm. Und ich wäre auf Verlangen jederzeit bereit gewesen, dem lieben Gott dankbar zu sein. Vielleicht war ich das sogar und wußte es bloß nicht.

Überhaupt wußte ich nicht, warum mir Alt-Aussee so gut gefiel. Ich verspürte auch kein Bedürfnis, dahinterzukommen. Dazu trieb es mich erst viel später, als ich die Untersuchung und Formulierung von Gefühlsregungen und Seelenzuständen hauptberuflich betrieb, also zum Schriftsteller geworden war. Es könnte übrigens sein, daß meine literarischen Neigungen, die sich bei mir sehr frühzeitig zu Wort gemeldet hatten, dort und damals einen entscheidenden Anstoß empfingen.

Aber das gehört wohl schon zur nachträglichen Rationalisierung jenes Wohlgefühls und Wohlgefallens, das mich in Alt-Aussee gleich beim erstenmal überkam. Ich habe ja auch nachträglich erst erfahren, daß dergleichen Wirkung schon auf viele andere vor mir ausgegangen ist, daß Alt-Aussee seit jeher die Dichtersleute angelockt hat. Der 1790 geborene Lyriker Johann Christian von Zedlitz, ein Freund Eichendorffs, dürfte der erste gewesen sein, der sich hier niederließ. Und aus meiner eigenen Schriftstellerzeit – die für mich noch in der Jugend begann (ich schrieb meinen ersten Roman mit 20 Jahren) –, aus meiner eigenen Erinnerung weiß ich, daß Hugo von Hofmannsthal und Leopold von Andrian (nach dem ein Teil der Seepromenade benannt ist) immer wieder nach Alt-Aussee kamen, ihr Briefwechsel bezeugt es; daß Arthur Schnitzler und Fritz von Herzmanovsky-Orlando manchen Sommer hier verbrachten; daß Jakob Wassermann, den ich noch in seiner am See gelegenen Villa besucht habe, Alt-Aussee als seine Wahlheimat ansah; und daß meine Freundschaft mit Hermann Broch, mit Robert Neumann, mit Gina Kaus sich an unseren gemeinsamen Alt-Ausseer Sommern gefestigt und bereichert hat (auch dafür gibt es bereits literarisches Zeugnis). Wir alle haben Alt-Aussee geliebt, und die wenigen von uns, die noch am Leben sind, lieben es nach wie vor.

Woran liegt das nun aber? Worin besteht der unvergleichliche Reiz dieses verzauberten Erdenwinkels?

Ich rationalisiere:

Anders als die übrigen »Perlen des Salzkammerguts« ist Alt-Aussee keine Durchgangsstation. Hier bildet die Natur gewissermaßen eine Sackgasse. Wer nach Alt-Aussee kommt, will nirgendshin als nach Alt-Aussee, und wollte er's, so könnte er's nicht. Von hier aus geht's nicht weiter. Alt-Aussee ist ein Abschluß, ein krönender Abschluß.

Und es ist seinerseits abgeschlossen nach außenhin. Die Berge »liegen« nicht einfach am See, sie umfassen und umhegen ihn, sie bilden beinahe eine Art Festung, in der man sich wohlig geborgen fühlt. Ich weiß genau – und dieser spontane Eindruck hat sich von meiner Kindheit her bis in die heutige Rationalisierung erhalten –, daß es dieses Gefühl der Geborgenheit war, ja fast schon ein Gefühl der Zugehörigkeit, das mir hier und nur hier zuteil wurde und das ich gemeint habe, als ich im amerikanischen Exil ein Gedicht mit dem Titel »Sehnsucht nach Alt-Aussee« schrieb und darin die folgende Strophe:

Kulm und Kuppe: noch die kleinern
hielten Wache rings ins Land.
Aufwärts ragten grün und steinern
Moosberg, Loser, Trisselwand.

Es war die rings ins Land gehaltene Wache, der ich mich als Knabe anheimgab und der ich heute, als Siebzigjähriger, die wundersame Ruhe zuschreibe, die ich hier und nur hier für meine Arbeit finde.

Was ich sonst noch zu sagen und zu preisen wüßte: die selbstverständliche Ausgewogenheit der Landschaft; die Balance zwischen dem Pathos der Berge und der Sanftmut des Sees, jene sind nicht zu hoch (wie etwa in der Schweiz) und dieser ist nicht zu lieblich (wie so viele andere im Salzkammergut); die vornehme Distanz, mit der sich vom Gegenhorizont her der Dachsteingletscher in die Kette aus Hängen und Gipfeln hereinhebt, bitte sehr, wir haben auch ewigen Schnee, wir machen nur kein Aufhebens davon – dies alles und etliches mehr ist bereits mein privater Feuilletonismus, und wahrscheinlich kein erstklassiger. Bleiben wir auf dem Boden der Tatsachen.

Tatsache ist, daß ich schon damals, bei meiner Kindheitsbegegnung mit Alt-Aussee, und erst recht in den folgenden Jahren, als die Zukunftsträume des Heranwachsenden aufzuwuchern begannen – daß ich auf die Frage, was ich mir vom Leben wünsche, Erfolg und Ruhm, Reichtum und Ansehen, Titel und Rang oder was immer, nur eines geantwortet hätte: »Ich möchte ein Haus in Alt-Aussee haben.«

Nun, so weit habe ich's nicht gebracht, aber ich habe immerhin in einem schönen, hügelaufwärts gelegenen Haus ein Stockwerk gemietet und kann mich nach Alt-Aussee zurückziehen, so oft ich will. Und ich will, je älter ich werde, immer öfter.

Deutschlandfahrt 1963

Notizen von einer Reise durch die Bundesrepublik

Ausfahrt und Einfahrt

Man kann auf einer solchen Reise jedes Vorurteil bestätigt und jedes Vorurteil widerlegt bekommen. Man kann die Reise auch gänzlich ohne Vorurteile antreten und nachher welche haben. Nur eines kann man nicht: sich ein Urteil bilden, ein solides, haltbares Urteil. Zumindest habe ich noch keine Möglichkeit entdeckt, wie das zu machen wäre, wie man als Außenstehender zu Eindrücken gelangen könnte, an denen die Innenstehenden nichts zu belächeln oder zu bekritteln fänden.

Wenn einer eine Reise tut, dann kann er jedem was erzählen, nur den Betroffenen nicht. Ganz abgesehen davon, daß die ja wieder ihre eigenen Vorurteile haben...

Nehmen wir also an, ich hätte meine Deutschlandreise mit einem Vorurteil angetreten; oder, noch besser, mit zwei Vorurteilen, und zwar mit zwei entgegengesetzten.

Das eine: in Deutschland ist alles beim alten geblieben, und es wird mir auf Schritt und Tritt die finstere Vergangenheit begegnen.

Das zweite: Deutschland hat seine finstere Vergangenheit gründlich abgetan, und es ist jetzt alles ganz anders und ganz neu.

Ich habe bei Freunden im oberösterreichischen Mühlviertel genächtigt und sehe mich auf der Karte nach dem nächstgelegenen Grenzort um. Er heißt sinnvollerweise Wegscheid, tut aber nichts dergleichen, läßt durch nichts erkennen, daß er die österreichische Bundesrepublik von der deutschen scheidet. Und wer da vermeint, daß eine imaginäre Demarkationslinie dem Charakter einer Wald- und Hügellandschaft nichts anhaben kann, der mache einmal an der Dreiländerecke Vorarlberg-Bayern-Schweiz die Probe aufs Exempel. Er wird sich wundern, wie genau man dort merkt, wann man von einem Land ins andre gelangt ist. Auch an einer ganzen Reihe von Grenzübergängen zwischen Österreich und Deutschland merkt man das, darauf muß ich mich eiligst besinnen und das muß ich eiligst sagen. Sonst fände ich mich unversehens dem Verdacht eines dritten Vorurteils ausgesetzt, ein Volk und ein Reich betreffend, und das ist wahrlich meine Sache nicht. Eine Landschaft genügt.

Schlimm genug, daß ich mich gedrängt fühle, den Begriff »Landschaft« gegen »Volk« und »Reich« in Schutz zu nehmen.

Aber dieses Vorurteil war ja eingeplant.

Als ich in Passau haltmache, bin ich bereits eine Stunde lang durch Deutschland gefahren und habe noch immer nicht das Gefühl, in einem andern Land zu sein. Allzu vertraut wirken Donau und Inn, allzu sichtbar künden Stadtbild und Straßen und Kirchen und Wappen von der Zugehörigkeit zu einstmals Habsburgischem Bereich. Die Hafenanlagen der Donaudampfschiffahrtsgesellschaft (von der ich immer geglaubt hatte, daß sie nur in der Wachau auf- und abfährt) und die schlechte Bedienung in der Gaststätte am Flußufer tun ein übriges, damit ich mich heimisch fühle. Nein, ich bin noch nicht in Deutschland, wie sehr ich mich auch bemühe.

Denn ich bemühe mich. Schon jetzt, nach der ersten Stunde, ist mir klar geworden, daß ich die Augen diesmal anders offen halte als sonst, daß ich auf Dinge achthabe, die ich sonst übersehen oder in die ich sonst nichts hineinsehen würde. Es ist nämlich keineswegs so, daß die Assoziationen und Erinnerungen, die gerade dieses Land in mir weckt, mich sonst auf jeder Reise begleiten. Wenn ich in München oder Hamburg, in Frankfurt oder Berlin mit Freunden beisammensitze oder Berufsgespräche zu führen habe, werde ich der Tatsache, daß es gerade Deutschland ist, wo ich mich aufhalte, kaum gewahr. Diesmal aber besteht ja der Zweck meiner ganzen Reise darin, Deutschland gewahr zu werden, und ich darf mir redlicherweise erst gar nicht den Anschein geben, als ob ich das unbefangen tun könnte. Ich glaube, daß die Menschen, die das können, überhaupt sehr dünn gesät sind, am dünnsten unter jenen, die Deutschland vor 1933 kannten. Sie alle denken, wenn sie »Deutschland« denken, das Deutschland der Jahre 1933 bis 1945 mit, absichtlich oder unwillkürlich, übergewichtig oder unbewußt, aber ausschalten können sie's nicht. Auch heute noch nicht, 1963. Auch nicht in der unmittelbaren Konfrontation – die solche Ausschaltung seltsamerweise erleichtert, nicht erschwert. Dennoch wird ein Spanienreisender die faschistische Gegenwart Spaniens, ein Jugoslawienreisender die kommunistische Gegenwart Jugoslawiens viel leichter ausschalten, als ein Deutschlandreisender die nationalsozialistische Vergangenheit Deutschlands. Von der faschistischen Vergangenheit Italiens ganz zu schweigen. Die wird längst nicht mehr zur Kenntnis genommen. Deutschlands Vergangenheit hingegen muß sich noch rückwirkend zur Kenntnis nehmen lassen. Warum sich das so verhält, ist hier nicht zu analysieren. Es verhält sich so, und ich kann nichts dagegen tun. Ich kann mir nicht aussuchen, was ich wahrnehmen will und was nicht. Aber ich werde wohl ein Gutteil meiner Wahrnehmungen wieder streichen und nur jene festhalten, die sich mir geradezu aufdrängen.

Zum Beispiel dieses Transparent in Straubing, unterwegs nach Regensburg. Bei »Straubing« hatte ich bisher bestenfalls an »Bruder Straubinger« gedacht, die melodiöse, im Schatten der Welterfolge Lehárs nie so recht zur Geltung gekommene Operette des liebenswerten Altwiener Komponisten Edmund Eysler (der seinerseits bei »Bruder Straubinger« gewiß nicht an Straubing gedacht hat). Prompt fällt mir diesmal zu Straubing ein, daß Eysler, ein spitzbärtiges Hutzelmännchen hoch in den Siebzigern, die Jahre nach 1938 in einem Kellerloch verbringen mußte, um dem Verderben zu entgehen. Und prompt spannt sich über die Einfahrtsstraße nach Straubing ein Spruchband mit der Aufschrift: »Tag der Heimat ... denk daran!« Ich denke daran.

In Straubing selbst fällt mir auf, daß die ganze Familie bei Paul kauft. So prangt es zumindest über dem gleichnamigen Warenhaus: »Die ganze Familie kauft bei Paul«. Dagegen ist nichts zu sagen. Aber der dazugehörige Slogan »Paul beweist, was Leistung heißt« wirkt auf mich, mitten im Bayerischen, doch etwas zu forsch. Ich hätte nicht gedacht, daß es den Bayern so weithin schallend auf Leistung und Beweis ankäme.

Bald danach grüßt an der Landstraße »Gasthaus und Metzgerei des Xaver Schmatz« und bringt einen versöhnlichen Ton in die Sache.

Die Straße nach Regensburg, auch auf den neuesten Autokarten nur zweitrangig eingezeichnet, erweist sich als ganz hervorragend. Dergleichen werde ich noch öfter feststellen können: daß die Straßen besser sind als ihr kartographischer Ruf. Mich freut das aus dreierlei Gründen. Erstens fahre ich lieber auf guten Straßen als auf schlechten, zweitens nehme ich die unzutreffende Einzeichnung als kleines, hoffnungsfrohes Merkmal, daß die deutsche Gründlichkeit ihre Gebrechen hat, und drittens habe ich ähnliche Wahrnehmungen auch schon in anderen Ländern gemacht, besonders in Frankreich. Und mir ist jede Wahrnehmung, die ich nicht unter dem Kennwort »typisch deutsch« zu registrieren brauche, hoch willkommen.

In Regensburg fahre ich noch bei Tageslicht ein, leider nicht über die alte steinerne Brücke, leider nicht so, daß der Blick schon von fern das Stadtbild umfassen könnte und die gotischen Konturen des Doms, der seine zwei Türme und seine mächtige Längsfront mit so naiver Deutlichkeit hervorkehrt, als käme er direkt aus einer Spielzeugschachtel oder stünde noch immer einem mittelalterlichen Kupferstecher Modell. Das haben die nicht sehr großen deutschen Städte überhaupt in Gewohnheit: sich dem Auge in einer sonderbaren historischen Transparenz darzubieten.Und je kleiner sie sind, desto überzeugender wird die Darbietung, desto klarer tritt aus der jetzigen Gestalt die einstige hervor, manchmal so klar, daß alles Jetzige von ihr abfällt. Es muß ein »mittelalterliches Stadtbild« (wie die Reiseführer sich auszudrücken lieben) gar nicht »vollkommen erhalten« sein, damit man es sich vollkommen vorstellen kann, ohne Rest und ohne Zutat, mit Türmen, auf denen wirklich gewacht wird, mit Stadttoren, die nachts geschlossen sind, mit einem Marktplatz, auf dem ein wirklicher Markt stattfindet, und mit einem Rathaus, in dem die Stadtväter wirklich beraten. Ich liebe den Anblick kleiner deutscher Städte sehr. Er rührt mich in eine Richtung hin, an derem beseligenden Ende das »Abendlied« von Claudius steht, er heimelt mich an, wiewohl ich in einer kleinen deutschen Stadt niemals daheim war, er ist mir vertraut, auch wenn ich ihm noch niemals begegnet bin. Ich habe diesem unwidersprechlichen Gefühl des »déjà vu« schon bei früheren Anlässen nachgespürt und habe auch richtig entdeckt, woher es mir kommt: aus den Bilderbüchern der Kindheit, aus den betörend bunten Illustrationen irgendeines »Hausmärchenschatzes«. Noch heute, nach Jahrzehnten, verhelfen sie mir dazu, in kleinen deutschen Städten auf kürzestem Weg den Marktplatz anzusteuern und dortselbst das Rathaus zu agnoszieren – das immer ganz danach aussieht, als kämen im nächsten Augenblick die Bremer Stadtmusikanten anmarschiert oder der Rattenfänger von Hameln. (Aus einer ähnlichen etwas später abgelagerten Erinnerungsschicht habe ich auch bestimmte fränkische Landschaften wiedererkannt, als ich sie zum erstenmal sah: ich kannte sie als Hintergründe von Dürer-Stichen.)

Regensburg kannte ich nicht, oder höchstens von außen. Innen hat es mich dann schon um einiges deutscher angemutet als etwa Passau, obwohl es nicht minder an der Donau liegt als dieses; aber doch weiter von Österreich weg und tiefer in Deutschland drinnen.

Daß mir in dem sehr netten, ruhigen Hotel beim Ausfüllen des Meldezettels keine Dokumente abgefordert werden, buche ich zugunsten meines positiven Vorurteils.

Der Gegenstoß erfolgt sogleich: auf einem der Plakate, die in der Hotelhalle hängen, sehe ich eine Vorlesung von Bruno Brehm angekündigt.

Und so geht's Zug um Zug. Beim Abendessen im »Ratskeller« erkundige ich mich nach den Besichtigungszeiten des Reichstagssaales. Der Geschäftsführer gibt bereitwillig Auskunft, wartet sogar mit etlichen historischen Daten auf, erwähnt auch die gut erhaltene Folterkammer und fügt nach einer klammen Pause hinzu, daß so etwas »für die Fremden sehr interessant« sei. Sollte ich aus dem Unterton seines Nachsatzes eine Art Entschuldigung herausgehört haben? Sollte das heißen: »Eben nur für die Fremden – wir haben ja mit Foltern nichts zu tun?« Zufrieden räkelt sich das negative Vorurteil. Der Geschäftsführer ist verschwunden.

Ein paar Minuten später erscheint er abermals und überreicht mir, unaufgefordert, ein vom Fremdenverkehrsamt herausgegebenes Informationsheft, das alle irgend wünschenswerten Auskünfte enthält, sorgfältig redigiert ist und mit einem kleinen Aufsatz über den »Immerwährenden Reichstag« beginnt, den der Verfasser nicht mit Unrecht als »Vorläufer des demokratischen Parlamentarismus« preist.

Auf dem nächtlichen Heimweg entdecke ich einen Espresso- und Eis-Salon, der kurz vor Mitternacht noch offen hält. Mit müden Augendeckeln dämpft der italienische Inhaber meine koffeinträchtige Genugtuung: sein Geschäft ist das Eis und allenfalls der Alkoholkonsum. Die Espressomaschine wird höchstens zehn- oder zwölfmal im Tag beansprucht und von ihm eigentlich nur aus weltanschaulichen Gründen in Betrieb gehalten. Immerhin: man bekommt in Regensburg um Mitternacht noch einen Espresso zu trinken. Das erquickt. Das hätte es früher in Deutschland nicht gegeben.

Grenzfahrt

Im nordwestlichen Zipfel Oberösterreichs, näher zur bayerischen als zur böhmischen Grenze, liegt eine Ortschaft namens Zwettl (nicht identisch mit dem gleichnamigen Stift). Wenn der Einwohner eines Nachbardorfs dort zu Besuch war, dann war er »in der Zwettl«. Denn der Name des Ortes kommt aus dem Tschechischen, vom Wortstamm »světlo«, und bedeutet soviel wie »Lichtung«. Das Volk im nordwestlichen Zipfel Oberösterreichs weiß das noch. Österreich grenzt an Böhmen.

Auch Deutschland hat mit Böhmen – oder wie man hier wohl besser sagen wird: mit der tschechoslowakischen Republik – eine gemeinsame Grenze, die gar nicht unbeträchtlich ist. Aber sie fällt niemandem auf und sie verbindet sich mit keinen akuten Vorstellungen. Daß Deutschland im Osten an die Tschechoslowakei grenzt, ist eine Angelegenheit der Landkarte. Deutschland grenzt an Deutschland.

Ich bin die deutsch-tschechoslowakische Grenze mehr als 100 km entlanggefahren, ohne mir richtig innezuwerden, daß ich eine Grenze entlangfuhr, und welche. Rechter Hand, im Osten, lag etwas Leeres, Farbloses, Volksdemokratisches, das mir fremd geworden ist trotz allen einstigen Bindungen und mit dessen Unzugänglichkeit ich mich abgefunden habe, obwohl es für mich (wie für jeden Wiener) früher einmal das nächste und häufigste Reiseziel war. Heute ist das vorbei. Ich habe es aus meinem Bewußtsein gedrängt, es schläft einen Dornröschenschlaf, es regt sich nicht und es rührt nichts in mir auf. Vielleicht bin ich auch ein bißchen verwöhnt durch die Minenfelder und Drahtverhaue an der slowakischen und an der ungarischen Grenze, die man von Wien in einer halben Autostunde erreichen kann – jedenfalls erschien mir der Grenzübergang bei Schirnding, ein paar Kilometer östlich von Wunsiedel, völlig normal und uninteressant, ein Schlagbaum wie hundert andere auch, der nichts versperrt und nirgendhin einlädt. Der deutsche Zollbeamte, freundlich wie heutzutage fast alle Grenzer, erinnert sich, daß die Verbindungsstraße erst 1956 für den Verkehr wieder freigegeben wurde, nach achtjähriger Sperre und Überwucherung (die man ihr nicht mehr ansieht). In den letzten Jahren sei sie immer stärker frequentiert worden, neuerdings – etwa zur Zeit der Brünner Messe – von einigen hundert Personen täglich, lauter Geschäftsleuten. Na schön. Ich bin kein Geschäftsmann.

Vom Aussichtsturm der nahegelegenen Burg Hohenberg genießt man, wofern »genießen« der passende Ausdruck ist, weiten Rundblick ins Egerland und angeblich schon nach Sachsen. Die Angabe findet sich neben einem Fernrohr, das man gegen Einwurf von 10 Pfennig auf das gewünschte Ziel einstellen kann. Zahlreiche Besucher, einem unten wartenden Autobus entquollen, machen von dem Instrument Gebrauch und zeigen sich lebhaft enttäuscht, daß sie »nichts sehen«. Da völlig klare Sicht herrscht, kann das unmöglich eine optische Enttäuschung sein, und ich frage mich, was die Schaulustigen eigentlich zu sehen erwartet haben.

Im übrigen gibt die Burg Hohenberg sich schon am Eingangstor als »Gesamtdeutsche Begegnungsstätte« zu erkennen. Auch finden dort alljährlich »Grenzlandspiele« statt. Über ihren Traditions- und Brauchtums-Charakter erfährt man alles Wissenswerte aus einem schön auf Glanzpapier gedruckten Prospekt, mit Photos und Geleitworten gewichtiger Persönlichkeiten des politischen und öffentlichen

Lebens, darunter Dr. Rudolf Logman von Auen, Altsprecher der Sudetendeutschen Landsmannschaft.

Mir fällt der Hotelportier von gestern ein, dessen Akzent so unbayerische Färbung aufwies, daß ich ihn fragte, ob er vielleicht Österreicher sei. Er sei Sudetendeutscher, antwortete er. Und mir fällt die ältliche, ein wenig verwachsene Wirtschafterin eines andern in Grenznähe gelegenen Hotels ein, die jene Frage ihrerseits an mich gerichtet hatte und auf meine bejahende Antwort mit freundlichem Nicken feststellte, daß wir dann eigentlich Landsleute wären. »Wie ich in Zwittau zur Welt gekommen bin, war das ja noch Österreich«, sagte sie.

Gehe ich fehl mit der Vermutung, daß von den beiden nicht sie es war, die seinerzeit für Henlein und für die Heimkehr ins Reich gestimmt hat?

Warnende Plakate unterrichten den nach Hof Weiterreisenden in Wort und Bild, daß gleich rechts am Straßengraben die Tschechoslowakei beginnt, ohne besänftigendes Niemandsland dazwischen. Und der nächste Teil der Strecke ist in Abständen von etwa 200 m mit großen, viereckigen Tafeln bestückt, welche die Aufschrift »Landesgrenze« tragen (obwohl sich's eigentlich um eine Staatsgrenze handelt). Auf der linken Straßenseite entdecke ich eine »Gemischtwarenhandlung« und bilde mir ein, daß diese in Deutschland doch eher ungebräuchliche Bezeichnung auf böhmisch-österreichischen Einfluß zurückgeht. Aber das wäre dann schon alles, und das Vergnügen, an mancher Linkskurve direkt in die Volksdemokratie auspuffen zu können, verliert alsbald seinen ohnehin geringen Reiz.

Die wirkliche Grenze lerne ich erst bei Töpen-Juchhöh kennen, am Übergang zur Sowjetzone. Hier herrscht jene unzweifelhafte, unverwechselbare Grenzatmosphäre, die immer ein wenig von Geheimnis und Abenteuer umwittert ist, hier stoßen zwei Gebiete aufeinander, die sich wissentlich und willentlich abgrenzen (wobei es für die Ersichtlichkeit des Tatbestandes keine Rolle spielt, durch wessen Willen er besteht) – zwei wissentlich und willentlich verschiedenartige Gebiete, denen es nicht aufs wechselseitige Fluktuieren ankommt, sondern auf dessen Erschwerung. Das ist es ja auch, was diesen Grenzübergang von irgendeinem andern, gleich stark frequentierten im Westen Europas unterscheidet, etwa zwischen Frankreich und Belgien oder zwischen der Schweiz und Italien, und ich führe mit Absicht zwei Grenzen an, die keine Sprachgrenzen bilden, also auf ihre Weise ebenso unnatürlich sind wie diese hier. Dort aber hat die Unnatürlichkeit mit ihrem wichtigtuerischen Hin und Her einen harmlosen, beinahe kindischen Beigeschmack. Hier, wo sie sich doch ebenso geschäftig und eingespielt in Szene setzt, haftet ihr etwas undefinierbar Verkrampftes an. Hier bekennt sich der Ausnahmezustand mit feindseliger Deutlichkeit ein.

Ordnungshalber gebe ich mir zu bedenken, ob dies alles nicht nur auf mich so wirkt. Einem routinierten Zonenreisenden kommt wohl nichts dergleichen in den Sinn.

Unmöglich. Das weithin sichtbare Plakat: »Meldet besondere Vorkommnisse bei Kontrollstellen unmittelbar nach Verlassen der Zone! Helft anderen, so wie ihr selbst Hilfe erwartet!« wendet sich doch gerade an ihn. Die weithin sichtbare Affiche über einer der Gaststätten: »Annahme von Telegrammen und Ferngesprächen« will es doch gerade ihm erleichtern, die in der Zone auf seine Nachricht Wartenden zu beruhigen. Denn wem wäre es heutzutage mit der Mitteilung eines klaglos geglückten Grenzübertritts noch so eilig, wer hätte noch »besondere Vorkommnisse« zu melden – wenn nicht einer, der von Deutschland nach Deutschland fährt.

Aber vielleicht merkt mein routinierter Zonenreisender von alledem längst nichts mehr. Er wäre nicht der einzige.

Etwa 3 km nördlich von Töpen, abseits vom Weg und vom Touristeninteresse, liegt das Dorf Mödlareuth, eine Art Berlin des kleinen Mannes, denn die Grenze geht mitten hindurch. Sie tut das freilich nicht in Form einer Mauer. Stacheldraht, an vielen Stellen rostig, und primitive Holzsperren, an vielen Stellen schadhaft, leisten den selben Dienst und leisten ihn sogar besser, nämlich trostloser. Auch von den wenigen Bauernhäusern, die sich dem Blick freigeben und die selbst in ihrer Blütezeit keine Musterhöfe gewesen sein können, geht eine Trostlosigkeit aus, die der schmutzige, eher als Tümpel zu bezeichnende Dorfteich noch unterstreicht. Die lastende Stille ringsum verschluckt das Geschnatter einiger verwahrloster Gänse. Es wird von Minute zu Minute trostloser, und ich muß mich wieder einmal fragen, ob ich das alles wirklich so sehe oder ob ich's nur so sehen will, damit es meinen Wunschvorstellungen von volksdemokratischer Trübsal entspreche...

Nun, diesmal weiß ich mich garantiert frei von jeder Schablonenschuld. Denn es ist der westliche Teil des Dorfes, der diesen trübseligen Anblick bietet. Was jenseits von Draht und Tümpel im spärlichen Waldauslauf sichtbar wird, ist sauber getüncht und offenbar gut gehalten. Wahrscheinlich haben sich da ein paar höhere, zuverlässig regimetreue Grenzbeamte aus Juchhöh behaust. Aber wenn ich in den schäbigen Gehöfteinfahrten des westlichen Dorfteils nicht immer wieder das unvermeidliche Kleinauto gesehen hätte, des deutschen Wunders liebstes Kreditkind – ich hätte mich mitten in der Zone geglaubt.

Unter kundiger Führung kreuze ich weiter durch die Grenzgegend, stoße auf farbenprächtige Ortsnamen wie Tiefengrün und Schnarchenreuth, auf slawische wie Lamitz und Joditz, und in Joditz auf eine am Pfarrhaus angebrachte Gedenktafel: »Jean Pauls Jugendheimat, 1765–1776.« (Joditz ist das »Auenthal« des Schulmeisterleins Wuz; und in der ganzen Gegend hier, bis nach Wunsiedel, wimmelt es von Jean Paul.)

Noch krasser als in Mödlareuth – nämlich mit einer gesprengten Brücke über die sächsische Saale – schneidet die Zonengrenze zwischen Tiefengrün und Hirschberg ein. Nur wirkt hier, glücklicherweise, der westliche Teil so westlich und der östliche so östlich, wie man es gerne sieht und gerne herzeigt. Denn das tut man. Verwandte oder Geschäftsfreunde, die ins nahe Hof zu Besuch kommen und denen man etwas bieten will, werden prompt zur gesprengten Saalebrücke geführt, nicht anders als in Berlin zur Mauer. Die Gewaltgrenze als Touristenattraktion beginnt sich durchzusetzen.

Auf der westlichen Seite des schmucken Örtchens, unmittelbar am Saaleufer, steht die »Kühnmühle« und trägt einen frommen, knorrig aufgemalten Vierzeiler zur Schau:

»Sechshundertfünfzig Jahre stund
Die Mühle hier im kühlen Grund.
Gott half in Sonnenschein und Not,
Er geb auch weiter Korn und Brot.«

Zwar wird nicht ganz klar, warum Gott auch in Sonnenschein, der doch schon Hilfe genug ist, noch eigens helfen muß, aber es ist trotzdem ein schönes Gedicht. Hingegen kehrt von drüben her, von der immer noch in kriegsmäßig graugrüner Tarnfarbe gehaltenen Front des »Volkseigenen Betriebs Lederfabrik Hirschberg«, das folgende Spruchband sich dem westlichen Beschauer zu: »Es lebe der gemeinsame Kampf der deutschen Friedenskräfte für Abrüstung und Entspannung«. Und damit man auch die Grundsätze kennenlerne, nach denen der Kampf, welcher leben soll, geführt wird, prangt gleich daneben eine riesige, schülerhaft primitive Farbzeichnung, darstellend einen verkniffenen Kennedy und einen väterlich jovialen Chruschtschew, die einander in Reiseanzügen gegenübersitzen und – wie die Überschrift des Bildwerks ausdrücklich angibt – »Zweierlei Reisegepäck« mit sich führen: Kennedy eine Ölkanne und eine Kanone, Chruschtschew eine Aktentasche mit der Inhaltsbezeichnung »Nichtangriffspakt« und »Atomteststop«. Es lebe, wie gesagt, der gemeinsame Kampf.

Die Gegend enthält noch einen weiteren Grenzort namens Blechschmiedenhammer, wo fröhliche Ausflügler in einem freundlichen Gasthof direkt am Bahndamm sitzen, denn hier fahren keine Züge mehr. Das Eisenbahngleis endet dicht vor dem Gasthausgarten in einem Prellbock. Und kaum weniger dicht an der solcherart markierten Grenze hat die Firma Ullstein, deren Vorliebe für bequem zugängliche Gefahrenpunkte allgemein bekannt ist, eine Papierfabrik errichtet.

Auf dem Rückweg nach Hof – er führt mich unter anderm an einem »Texas-Keller« mit ernsthaft angekündigtem Striptease-Programm vorüber – fällt mir ein Wegweiser auf, der Wege zum Friedrich-Wilhelm-Stollen, nach Lichtenberg und nach Marxgrün weist. Wahrlich: mehr als Marx, Lichtenberg und einen Preußenkönig auf einmal kann man von einem Wegweiser nicht verlangen. Die Ortschaft, in der er steht, heißt Hölle.

Wallfahrt

Mit Nationalheiligtümern verhält es sich meistens so, daß sie nur einem Teil der Nation heilig sind. Der andre Teil macht sich über sie lustig. Und dem Außenstehenden ist es verwehrt, sich einem der beiden Teile anzuschließen. Ich spreche von der Walhalla.

Offen gesagt: ich hatte nicht geglaubt, daß es sie gibt. Auch seit ich sie gesehen habe, bin ich dessen nicht ganz sicher. Schon die Wegweiser an den Zufahrtstraßen östlich von Regensburg – ganz normale Richtungspfeile mit schwarzen Lettern auf gelbem Grund und Angabe der Kilometerzahl, nicht anders als nach Schwandorf oder Ingolstadt – machten mich stutzig. »Walhalla« war mir bis dahin ein Begriff gewesen, aber kein Ortsname. Beinahe hat es mich im späteren Verlauf meiner Reise enttäuscht, daß es in der Gegend um Leverkusen keine Wegweiser nach Aspirin gibt.

Nach Walhalla gibt es sie. Und es gibt Walhalla.

Mein Besuch fiel ungefähr in die gleiche Zeit wie der Besuch einer Gruppe anonymer, schwarzgekleideter Herren, denen sichtlich nichts heilig war, nicht einmal Günter Grass, dessen Büste sie dort einschmuggeln wollten. Sie standen, wie alsbald ruchbar wurde, einer Zeitschrift nahe, die sich im Untertitel ganz ausdrücklich als »die deutsche satirische Monatsschrift« bezeichnet – eine etwas gewagte Selbstcharakteristik, denn die Bezeichnung »satirisch« drückt bereits ein Qualitätsurteil aus, das man besser von anderen fällen ließe. Man kann ja auch nicht an Nachbars Türe läuten und auf die Frage, wer draußen sei, etwa antworten: »Ich bin der elegante Herr von nebenan.« Eigentlich müßte die Tatsache, daß eine Zeitschrift sich Deutschlands satirische nennt, Deutschlands Satire herausfordern. Aber wo gibt es die? Wo gedeiht sie? Wo ist das deutsche Gegenstück zu Englands »Punch«, zu Frankreichs »Canard enchaîné«, zu Amerikas »New Yorker«?

Nun, vielleicht hat die deutsche Satire nur eine andre Art, in Erscheinung zu treten. Ich spreche von der Walhalla.

Die Walhalla ist ein mächtiger Bau und ruht, da sie deutscher Größe gilt, auf pseudogriechischen Säulen. Auf pseudodorischen, um es genau zu sagen. Und wie es das Unheil will, fällt mir dazu ein Ausspruch Franz Grillparzers ein, mit dem er sich zur Wehr setzte, als deutsche Kollegen ihm seine Austriazismen verargten: »Ich bin ein dorischer Dichter«, sagte er. Sollte das der Grund sein, warum seine Büste nicht in der Walhalla steht? Andere Österreicher nämlich, darunter so österreichische wie Adalbert Stifter und Franz Schubert, ja selbst so böhmische wie der Feldmarschall Radetzky, wurden sehr wohl als Zeugen deutscher Größe herangezogen. Nicht daß ich Grillparzers Aussperrung bedauerte. Im Gegenteil. Aber ich wüßte ganz gern Genaueres über die Aufnahmebedingungen, die hier obwalten.

Ist das schon in Sachen Österreich nicht ganz klar, so geht's bei der sonstigen Regelung von Nationalität und Prominenz noch verworrener zu. Die Maler van Eyck und van Dyck, vielleicht auch der oder jener schwedische oder englische König, mögen an einem im weitesten Sinn germanischen Ruhm ja noch beteiligt sein. Was aber ist's mit dem Eidgenossen Aegidius Tschudi? Was hätte gerade der Autor der »Helvetischen Chronik« zu jener »Erstarkung und Vermehrung deutschen Sinnes« beigetragen, um die es dem Schöpfer der

Walhalla zu tun war? Was macht den Fürsten Barclay de Trolly und den Grafen Diebitsch-Sabalkanskij, russische Feldherren beide, walhallawürdig? Sind die niederländischen Seehelden Maarten Harpertszoon Tromp und Micheel Adrianszoon de Ruyter so deutsch oder so berühmt, daß sie hier Eingang fanden? Mit welchen Maßstäben wird hier Berühmtheit überhaupt gemessen?

Die Frage greift bereits in ein andres Prinzip über, das die Walhalla auf gleichfalls undurchsichtige Weise handhabt: das Definitionsprinzip. Von wem darf vorausgesetzt werden, daß jedermann ihn kennt, und wer bedarf einer zusätzlichen Angabe? Welches Gremium hat entschieden, daß Klopstock als »Der heilige Sänger« zu definieren sei, indessen Schiller und Bürger mit der Bezeichnung »Dichter« auszukommen haben und Herder gänzlich ohne, sogar ohne Vornamen? Warum muß der Erzherzog Carl sich auf den Titel »Generalissimus« stützen, wenn Moltke und Scharnhorst ihrem bloßen Namen vertrauen dürfen? Daß die Besucher der Walhalla im lapidaren »Jahn« sogleich den Turnvater erkennen, ist anzunehmen. Aber wissen sie ebenso selbstverständlich über Reger und Erwin von Steinbach, über Goerres und Pettenkofer Bescheid?

Noch rätselhafter wird's auf dem Gebiete der Musik. Händel ist als »Tonsetzer« definiert, Christoph Gluck, dem man auch noch den Willibald entzogen hat, überhaupt nicht, Mozart als »Tondichter«, und Joseph Heyden muß dem schönen Titel »Doctor der Tonkunst« die richtige Schreibweise seines Namens zum Opfer bringen. Der Katalog versucht das nicht ganz erfolgreich gutzumachen und führt unter Nr. 34 »Joseph Haydn (fälschlich Heiden)« an, gibt also noch die fälschliche Schreibweise falsch wieder.

Es herrscht ein rechtes Durcheinander in der Walhalla, und das ist wieder einmal ein kleiner Trost. Hat es doch etwas Menschliches an sich, wie alles Irren. Schade, daß die Aufschrift, die den Besucher gleich beim Eingang grüßt, nicht ein klein wenig menschlicher gehalten ist. Sie lautet: »LINKS GEHEN / AUF DEM LÄUFER BLEIBEN«. Für das Wörtchen »BITTE« war offenbar kein Platz mehr. Schade.

Auf dem Parkplatz zähle ich mehr als 30 Autos. Die Zahl der auf dem Läufer bleibenden Besucher lag entsprechend höher. Der Läufer ist aus Plastik. Er ist braun.

Es war, alles in allem, und obwohl ich von der Fahrt zur bedrohlich nahegelegenen Befreiungshalle in Kelheim Abstand nahm, ein recht deprimierender Tag, der auch dadurch nicht heiterer wurde, daß er in Bayreuth endete.

Ich kenne Bayreuth zur Festspielzeit nicht. Ich werde nur immer von bleichem Neid erfaßt, wenn ich während der Salzburger Festspiele die Bayreuther Berichte meiner Kollegen vom Musikfach lese oder in den Illustrierten die Bilder des gesellschaftlichen Glanzes sehe, der sich allabendlich im dortigen Festspielhaus entfaltet. Aber schließlich regieren Mozart und Wagner nur ein paar Wochen im Jahr, und für die restlichen elf Monate sind die beiden Städte auf sich selbst angewiesen. Das tröstet. Denn da fällt der Vergleich entschieden zu Salzburgs Gunsten aus. Salzburg ohne Mozart ist immer noch Salzburg. Bayreuth ohne Wagner ist nicht einmal Wagner. Es ist eine Führung durchs Festspielhaus, wobei der Führer seinen Text zwar nicht auf Stabreimen, aber doch auf Stelzen einhergehen läßt. Er spricht von einer »Reparierung der Bestühlung«, er läßt seine Hörer wissen, wann das Festspielhaus »zur Errichtung gebracht« wurde, er macht es ihnen verführerisch leicht, ein zweideutiges Lächeln aufzusetzen, wenn er immer wieder bekanntgibt, daß da und dort, er klopft darauf, »alles hohl« sei, da und dort »alles aus Holz«, und die vermeintlichen Säulen in Wahrheit »mächtige Stämme aus dem Fichtelgebirge, mit Gips verkleidet«.

Es tut mir recht von Herzen wohl, hernach ans Fichtelgebirge zurückzudenken, an Wunsiedel und Jean Paul, an die Luisenburg und den unpathetischen Zauber ihrer Naturbühne, an die netten, wohlgelaunten, für die vorgerückte Jahreszeit erstaunlich zahlreichen Ausflügler, die dort an den Tischen des terrassenreichen Waldgasthauses saßen, und an die Präzision der an einem Baumstamm befestigten Speisenkarte, die eine »Schwarzwälderkirsch-Sahnetorte« um DM 1.20 anbot und »dasselbe mit Sahne« um DM 1.40.

Übrigens kehrt auch Bayreuth am nächsten Tag ein paar reizvolle Seiten hervor: das perfekte italienische Barock des markgräflichen Opernhauses nebst dazugehörigem Schloß; die schlechthin großstädtische Verkehrsmisere auf der in kreuz- und querem Umbau befindlichen Hauptstraße; eine seit dem Jahr 1737 bestehende »Wursterei«, die sich unter marmornem Hinweis auf ihr Gründungsjahr als »ältestes Geschäft am Platze« zu erkennen gibt; und eine heimelig gewölbte Apotheke, in deren Schaufenstern die köstlichsten alten Drucke über Heilkräuter und Medizinbereitung sich zu einer richtigen kleinen Buchausstellung zusammenfügen, die den Betrachter zwingend lockt, sich dazu die Persönlichkeit und Wesensart des Herrn Apothekers vorzustellen.

Er wird wohl mehr mit Jean Paul zu tun haben als mit Richard Wagner.

Kontaktlosigkeiten, innen und außen

Innen

Der Apotheker von Bayreuth läßt mich nicht los. Ich kenne ihn nicht und werde ihn niemals kennenlernen, aber ich möchte mehr von ihm wissen. Ich möchte sein Haus sehen, sein Wohnzimmer, seinen Weinkeller, seine Bibliothek. Besonders seine Bibliothek. Was er davon in den tiefen, gotisch zugespitzten Schaufenstern seiner Apotheke ausgestellt hat, kann ja nur ein kleiner Teil sein. Zu Hause muß er noch viel mehr von diesen alten Pergament- und Lederbänden haben, mit dem schön geordneten Druck auf kaum vergilbtem Papier, mit den stahlklar gestochenen Abbildungen der heilkräftigen Pflanzen und Kräuter, mit den erstaunlich treffsicheren Beschreibungen der Krankheiten, bei denen sie applicirt werden, und mit den zahllosen Rezepten, deren Großteil wohl noch heute in gleicher Geltung steht wie vor zwei- oder dreihundert Jahren.

Spannt sich von hier die Sehnsuchtsbrücke in eine Vergangenheit, an die ich unbekümmert denken kann, unbekümmert im Sinn des Wortes? Die für mich keinen Kummer birgt und keine Assoziationen? Personifiziert sich, über die Jahrhunderte hinweg, in diesem Apotheker nicht alles, womit Deutschland mich anrührt und wovon ich mich willig anrühren lasse, nicht jeglicher Marktplatz mit Giebeldächern und Erkern, mit Fachwerk und Brunnen und dem unverkennbaren Rathaus? Sicherlich besitzt er auch eine schöne, frühe

Ausgabe von Jean Paul, mein Apotheker. Es muß keine Erstausgabe sein, aber doch eine zeitgenössische, gut erhalten. Und sicherlich liest er bisweilen darin, ich sehe ihn vor mir, im behäbigen Großvaterstuhl unter der milden Lampe –

»Doktor, sind Sie des Teufels?« heißt es dann noch knapp rechtzeitig bei Heine. Ach, dieser Apotheker kann ja ebensogut der einstige Ortsgruppenleiter der NSDAP sein, ebensogut das Gegenteil eines humanistischen Honoratiorentyps, eines bedachtsamen Büchersammlers, eines leicht verkauzten Jean Paul-Lesers.

Er kann aber – und das ist das eigentlich Unfaßbare und Fürchterliche, das ist es, womit ich nicht zu Rande komme, das ist das vermaledeite Klischee, an das man unentrinnbar geraten muß, wenn man sich mit Deutschland und den Deutschen auseinandersetzt – er kann ebensogut beides sein, beides zugleich: Parteigenosse und Jean Paul-Leser, Humanist und Antihumanist, Büchersammler und Lagerkommandant, sorglicher Familienvater und sorglicher Hinrichtungsquoten-Erfüller. Ja, das kann er. Das kann nur er, nur ein Deutscher kann das. Zwei Seelen, die ach! in einer Brust wohnen, finden sich bald. Aber zwei so extrem antagonistische Seelen, daß eine die andre keine Sekunde lang neben sich dulden dürfte, eine die andre sofort und radikal auslöschen müßte – zwei solche Seelen, Gott helfe mir, wohnen nur in deutscher Brust und nirgends sonst.

Ob sie friedlich dort wohnen? Möglich, daß der Deutsche, wenn er dieses ihm innewohnenden Phänomens gewahr wird, damit so wenig zu Rande kommt wie ich, daß es ihn verwirrt und erschreckt. Möglich auch, daß er ihm eben darum lieber ausweicht, daß er von der Ambivalenz seines Wesens gerade nur soviel zur Kenntnis nimmt, um sie als tragisch empfinden zu können. Er hat kein Bedürfnis, sich von außen zu sehen, mit den Augen eines andern, kein Bedürfnis nach Nathans wundertätigem Ring, welcher vor

Gott und Menschen angenehm macht. Er ist weder willens noch in der Lage, sich »in den andern hineinzuversetzen« (eine Fähigkeit, die beispielsweise der Österreicher bis zur Selbstaufgabe entwickelt). Der Deutsche fragt sich nicht, wie er auf andere »wirkt«. Er hielte das vermutlich für charakterlos, für servil, mindestens für etwas, was er »nicht nötig« hat. Er wünscht so genommen zu werden, wie er ist. Und wenn man beherzt genug wäre, ihn zu fragen, *wie* er nun also ist, würde er ohne Zögern antworten: »Das geht Sie nichts an.« Womit er wieder nur höflich umschrieben haben wollte, daß er's selber nicht weiß. Wüßte er's nämlich, hätte er die dualistische Wurzel seines Seins und Verhaltens endlich bloßgelegt, dann wüßte er ja auch, warum er im Lauf seiner Geschichte soviel Unheil angerichtet hat, und würde sich nicht länger wundern, daß die Welt es als Unheil verbucht hält. Aber er weiß es nicht und er wundert sich. Das kontaktlose Nebeneinander von Emotion und Ratio, das in seinem Innern herrscht, lenkt seine ehrlichsten, intensivsten Versuche zur Gewissensforschung und Vergangenheitsbewältigung in auswegslose Sackgassen, macht ihn zum leidenschaftlichen Bekenner falscher Schuld und zum störrischen Leugner der richtigen, ist selbst schon ein Teil der schizophrenen Situation, gegen die er ankämpft. Bei aller bohrenden Bereitschaft zur Selbstanalyse: er bohrt von seiner dualistischen Wurzel weg, nicht auf sie zu. Er wird sich nie auf den Grund kommen, immer nur auf die Folgen.

Es ist gewiß nichts Neues, was ich da über die Deutschen zusammengerätselt habe, und soweit es Geltung beanspruchen darf, gilt es gewiß nicht erst für den Bundesbürger von 1963. Dennoch bestimmt es einige sehr wesentliche Züge seines Bildes. Immer wieder habe ich auf meiner Reise – in Gesprächen oder Beobachtungen, zufällig oder zielstrebig –

dieses Phänomen zu merken bekommen, das ich die »innere Kontaktlosigkeit« des Deutschen nennen möchte, dieses Konglomerat aus Unvereinbarkeiten, die ihm als solche gar nicht bewußt werden. Und manchmal scheint's, als hätte die innere Kontaktlosigkeit sich nach außen projiziert und jene absurden Gegensätzlichkeiten hervorgebracht, die auch dem Bild der deutschen Städte anhaften.

Daß diese Kontraste vom Krieg verursacht und von der nachfolgenden technisch-ökonomischen Entwicklung verschärft wurden, tut heute nichts mehr zur Sache. Sie sind nun einmal ins Bild gekommen und werden im Bild verbleiben, nicht anders als die architektonischen Greuel der Gründerzeit, die sich auf keine zwingenden Entstehungsanlässe berufen können.

Im übrigen handelt es sich da nur zum Teil um Fragen der Architektur. Eigentlich sind es Stilfragen.

Außen

Die Stadt Nürnberg eignet sich nicht für Neubauten. In keiner der vielen deutschen Städte, die sich von den Kriegsfolgen mittlerweile erholt haben, verträgt sich die Erholung so wenig mit dem Bestand, will der Wiederaufbau so wenig zum Bau passen wie hier. Nicht als wären die neuen Häuser an sich mißraten; sie haben nur keinen Anschluß gefunden (fast hätte ich gesagt: keinen Kontakt). Weder läßt Nürnbergs einstiger Stil sich tilgen und durch einen neuen ersetzen, wie das etwa in Würzburg, in Stuttgart und am eklatantesten in Frankfurt geschehen ist; noch läßt er sich wiederherstellen, wofür Städte wie Braunschweig oder Münster besonders geglückte Beispiele bieten: weil dort die Neuerungen und Weiterentwicklungen sich rund um einen klaglos reparablen Stadtkern vollzogen haben. In Nürnberg ist das Alte zu eigengewichtig, um mit dem Neuen eine Symbiose einzugehen, und nicht mehr kompakt genug, um es zu überwiegen. Ähnliches lassen auch Köln und Hannover und einige andere Städte vermuten, aber die kannte ich vorher nicht. Nürnberg kannte ich. Es war eine schöne Stadt.

Vielleicht empfände man die Mischung aus Alt und Neu minder ungut, wenn nicht auch dem Alten sogleich anzusehen wäre, zu wie großem Teil es erneuert ist. Das wächst sich mit der Dauer meiner Fahrt allmählich zu einer Zwangsneurose aus: daß der Blick an jedem Stadttor, an jeder Kirche, an jedem Denkmal vergangener Baukunst erst einmal manisch zu erkunden sucht, was da restauriert und was noch »echt« ist. Man merkt es meistens sehr deutlich und kränkt sich sehr. Und das unversehrt Historische wirkt dann umso eindrucksvoller.

In der Nähe des Hauptbahnhofs, an einem der stadtwärts gelegenen Ausgänge des weitgedehnten, durchaus großstädtischen Unterführungs-Areals, das den Straßenverkehr hilfreich entlastet (und dessen hilfreiche Rolltreppe, als ich sie zu verkehrsreicher Abendstunde benützen wollte, pünktlich abgeschaltet war), entdecke ich auf einer alten, verwitterten Häusermauer gegenüber dem »Dicken Turm« etliche verwaschene Buchstabenreste, die ich nur mühsam entziffern und zusammenfügen kann: »Service Club«. Eine historische Aufschrift.

Die andre, die mir in die Augen fiel, schien noch in Geltung zu sein, hieß »Soldiers' Field« und befand sich auf dem einstigen Reichsparteitagsgelände (der einstigeren Zeppelinwiese), dort, wo zwischen den kolossalen Reichsparteitagssäulen und -stufen jetzt das Unkraut wuchert...

Aber die Kirchen und Brunnen. Aber die engen, hügeligen, wohlig matt beleuchteten Quer- und Hintergäßchen, die plötzlich den Durchblick auf eine ganze Zeile giebeliger Spielzeughäuser freigeben. Es war eine schöne Stadt. Wenn ich nur wüßte, woran sie mich erinnert. Wenn ich nur der Assoziations-Bedrängnis entgehen könnte, die mich hier heftiger überfällt als irgend anderswo. Wenn mir doch zu Hans Sachs und zum Lebkuchen und zu Dürer nicht der »Stürmer« einfiele und die Nürnberger Gesetze und der Nürnberger Prozeß.

Oh über Deutschlands inneres Nebeneinander.

Eine fertiggestellte Nachbarschaft

Ich habe die Trabantenstadt Langwasser bei Nürnberg besucht. Obwohl von den 50000 Menschen, die sie bewohnen sollen, erst ein paar tausend dort wohnen, obwohl von den »Nachbarschaften«, in denen sie »staffelweise« ersteht, nur wenige fertiggestellt sind und das Ganze erst im Werden ist, kann man schon deutlich sehen, wie es sein wird. Es wird nicht schön sein. Und ich bin nicht einmal sicher, ob es so praktisch sein wird, wie die großen Werbetafeln am Eingang der Siedlung es verheißen. Daran, daß der »Detailhandel im Zentrum« und die Gewerbegebiete (»nur nichtstörende Industrien«) am Rande vorgesehen sind, werden sich die Bewohner von Langwasser bald gewöhnt haben. Und wie lange wollen sie sich darüber freuen, daß es dank der sinnreichen Anordnung von doppelzeiligen Reihenhäusern und uniformen Grünstreifen keine Straßenkreuzungen gibt, an denen man überfahren werden könnte? Damit hat man zwar größere Chancen, dem Tod zu entgehen, aber davon kann man nicht leben. Überdies wird der völlige Wegfall von Kreuzungen dadurch aufgewogen, daß die ganze Siedlung aus Sackgassen besteht, und wenn man in eine falsche Doppelzeile eingefahren ist – was leicht passiert, denn sie sehen alle gleich aus –, muß man wieder bis zum Anfang zurückfahren, um dann vielleicht die richtige zu finden. Ich habe nur falsche gefunden.

Am Ende einer solchen, im abschließenden Kurven-Leerraum zwischen Häuser- und Garagenreihe (gern würde ich

»Hof« sagen, aber es war keiner), stand ein Ping-Pong-Tisch mit einem Spieler an jedem Ende und einem Zuschauer an jeder Seite. Mit dem einen von ihnen – der mir durch fachmännische Verkehrszeichengebung half, meinen Wagen aus dem schmal geschwungenen Auslauf wieder hinauszumanövrieren – kam ich ins Gespräch. Natürlich fragte ich ihn, wie es ihm hier gefiele. Es gefiele ihm, sagte er, gut, denn um an seinen Arbeitsplatz zu gelangen (er war in der Postverwaltung beschäftigt), brauchte er nur 30–35 Minuten, also nicht länger als mit einem öffentlichen Verkehrsmittel zur Stoßstundenzeit in der Stadt. Ob seine Wohnung eine Eigentums- oder eine Mietswohnung sei, fragte ich weiter; und was sie koste. Eine Eigentumswohnung, sagte er, und sie hätte ihn mit allen Vergünstigungen, die er als Staatsbeamter genieße, vor drei Jahren rund 50000 Mark gekostet; heute betrage der Preis für diesen kleinsten Typ der Reihenhäuser beinahe das Doppelte. Das sei doch eigentlich sehr schön, sagte ich, daß der Staat ihm solchen Wohnungsbesitz ermögliche. Wieso der Staat? fragte er; er zahle ja dafür. Gewiß, sagte ich; ich meinte nur, daß er vom Staat gut genug bezahlt würde, um sich eine so schöne Wohnung leisten zu können. So schön sei sie gar nicht, sagte er. Ob er sie mir vielleicht schildern möchte, fragte ich. »Also da ist einmal gleich rechts, wenn man hineinkommt, das Klo«, sagte er und meinte es rein architektonisch und hat mir dann auch noch die ganze Wohnung geschildert, nebst zweien anderen, die er kannte. Eine gehörte einem Lehrer, die andre einem Kleingewerbetreibenden. Es wohnten aber, wie er hinzufügte, auch einige Ärzte und Zahnärzte in der schon fertiggestellten Nachbarschaft. Nein, keine Künstler.

An der Ausfahrt wende ich mich noch einmal um. Es dämmert. Fugenlos aneinandergereiht liegen die Bungalowzeilen entlang der Grünstreifen. Wo eine Eigentumswohnung aufhört und die nächste beginnt, merkt man immer nur an dem Auto, das davorsteht. »Ach Hermine, komm ins Grüne, in die Laubenkolonie!« sangen die Individualisten der Zwanzigerjahre, schwangen sich aufs Fahrrad und freuten sich auf die von Nutzgemüse und Blumen umrankte Holzhütte, die sie sich ganz nach eigenem Wunsch zurechtgebaut hatten, und jede einzelne war eine Hochburg persönlichen Geschmacks.

Die Laubenkolonien des Wirtschaftswunders kommen aus der Stanzmaschine und sind motorisiert.

Kontraste und Konformitäten

Was aber die Kontraste betrifft, so gibt es ja nicht nur die unleidlichen der deutschen Seele. Es gibt, zum Glück, auch die erfreulichen, die organisch gewachsenen und höchst anziehenden Kontraste des deutschen Landes. Es gibt sie wirklich »zum Glück«. Von ihrem Reichtum, wie er gerade auf solch gedrängter Fahrt sich entfaltet, macht der geruhsam Reisende (falls er noch existiert) sich keinen Begriff, und der Reiz des raschen Wechsels bleibt ihm ebenso verborgen wie dem Seßhaften – für den ja dies alles, was der Fremdling da bestaunt, langweilige Alltäglichkeit ist, mitsamt dem staunenden Fremdling.

Dennoch muß es vermerkt werden; nicht etwa um einer ohnehin unerreichbaren (und gar nicht erst angestrebten) Vollständigkeit willen, sondern weil selbst einem so unvollständigen Bericht wie dem hier unternommenen Abbruch geschähe, wenn er die Vielfalt des Bestaunenswerten unvermerkt ließe. Auch Postkartenschönheit gehört zum Gesamtbild, dessen ich ansichtig wurde, und ihre Kommerzialisierung soll mich nicht daran irremachen, daß zuerst die Schönheit da war und dann die Postkarte. Also vermerke ich hiemit, was eine einzige Tagesetappe meiner Fahrt mir an Bestaunenswertem dargeboten hat:

Ich habe am Morgen den Dom und die Kirchen von Bamberg gesehen und bin mir wieder einmal vorgekommen wie ein Salzburger in Prag, war von ihrem Anblick wieder so nachhaltig erfüllt, daß es mir dann in Würzburg doch etwas leichter fiel, mich mit den Resten und Spuren des Unwiederbringlichen zufriedenzugeben.

Ich habe in Werneck, auf dem Weg nach Fulda, ein wunderhübsches Barockschloß passiert (das jetzt ein Krankenhaus beherbergt).

Ich bin bei Bad Kissingen vom Weg abgezweigt, um die Ruine Trimburg aufzusuchen, meine ganz persönliche Lieblingsruine, denn unten in der Ortschaft Trimberg hat im 13. Jahrhundert der jüdische Minnesänger Süßkind gelebt, dessen Schicksal mich seit Jahren beschäftigt.

Ich bin im bischöflichen Fulda auch diesmal nicht dahintergekommen, wo die seltsam anheimelnde Wirkung des (ein wenig pompös so genannten) »Barockviertels« herrührt.

Ich habe in Bad Hersfeld, das ich schon kannte, die Stiftsruine ohne Festspielaufführung gesehen, und in Goslar, das ich noch nicht kannte, Goslar. Das allein ist eine Reise wert. Aber man sieht dort obendrein Barbarossas Kaiserpfalz, dieses ruppig in sich ruhende Monument mittelalterlicher Majestätik, und davor die Standbilder mit den Pickelhauben und im Reichssaal drinnen die Wandgemälde mit den Pickelhauben, hoch zu Rössern beidemale, und das wäre dann eher eine Abreise wert.

Ich bin durch fast sämtliche Salzgitter gekommen, aus denen Salzgitter besteht, es sind ihrer 29, darunter so klangvolle wie Salzgitter-Hohenrode, Salzgitter-Bruchmachtersen, Salzgitter-Flachstöckheim – und bei solchen Ortsnamen werde ich immer von der Vorstellung geplagt, daß jemand auf die Frage nach seiner Herkunft wahrheitsgemäß antworten müßte: »Ich bin ein gebürtiger Salzgitter-Bruchmachtersener.« Es gibt ferner ein Salzgitter-Bad, worauf ich nicht gefaßt war (ich hatte nur vom Eisenerz gewußt), und ein Salzgitter-Gitter, was ich ein wenig übertrieben fand. Auch ein Gasthof »Zum Grenzkrug« fiel mir auf und ließ mir für seinen hübschen, alten Namen keine andere Erklärung als die nahe Zonengrenze, die weder hübsch noch alt ist.

Und dann war's nur noch ein kurzer Weg nach Braunschweig, so kurz, daß mich die Ortstafel »Salzgitter-Braunschweig« eigentlich nicht überrascht hätte. Aber die Stadt heißt Braunschweig ganz allein, und das mit Recht. Sie war unter den neuen Eindrücken dieses Tags der stärkste, sonst hätte meine Aufnahmsfähigkeit sich nicht in solchem Grad und solcher Eile regeneriert, wie das die romanische Wucht des Doms zuwegebrachte, die ausgerundeten Maße des Burgplatzes (denen sogar der sichtlich triumphal gemeinte Löwe sich einfügt), die geruhig angestrahlten Zunft- und Bürgerhäuser, die Martinikirche, der Altstadtmarkt mit dem Marienbrunnen. Und der Markt ist ein wirklicher Markt.

Die Faszination, die von den mittelgroßen und den kleinen Städten auf mich ausgeht, erweist sich als unerschöpflich. Mit der deutschen Landschaft hingegen, ich muß es gestehen und neige mich entschuldigend vor Schwarz- und Pfälzerwald, vor Münster-, Sauer- und Weserbergland, vor Knüll- und Sieben- und jedem sonstigen Gebirge – mit der typischen deutschen Landschaft, einschließlich ihrer mächtigsten und ihrer lieblichsten Flußtäler, weiß ich nicht viel anzufangen. Das alles, so will mir scheinen, wird anderswo in besserer Ausführung hergestellt. Aber die deutschen Städtebilder entzücken mich stets aufs neue: diejenigen, die ich schon kenne, durch die Bekräftigung des Wiedersehens, diejenigen, die ich erst kennenlerne, durch die Unzweifelhaftigkeit ihres Anders-Seins. Ich wüßte nicht zu entscheiden, ob das Rathaus von Hannoversch-Münden schöner ist als das von Osnabrück, der Marktplatz von Bad Mergentheim schöner als der von Tübingen, eine Straßenzeile in Dinkelsbühl schöner als eine in Wetzlar, Rothenburg ob der Tauber schöner als Limburg an der Lahn. Ich weiß nur, daß alle diese Bilder, und viele mehr, mir unverwechselbar im Gedächtnis haften und daß sie sich untereinander nicht austauschen lassen, keine zwei von ihnen und noch nach Jahren nicht.

Austauschbar und verwechselbar sind die Mittelstädte mit Großstadtambition – die sie schließlich schon immer hatten, nur blieben sie dabei auf sich selbst bedacht, nur wollte jede auf ihre eigene Art für eine Großstadt gehalten werden und stolz darauf sein. Die Ambition, als solche durchaus begreiflich, ist also nicht neu. Neu ist die Konformität ihrer Verwirklichung.

Indessen läßt auch sie sich begreifen, und zwar als zeitbedingtes Phänomen. Gerade die Kraßheit, mit der sie in Deutschland zu Tage tritt, ist zeitbedingt. Sie hat ihre Wurzeln in den Kriegsschäden und ihre Formen von der fortschreitenden Technisierung und Nivellierung des städtischen Lebens überhaupt. Wo immer es Kriegsschäden zu beheben galt, blühte – jetzt abgesehen von den geglückten Restaurationen historischer Bauten oder Stadtkerne – aus den Ruinen nicht nur neues Leben, sondern gleiches. Es war, als hätte ein großes Versandhaus ein Vorlageheft mit Städte-Schnittmustern herausgebracht, etwa nach Art der einstigen Ullstein-Schnitte, und die tüchtige Hausfrau, in diesem Fall die tüchtigen Stadtverwaltungen, hätten alle das gleiche Muster bestellt, die gleiche Anlage und Anordnung der Hauptstraßen, die gleiche Aufteilung von Geschäfts- und Wohnvierteln, von Büro- und Hotelbauten – die auch ihrerseits kaum voneinander abweichen, so daß man im voraus nie genau weiß, ob man jetzt den Wohnungsnachweis betritt oder schon die Wohnung. Selbst die jeweils aufgewendete Menge von Stahl, Beton, Glas und nicht funktionierendem Lift ist fast überall die gleiche.

Der zusammengedrängte Überblick, der sich aus einer

bestimmten Reisemethodik ergibt, hat zweifellos Nachteile. Aber er hat den Vorteil von Vergleichsmöglichkeiten, die sich anders nicht böten. Mir ist die Konformität der deutschen Nachkriegsstädte auf diese Art viel deutlicher geworden. Bei Tag findet man ja noch Anhaltspunkte, um festzustellen, wo man ist. Aber manchmal habe ich mir meine Tagesroute mit Absicht so eingerichtet, daß ich nach Einbruch der Dämmerung und der Lichtreklame noch zwei oder drei Städte durchfahren konnte, und dann ging's drunter und drüber. Überall pulsiert das gleiche Leben auf Straßen von gleicher Breite, werden von den Stoßstunden die gleichen Stöße verteilt, strahlen die gleichen Leuchtschriften auf und gehören oft genug auch den gleichen Firmen. Es ist im höchsten Grad verwirrend. Eben glaubte man noch eine beträchtliche Strecke Wegs zurückgelegt zu haben von einer Stadt zur anderen, 50 km oder mehr – und wenn man aufschaut, ist man wieder in Karstadt oder in Kaufhof.
Ich will nicht behaupten, daß die mittelgroßen deutschen Städte ihre Eigenart gänzlich aufgegeben oder daß sie um diesen Preis nun wirklich großstädtischen Status erreicht hätten. Beides wäre zuviel gesagt. Aber mindestens was die Hauptverkehrsadern und die Hauptgeschäftsstraßen betrifft, zumal die nächtlichen, sehen die deutschen Städte von 100000 Einwohnern aufwärts einander zum Verwechseln ähnlich, unbeschadet ihrer Größenordnung. Zur Lichtreklamezeit auf einer der Hauptstraßen ist Karlsruhe nicht von Mannheim zu unterscheiden und Düsseldorf nicht von Frankfurt, aber auch Münster nicht von Stuttgart und Saarbrücken nicht von Hannover.

In der Nacht sind alle Kühe schwarz und alle Städte hell. Und das Stichwort »Kuh« deutet bereits auf einen andern, gleichfalls als Nachkriegsphänomen zu wertenden Umstand hin, nämlich auf das allmähliche Verschwinden des Dorfs und alles Dörflichen in den hochindustrialisierten Ländern Europas und besonders in Deutschland.

Aber das wäre ein Kapitel für sich und bedürfte ernsthafterer Untersuchung, als sie in meiner Möglichkeit und Absicht liegt. Ich muß es mir an den Symptomen genug sein lassen, also zum Beispiel daran, daß noch im kleinsten Flecken, den ich durchfahre und der praktisch aus eben dieser Durchfahrtsstraße besteht, neonbeleuchtete Läden zu sehen sind; daß die Dorfschönen (die sich's gewiß verbitten würden, so genannt zu werden) ihre Kleider vom gleichen Konfektionshaus beziehen wie die weiblichen Büroangestellten in der Stadt; daß man beim Anblick eines alten, ehrlich zahnlosen Mütterchens, womöglich mit Kopftuch und Krückstock, so andächtig stehenbleibt, als klapperte plötzlich eine Mühle am rauschenden Bach, klippklapp; und daß, kurzum, an geparkten Autos die ländliche Atmosphäre hoffnungslos zuschanden wird und nur die benzingetränkte übrigbleibt.

Schade. Von weitem hat's wie ein richtiges, heimeliges, um den Kirchturm gekuscheltes Dorf ausgesehen.

Es wird nördlich

»Der Spanier« – so hieß es in einem Merkreim des leider verschollenen »Kinderverwirrbuchs« von Joachim Ringelnatz – »Der Spanier wohnt in fernen Zonen/Für die, die ferne davon wohnen.« Das gilt für einen im südlichen Alpenraum Wohnhaften auch in bezug auf Hannover. Es ist eine ferne Zone. Ab Hannover wird's nördlich, ab Hannover wird's fern, unvertraut, unvertraulich, vielleicht nicht abweisend, aber auch einladend nicht, vielleicht nicht kalt, aber fremd. Nur Hamburg, weil es eine Weltstadt ist, und Berlin, weil es Berlin ist, lassen dieses Gefühl der Fremdheit nicht entstehen. Überall sonst bleibt es für den vom Süden Kommenden das Grundgefühl, und man braucht eine Zeit, ehe man der Fremde, in der man sich nunmehr befindet, die guten und ergiebigen Seiten abzugewinnen versteht. In Dänemark oder in Holland ist das leichter, weil dort schon die Sprache keinen Zweifel an ihrer Fremdheit läßt. Hier, in Niedersachsen, unternimmt sie noch Täuschungsmanöver.

Mit bunter Fachwerkpracht entfaltet sich in Celle ein letztesmal der Zauber des Vertrauten (oder doch mittlerweile Vertrautgewordenen). Einer der sinnreichen Sprüche, die in goldrenovierten Lettern auf den Häuserfronten prangen, lautet: »Wenn Gott vor uns is, wer mach gegen uns.« Ja, wenn!

In einer Nische des Rathauses entdeckte ich noch einen andern Spruch, der mir zu denken gibt. Dort hängt an metallener Kette eine Art Degen mit griffbereitem Knauf, und darüber steht: »Ein ehrlich Bürger hier ermißt, was eine

Elle wirklich ist.« Nähere Prüfung ergibt, daß der ehrliche Bürger es nicht ermessen kann. Die Elle ist festgemauert.

Vorbei am gelblich gestrengen Herzogschloß, das auch das Schloßtheater birgt. Als Eröffnungsvorstellung ist »Der Urfaust« angekündigt und nimmt mich wunder, denn ich hatte ihn bisher ohne Artikel registriert. Aber meine kleinliche Mäkelsucht verstummt vor dem Niveaubedürfnis derer, denen diese Premiere geboten wird. Das Bedürfnis muß doch wohl vorhanden sein. Ich begegne ihm seit Beginn meiner Reise, seit Hof in Bayern, wo das Städtebundtheater die Spielzeit nicht etwa mit einem heimatlich erprobten Volksstück oder einem zügigen Schwank eröffnet hat, sondern mit »Maria Stuart«. In Marburg gab es zur Saisoneröffnung einen Molière, in Donauwörth bot das soeben zum Abonnement aufgelegte Gastspielprogramm des Fränkisch-Schwäbischen Theaters und des Schwäbischen Landesschauspielhauses u. a. einen Anouilh, einen Brecht, einen Fry, einen Priestley. Die Beweisliste ließe sich mühelos fortsetzen. Mit überheblichem Schulterklopfen oder mit der Berufung auf leerlaufende Bildungskonventionen wäre das allzu billig abgetan. Es liegt, wie so entsetzlich vieles bei den Deutschen, tiefer. Sie haben – um es mit jener populären Phrase aus dem Ersten Weltkrieg zu sagen – wirklich »ihren Goethe im Tornister«. Und es ist wirklich der Tornister, wo sie ihn haben. O wackrer Apotheker aus Bayreuth ...

Unter den Fremdartigkeiten, mit denen ich auf der Fahrt nach Norden konfrontiert werde, befindet sich auch ein Landschaftstyp, der mir keine Handhabe zu Vergleichen bietet und mich infolgedessen unmittelbar berührt und beeindruckt: die Lüneburger Heide. Sie ist mir ein wenig unheimlich, und ich würde mich nicht wundern, wenn sie das wüßte. Anders als etwa Ungarns Puszta und ihre tief ins österreichische Burgenland herüberreichenden Ausläufer, lockt sie mich nicht zum Bleiben. Aber ich kann mir gut vorstellen, daß solche Lockung von ihr ausgeht und daß man ihr erliegt. Bei den Moor- und Heidelandschaften Deutschlands, die ich sonst noch kenne, bedrängt mich solche Lokkung nicht, und selbst für die Strand- und Insellandschaften an der Nord- oder Ostsee, die mich seit jeher angezogen haben, weiß ich mir manches Gegenstück. Für die Lüneburger Heide weiß ich mir keines. Sie ist, soweit meine Landschaftskenntnisse reichen, etwas völlig Einmaliges.

Trotzdem verspürte ich keine Lust, auch nur für eine halbe Stunde haltzumachen und mich umzusehen. Dabei ist es weder neblig noch dunkel. Das Unbehagen, das mich weitertreibt, muß von etwas andrem herrühren.

Ich brauche verdächtig lange, ehe ich ihm auf den Grund komme: irgendwo hier in der Nähe liegt Bergen-Belsen.

Hingegen läßt sich kein vernünftiger Grund entdecken, warum die Städte, die ich jetzt durchfahre, mich kaltlassen, warum die Backsteingotik der Kirchen mich nicht anspricht, warum die alten Häuser mit den schön gestaffelten Giebeln, an denen ich mich in Bremen oder Lübeck nicht sattsehen kann, mir in Uelzen oder Lüneburg eher reizlos erscheinen. Ich könnte höchstens sagen, warum die roten Backsteinhäuser, die jetzt immer häufiger auftauchen, mich an Kasernen erinnern: weil sie so aussehen.

Auf den Weideflächen zu beiden Seiten der Straße sehe ich seit einiger Zeit nur noch schwarzweiße Rinder, kein einziges braunscheckiges mehr. Wie geht das zu? Bis zu welchem Bauernhof waren die Herden noch braun, von welchem an sind sie schwarz? Und gibt es da nie einen Irrtum, nie einen Fehltritt? Taucht nie ein braunes Rind unter den schwarzen auf, oder umgekehrt? Ein artfremdes Rind, das im Bedarfsfall an allem schuld wäre?

Viel weiter oben dann, zwischen Hamburg und Kiel, etwa in der Gegend von Neumünster, sah ich braungefleckte Rinder friedlich unter schwarzgefleckten weiden. Die Versuchung einen Fall von geglückter Kuhexistenzpolitik zu notieren, war groß.

Diese Etappe meiner Fahrt umschloß das eigentliche Reiseabenteuer: die Begegnung mit einem mir völlig unbekannten Teil Deutschlands. Zwar hatte ich Lübeck und Travemünde schon ein paarmal von Hamburg aus besucht, aber immer nur für halbe Tage und ohne recht zu wissen, daß ich in Schleswig-Holstein war. Diesmal wußte ich's und habe es sehr genossen. Es wirkte auch gar nicht so fremd auf mich, wie ich's vermutet hätte. Vielleicht war das, was ich als »nördlich« empfinde, mir inzwischen schon zugänglicher geworden, vielleicht kamen mir auf der Fahrt durch die welligen Buchen- und Föhrenwälder verschollene Kindheitserinnerungen an einen Sommer auf Rügen zu Hilfe, vielleicht nahm mich ganz einfach der Charakter der Landschaft gefangen. Oder ich hatte mir, noch einfacher, durch einen mehrtägigen Zwischenaufenthalt in Hamburg neue Aufnahmsbereitschaft erworben, nebst einer Portion jener spezifischen Gelassenheit, wie sie nur in Hamburg verabfolgt wird. Jedenfalls zog ich mit all der Neugier und Empfänglichkeit los, die man für einen ersten Anblick bereithat (oder bereithaben sollte). Und jedenfalls wurde mir's reich gelohnt.

Darf man sich in Kiel ein wenig an Hamburg gemahnt fühlen oder nimmt Hamburg solche Mahnung übel? Das täte mir leid. Denn die Großräumigkeit, die mich in Kiel empfängt, die Luft und die Weite und die Spürbarkeit des Hafens – das alles kenne ich in solcher Kombination nur von Hamburg her. Und in der nördlichen Fremde klammert man sich eben an jedes Erinnerungsgeländer.

Inmitten der breiten, selbstsicher hingesetzten Straßen tut sich eine enorme Raumverschwendung auf und heißt »Exerzierplatz«, einschließlich der Häuser, die das Riesenquadrat umsäumen. Keine angenehme Vorstellung, etwa am Exerzierplatz Nr. 7 zu wohnen. Und das Gasthaus an der Ecke fordert mich auch noch zum Genuß von Eiche-Bier auf. Möchte ich nicht.

Auch Geschäftsschilder mit Namen wie Christian Oldenburg oder Alfred Warnemünde gehören zum ungewohnten Bild, das sich dem Facettenreichtum deutscher Städte als neue Facette einordnet.

Wie völlig deutsch das alles ist, wird mir erst in der Stadt Schleswig inne, deren Andersartigkeit unverkennbar fremdländischen Akzent hat. Auch wenn ich nicht gleich bei der Einfahrt an einem »Dansk Tourist Kiosk« vorbeigekommen wäre, hätte ich mir ausrechnen können, daß hier bereits die Nähe Dänemarks fühlbar wird. Als mir auf der geschäftsschilderreichen Hauptstraße unter lauter Detlefsens und Johansens plötzlich ein Nowacki ins Auge fällt, verursacht er mir beinahe heimatliche Gefühle. Und prompt erinnern mich – im Gewirr der krummen Gäßchen um den Dom herum – die winzigen, oft nur aus Eingangstüre und zwei Fenstern bestehenden Häuserfassaden an das Alchimistengäßchen zu Prag.

Nicht minder verwirrende Erinnerungen rufen die beiden kleinen Fachwerkhäuser in mir wach, die ich plötzlich entdecke. Mir ist, als hätte ich dergleichen vor nicht zu langer Zeit in einem andern Land gesehen. Richtig: in Deutschland.

Daß man sich in Flensburg fast schon in Dänemark glaubt, hat seinen guten Grund: man ist hier fast schon in Dänemark, die Knusperhäuschen tendieren mehr zu Andersen als zu

Grimm (oder tun nichts dagegen, daß ich mir das einbilde), und die Hafenzeile mehr zu Kopenhagen als zu Hamburg.

Eine rasche Fahrt an den Grenzübergang Krusa belehrt mich, daß Deutschland nicht nur ein teures, sondern offenbar auch ein billiges Land ist und daß Leute eigens herüberkommen, um hier einzukaufen. Die Grenzgeschäfte und -kioske, in denen nebst Maßkrügen und den üblichen Andenkengreueln vor allem Lederwaren, Spielzeug und Photoapparate feilgeboten werden, sind noch um 10 Uhr abend in hellerleuchtetem Betrieb. Im übrigen geht es diesseits und jenseits des Schlagbaums sehr gemütlich zu, und nur mit Mühe kann ich mir vergegenwärtigen, daß es sich da um die gleiche Institution handelt wie an der deutsch-tschechoslowakischen Grenze bei Schirnding oder an der deutsch-deutschen bei Töpen. Auch mit der EWG läßt die Gemütlichkeit sich nicht erklären, denn Dänemark gehört zu den Blockstaaten der EFTA. Es scheint sich doch so zu verhalten, daß der gemeinsame Begriff nun eben »Westeuropa« heißt und daß der Weg zu dieser Gemeinsamkeit selbst vom kantigsten Wirtschaftsblock nicht annähernd so sehr verbarrikadiert wird wie vom flexibelsten, koexistenzbereitesten Gesinnungsblock.

Gegenüber dem Espresso-Lokal, das ich zu meiner großen Erleichterung ausfindig mache (denn der Kaffee, liebe Leute, wird in Deutschland immer noch auf der ersten Silbe betont, weil er schon auf der zweiten kein Kaffee mehr ist) – gegenüber dem italienischen Espresso steht das Redaktionsgebäude der dänischen Tageszeitung »Flensborg Avis«. Borg, nicht Burg. Dieser eine Buchstabe macht den ganzen Unterschied, wandelt deutsch zu dänisch. Ich weiß, daß so etwas sehr wichtig sein kann. Ich erinnere mich noch ganz genau, wie damals in der Tschechoslowakei, vor etlichen dreißig Jahren, um solcher Unterschiede willen ein Sprachenkampf ausbrach, der zum Todeskampf der Zweiten Republik wurde, der Deutsche und Tschechen fanatisch gegeneinanderhetzte und den Hitlerpartisanen Henlein großwerden ließ, daran erinnere ich mich. Und muß mich gleich auch an den Großadmiral Dönitz erinnern, der hier, in Flensburg, die Todeszukkungen des Dritten Reichs kommandiert hat. Auf der Fahrt durch die Buchen- und Föhrenwälder, wenn ich an Gruppen der hier in der Gegend stationierten Marineschüler vorbeikam, hatte ich ihn immer noch ganz knapp verdrängt. Aber jetzt ist die Erinnerung da und will sich mit dem Zauber der Landschaft gar nicht gut vertragen.

Erst der Anblick des rundtürmigen, märchengleich aus dem Wasser aufsteigenden Glücksburger Schlosses stellt den Zauber wieder her – einen Zauber, der mich an die Loire denken läßt, einen wohltätigen Zauber.

Es wird immer nördlicher

Auf diesem Teil meiner Fahrt war ich besonders heftig versucht, ihres eigentlichen Zwecks zu vergessen und einfach als neugieriger Tourist durch die Gegend zu streifen – durch eine Gegend von ungewöhnlichem Reiz, dem ich noch immer nicht auf die Spur gekommen bin. Aber er hat zweifellos etwas mit Ruhe zu tun. Wir wollen uns den grauen Tag vergolden, ja vergolden... aus gelinden Mittelschulerinnerungen steigt das »Oktoberlied« auf, und Husum ist in jeder Hinsicht der passende Ort dafür. Denn ähnlich wie im Fichtelgebirge von Jean Paul, wimmelt es hier von Theodor Storm, und der beflissene Fremdling freut sich, in einem Gasthaus, das sowieso schon »Twietenkroog« heißt, auch noch des Dichters Bildnis zu entdecken.

Sehr ruhig ist das alles hier, sehr eindeutig, ja auf eine nicht näher definierbare Weise deutlich. Im Hafen die kleine Werft, mit dem einen, kleinen Schifflein darauf, wirkt beinahe wie ein Spielzeug: so genau und aus der Nähe kann man da sehen, woraus eine Werft und woraus ein Schiff besteht.

Eines der Hafenhotels, schmal und zweistöckig im Halbrund der Häuserfronten, trägt die bemerkenswert ausführliche Aufschrift: »Hotel zur grauen Stadt am Meer«. Schwer vorstellbar, daß es sich am Telefon mit vollem Namen meldet; oder daß es etwa in Wien ein Gegenstück besäße, welches »Hotel zur Stadt der Lieder am schönen blauen Donaustrom« hieße.

Die Insel Nordstrand ist von Husum 12 km entfernt und ist, wenn ich meiner Autokarte trauen darf, durch eine Brücke mit dem Festland verbunden; also ein lohnender Ausflug. Wie sich zeigt, darf ich meiner Autokarte in solchen Details nicht trauen: die Brücke ist keine Brücke, sondern ein Damm, rechts und links ist nicht das erhoffte Meer, sondern künstlich aufgeschüttetes Weideland, und somit ist die ganze Insel keine Insel. Aber ein lohnender Ausflug trotzdem. Ich lerne vielerlei neue, fremdklingende Dinge kennen, unter denen ich mir nichts vorstellen kann, auch wenn ich sie dicht vor Augen habe. Daß ich mich in den Halligen befinde, weiß ich gerade noch, aber was Lahnungen sind, weiß ich schon nicht mehr, schließe hingegen aus einem Farbdruck, der an der Wand einer Gaststätte hängt und »Porrenfischer im Hafen« darstellt, daß es sich bei Porren um Fische handelt. Ein in der gleichen Gaststätte ausliegender Prospekt verschafft mir überdies die Gewißheit, daß ich soeben durch das Wattenmeer auf eine Marscheninsel gelangt bin. Jetzt kenne ich mich endlich aus.

Gleich darauf entdecke ich an einer Straßenkreuzung einen Wegweiser mit der verwirrenden Aufschrift: »England 1 km«, und entdecke in England selbst (das sich als winziges Dörfchen entpuppt) eine Gemischtwarenhandlung Reinhold. Dunkel erinnere ich mich, die letzte Gemischtwarenhandlung vor unendlich langen Wochen – es müssen ihrer mindestens drei sein – an der bayerisch-böhmischen Grenze gesehen und diese Bezeichnung damals auf altösterreichische Einflüsse zurückgeführt zu haben. Aber wie kommen solche Einflüsse bis hier herauf in die nordfriesischen Inseln? Wie kommt eine Gemischtwarenhandlung nach England? Und wie kommt England nach Nordstrand? Es war ein lohnender Ausflug.

An überraschenden Ortsnamen herrscht auch weiterhin kein Mangel. Auf meiner nun wieder südwärts gerichteten Fahrt bekomme ich es innerhalb einer knappen Stunde mit einem Witzwort und einem Büttel zu tun, und vor Kotzenbüll werde ich nur dadurch bewahrt, daß ich rechtzeitig über Friedrichstadt abzweige – eine freundliche, normal benannte Ortschaft und ein ordentliches Aufatmen.

Im übrigen zeichnet sich die Gegend durch gewaltigen Fährenreichtum aus. Es gibt Fähren über jegliches Gewässer und in jeglicher Ausführung, von der kleinen, am Drahtseil laufenden, die höchstens sechs Autos gleichzeitig übersetzen kann, bis zu den stolzen Elbmündungs-Riesen, die mit zehnfachem Fassungsraum und einer Fahrtdauer von zwei Stunden zwischen Brunsbüttelkoog und Cuxhaven verkehren. Da sie dies nur dreimal am Tage tun, versuche ich von unterwegs telefonisch zu erkunden, wann ich in Brunsbüttelkoog sein muß, um die letzte an diesem Tag abgehende Fähre nicht zu versäumen. Ich bekomme insgesamt drei verschiedene Auskünfte, treffe zur Sicherheit eine halbe Stunde vor dem frühesten mir angegebenen Zeitpunkt ein und stelle fest, daß ich in Wahrheit sogar 14½ Stunden zu früh dran bin: die letzte Fähre ist vor wenigen Minuten abgegangen und die nächste geht erst wieder am kommenden Morgen. Da mir jedes Anzeichen von deutschem Organisationsmangel willkommen ist, mache ich mich unverdrossen auf den Weg nach Glückstadt, etwa 50 km weiter südlich, wo man in einstündigen Intervallen und halbstündiger Fahrt vom östlichen ans westliche Elbufer befördert wird. Beinahe wäre ich auch dorthin zu spät gekommen, weil ein Wässerchen namens Stör mir in den Weg floß und mittels Rollfähre übersetzt sein wollte. Aber ich habe das große, bauchige Fährschiff in Glückstadt dann doch noch erreicht. Die Schiffsmaschinen stampften schon, die Kaffeemaschine unten im Restaurant war hingegen schon abgeschaltet und der Kaffee – wie mir ausdrücklich gesagt wurde – nicht mehr so schön. Ich konnte keinen Unterschied merken.

Wischhafen, wo die Fähre landete, ist vor allem dadurch bemerkenswert, daß es (anders als Cux-, Bremer- und Wilhelms –) seinen Hafen so schreibt, wie man's in der Schule gelernt hat.

Auf dem nun schon nächtlichen Weg nach Cuxhaven, meinem Reiseziel für diesen Tag, habe ich noch ein letztes Fährenflüßchen zu überwinden, das auf den Namen Oste hört, als wär's von Christian Morgenstern ersonnen (»Er ersann zur Weste eines Tags die Oste«). Den auf der Fähre entstandenen Autostop nehmen zwei junge Marineflieger wahr, um sich von mir mit Autostop weiterbefördern zu lassen. Sie sind auf Urlaub und wollen Freunde in Cuxhaven besuchen. Meine Konversationsfragen beantworten sie geduldig, verständnisvoll und merkwürdig erwachsen (der jüngere ist 21, der ältere 22 Jahre). Daran, daß sie sich für Angehörige einer Elitetruppe halten, lassen sie keinen Zweifel, aber sie tun's mit einer Art nachsichtiger Selbstbespöttelung, und was die eingeflochtene »Tradition« betrifft, so geben sie ohne weiteres zu, daß »wahrscheinlich auch jedes Infantrieregiment sowas hat«. Mit ihren Kameraden und ihren Vorgesetzten kommen sie bestens aus. Als ich wissen will, was ihnen an ihren Vorgesetzten besonders gefiele, wird mir die überraschende und dennoch einleuchtende Antwort zuteil: »Daß sie jung sind.« Die Disziplin, so sagen sie, leidet darunter in keiner Weise. Und Disziplin, so sagen sie, müsse sein, von Barras hingegen gebe es keine Spur. Der jüngere und lustigere von beiden erzählt, daß er von einem seiner Offiziere »ordentlich angepfiffen« worden sei, als er einmal in scherzhafter Absicht die Wendung »Bitte vorbeigehen zu dürfen« gebraucht habe. Der ältere nickt bestätigend. Sie fühlen sich unverkennbar wohl in ihrem Metier – ein Eindruck, den ich bei ähnlicher Gelegenheit auch von zwei jungen Panzergrenadieren gewann. Keiner von ihnen allen hatte irgendetwas Forsches, Draufgängerisches oder gar Martialisches an sich, und »Krieg« schien ihnen lediglich als fiktiver Ernstfall für Manöverzwecke geläufig. Sie wirkten, alle vier, am ehesten wie Berufssportler; nur etwas ehrgeiziger.

Dem behäbigen, altmodisch behaglichen Hotel in Cuxhaven glaubt man seine ursprüngliche Gestalt – aus den ersten Jahrzehnten des vorigen Jahrhunderts – noch heute anzusehen. Man täte das wohl auch dann, wenn die Prospekte und Affichen von damals, mit ihren naiven Illustrationen und verschnörkelten Anpreisungstexten, nicht unter Glas und Rahmen in den maßvoll beleuchteten Korridoren hingen. Doch gibt es Eingerahmtes auch aus späteren Epochen, zum Beispiel aus der Jahrhundertwende. Mein gieriger Blick entdeckt nicht weniger als vier allegorische Greuel nach Entwürfen Kaiser Wilhelms II., deren jede – was ihren eingerahmten Ehrenplatz erklärt – von S. M. mit eigenhändiger Widmung oder markigen Initialen versehen wurde. Auch die sinnfällig flammende Aufforderung »Völker Europas, wahrt Eure heiligsten Güter!« fand sich hier vor und erweiterte meinen Horizont um eine englische und französische Übersetzung des berühmten Textes. Die französische begnügt sich mit einem schlichten »Défendez vos biens sacrés!«, indessen den Engländern ganz genau gesagt wird, was sie sich unter ihren heiligsten Gütern vorzustellen haben: »Join in the defence of your faith and your home!« lautet die detaillierte Anweisung. Und darunter, für die Richtigkeit: »W. II., I. R.«

Es wird altmodisch

Das war, wenn ich nicht irre, die gute alte Zeit. Die gute neue begegnet mir tags darauf in Bremerhaven, das gemeinsam mit Bremen soeben in die Endphase des Wahlkampfes eintritt. Die Parolen der großen Parteien sind durchwegs auf den gleichen lokalpatriotischen Ton gestimmt: »Alle vereint für Bremerhaven!« hat die CDU auf ihr Panier geschrieben, die SPD zieht »Für unser Bremerhaven« zu Feld, und die FDP schließt sich »Bremerhaven zuliebe« an. Nur die rührend unbeirrbare DFU trommelt »Für Frieden und Sicherheit«, als herrschte ringsum ein bedrohlicher Andrang von Bremerhavnern, die endlich wieder ein bißchen Unsicherheit und Krieg haben möchten.

Was mir an diesen Plakaten eigentlich zu denken gibt, ist aber nicht ihre gleichgestimmte Phantasielosigkeit, sondern die unvermutete Brücke, die sich von hier zu meinem altmodischen Hotel in Cuxhaven schlägt. In der Tat: es ist das Altmodische, das die Gemeinsamkeit herstellt, und wenn man genauer hinsieht, müßte man statt »altmodisch« sogar »restaurativ« sagen. In hundert kleinen Symptomen äußern sich diese restaurativen Tendenzen, die nicht etwa an die Zwischenkriegszeit, an die Zeit vor 1933 anknüpfen, sondern an die Zeit vor 1914. Vielleicht habe ich mich da und dort zu sehr von Äußerlichkeiten beeindrucken lassen – aber die Tendenz ist unverkennbar.

Sie ist es vor allem im Atmosphärischen, im Hinblick auf die Lebenshaltung und das Lebensgefühl des deutschen Bundesbürgers von heute. Nun sind ja Begriffe wie »Atmosphäre« oder »Lebensgefühl« reichlich vage – aber präziser läßt sich das Unwägbare, das hier gemeint ist, leider nicht fassen. Es läßt sich höchstens illustrieren. Beispielsweise durch das Autostraßenplakat, das die Mahnung »Immer Kavalier bleiben!« und einen höflich gelüfteten Zylinder zeigt. Beispielsweise durch die Morgenfeier für den Herrn Oberstudiendirektor, der in einer Stadt von immerhin 200000 Einwohnern, in der ich gerade Station gemacht hatte, als neuer Leiter des dortigen Gymnasiums installiert wurde. Die ganze Feier, samt Reden, Deklamationen und musikalischer Umrahmung durch sangestüchtige Oberprimaner, die ganze Antrittsrede des bewährten Schulmannes, die auf den nichtssagend imposanten Tenor »Erziehung durch strenge Güte und gütige Strenge« abgestimmt war, und die ganze Berichterstattung im führenden Lokalblatt (das übrigens nicht nur lokale Geltung besitzt): dies alles hätte sich ebensogut in den Neunzigerjahren des vergangenen Jahrhunderts abspielen können. Auch ein Besuch in Baden-Baden (beispielsweise für ein Halbdutzend namhafter Erholungszentren) fördert das gleiche Ergebnis zutage: daß da ein internationaler Kurort mit allem, was er darstellt und bietet, mit seinem Publikum und seinem ganzen Habitus und eben seiner »Atmosphäre«, weit eher an die Jahrhundertwende gemahnt als an die hektische, verkrampfte, von ständiger (und berechtigter) Torschlußpanik gekennzeichnete Ära zwischen den beiden Kriegen.

Die Bildungsbehaglichkeit rund um das mittelstädtische Gymnasium und die nicht unbedingt diskrete, aber auch keineswegs herausfordernd sich gebärdende Luxus-Allüre der großen Kur- und Badeorte scheinen mir für das soziale Klima Deutschlands ebenso aufschlußreich zu sein wie die Selbstverständlichkeit, mit der ein württembergischer oder rheinländischer Industriearbeiter die ihm gebotenen Arbeitserleichterungen und Freizeitvergünstigungen hinnimmt. Und der gemeinsame Nenner, auf den alle diese Zustände und Tendenzen sich bringen lassen, ähnelt erstaunlich jenem Fortschrittstraum vom Bürgerfrieden, den dermaleinst der Liberalismus geträumt hat.

Hieher gehört wohl auch die Abkehr vom politischen Vorgang, die Hinwendung zum Privaten, die konzentrische Umfangsverminderung der Interessenkreise: vom Wohnkreis über den Arbeitskreis bis zum kleinsten und natürlichsten aller Kreise, dem der Familie. Der deutsche Bürger ist häuslich geworden, häuslicher als er es in den vorangegangenen Generationen war. Er ist es nicht etwa notgedrungen, oder weil das Leben außerhalb seiner vier Wände ihm keine Freuden zu bieten hätte, sondern weil er sich im Gegenteil des Lebens Freuden müheloser als je in seine vier Wände hereinholen kann, das Kino auf die Fernsehscheibe, die Drinks in die Hausbar, und alle sonstigen Genüsse von Küche und Keller gebrauchsfertig und tiefgekühlt auf den Familientisch. Dazu hat er ja schließlich die Technik (und das Geld, von ihr Gebrauch zu machen). Gerade ihre raffiniertesten Mittel ersetzen ihm die einstige »Gartenlaube« und legen über seine wohlstandsgedrungene Spießbürgerlichkeit einen Firnis von Modernität, der ihn nicht gewahr werden läßt, daß es sich hier um das gute, alte Glück im Winkel handelt.

Die Hybris des Wohlstands

Das heißt nun keineswegs, daß sich das deutsche Glück ausschließlich im Winkel abspielt, daß es keine Hybris gäbe, keine nach außen gekehrte Übersteigerung, keine protzig zur Schau getragene Selbstgefälligkeit am Erreichten. Es gibt sie, und wahrscheinlich bedarf es auch hier wiederum einer zeitlich zusammengedrängten Kreuz- und Querfahrt, um auf ihre Symptome zu stoßen (oder gestoßen zu werden). Wahrscheinlich hätte ich anders nie erfahren, daß man ohne langfristige Vorausbestellung kein halbwegs brauchbares Hotelzimmer ergattern kann, in Braunschweig so wenig wie in Hamburg, in Köln (wo just zur Messezeit die Miederfabrikanten tagten) so wenig wie in Stuttgart (wo nichts dergleichen vorlag), in Kassel so wenig wie in Bad Dürkheim lang nach Saisonschluß. Zum Teil wird diese Hotelkonjunktur von Konferenzen und Zusammenkünften beruflicher oder sozialer Organisationen hervorgerufen, und wer will, mag das als weiteres Merkmal einer zunehmenden Amerikanisierung werten (in Amerika sind die sogenannten »conventions« fest in die Kalkulationen aller größeren Hotels eingeplant). Wer nicht will, wie zum Beispiel ich, wird lediglich verblüfft und verärgert sein über die Charme- und Schamlosigkeit, mit der diese Konjunktur ausgenützt wird, über die Preise, die man dem protektionslos auftretenden Gast abverlangt, und über die unglaubliche Reichhaltigkeit dessen, was man ihm dafür nicht bietet. Für die wirklich großstädtischen Spitzenhotels gilt das nicht, und für die bescheideneren Häuser abseits des Hauptverkehrs auch nicht. Aber es gilt für jene umfangreiche Normalkategorie, auf deren »gutbürgerl.« Führung man sich früher einmal gerade in Deutschland blindlings verlassen konnte. Heute wird sie ihrem anheimelnden Kennwort auch in der Abkürzung nicht mehr gerecht. Heute ist sie eher ausheimelnd. Und wer sich zu der Drohung versteigt, daß er ausziehen und nie mehr wiederkommen würde, erntet nicht etwa Hohngelächter, sondern lauten, freundlichen Beifall. Die Vorgemerkten stehen draußen Schlange.

Es gibt noch andere Wohlstands-Hypertrophien, manche von ihnen peinlich, manche eher rührend, und bei manchen hat man ganz einfach Pech. Sie sind nicht so schlimm gemeint wie sie wirken, und sie wirken vielleicht nur auf den Ausländer so schlimm, der einen bestimmten Tonfall nicht gewöhnt oder mit bestimmten Gepflogenheiten nicht vertraut ist. Aber ein Reiseführer durch Deutschlands Hotels und Gaststätten, der ebenso zuverlässig und aufschlußreich wäre wie der »Guide Michelin«, käme wohl schwerlich um die Einführung eines Gegensymbols zu den empfehlenden Sternchen herum. Ich würde – je nach Qualitätsmangel – einen, zwei oder drei abwärtsgerichtete Daumen vorschlagen. Und ich wüßte auch ganz genau, welche Hotels in meinem Reiseführer auf drei Daumen rechnen dürfen.

Zu den eher rührenden Übertreibungen gehört die merkwürdige Großmannssucht der deutschen Küche, genauer: der deutschen Speisenkarte. Der harmlose Reisende hat unterwegs, auf der Hauptstraße des just zur Mittagszeit erreichten Ortes, vor einem gleichfalls harmlosen Restaurant haltgemacht und plant ein gängiges Fleischgericht mit den üblichen Beilagen zu genießen, das in Gottes Namen auch nach Art einer regionalen Gärtnerin oder Müllerin zubereitet sein mag. Weit gefehlt. Die auf Glanzpapier gedruckte, in zahllose Rubriken unterteilte Speisenkarte bietet ihm eine Brüsseler Mastpoularde mit überbackenem Blumenkohl, Kastanienmus auf Artischockenböden und Salaten nach Jahreszeit an, oder ähnlich hochfahrende Gerichte, die man nur in den erlauchtesten gastronomischen Kultstädten Frankreichs bestellen möchte (wo sie anders heißen und, weiß Gott, anders schmecken). Aber was soll dergleichen in Pforzheim oder Wanne-Eickel?

Indessen ziemt sich hier eine Feststellung, die vielleicht geeignet ist, sowohl der billigen, althergebrachten Geringschätzung der deutschen Küche entgegenzuwirken, wie den im Zug des Wirtschaftswunders entstandenen Gerüchten, daß das neue Deutschland seine Vergangenheit auch in kulinarischer Hinsicht bewältigt habe. Es sind Gerüchte. Von ein paar regionalen Spezialitäten abgesehen, ist die durchschnittliche deutsche Küche nach wie vor monoton, einfallslos, undelikat im weitesten Sinn, von einer verhängnisvollen Vorliebe für die Zutat Mehl und einer verhängnisvollen Abneigung gegen die Zutat Butter. (Der selige Monsieur Point, Schöpfer und Chef des weithin berühmten Restaurants »Pyramide« in Vienne, Dept. Isère, antwortete einmal auf die Frage nach den drei wichtigsten Komponenten seiner Kochkunst: »Du beurre, du beurre, du beurre.«) Was mit aller Klarheit gesagt werden muß, ist jedoch dies: es gibt heute in jeder größeren deutschen Stadt mindestens ein Restaurant, das erstrangigen Standard hält und in dem man zwar nicht so gut essen kann wie in Vienne, aber ganz gewiß so gut wie in Wien. In manchen dieser Restaurants – es fällt mir nicht leicht, das einzugestehen – ißt man besser als in Wiens bestem. Daß etwa die »Vier Jahreszeiten« (die Münchner sowohl wie die Hamburger) oder Brenners Parkhotel in Baden-Baden weit mehr zu bieten haben als die bewußte »internationale Hotelküche«, daß der »Erbprinz« in Ettlingen, das »Ritz« in Berlin und Hamburgs Steakparadies Lembcke überall auf der Welt konkurrenzfähig wären, weiß heute jedes Kind (oder doch jedes gefräßige Kind). Aber es gibt – und das ist tatsächlich eine Errungenschaft der neueren Zeit – auch Überraschungen. Ich habe im »Römischen Kaiser« in Trier den besten Rehrücken meines an guten Rehrükken keineswegs armen Lebens gegessen, ich habe im »Schwan« in Karlshafen, einem zauberhaft verträumten Städtchen an der Weser, von dessen Existenz ich zehn Minuten vor meiner Mittagsrast noch nichts gewußt hatte, ein Kalbslendenstück mit der Gabel zerteilen können, so zart war es, und ich habe um seiner einmalig raffinierten Suppen und Saucen willen sogar meine Widerstände gegen jenes Baden-Badener Lokal aufgegeben, das unerträglicherweise »Stahlbad« heißt.

Beim dritten oder vierten Besuch riskierte ich es, mich nach der Bewandtnis dieses von fatalen Weltkriegs-Erinnerungen belasteten Namens zu erkundigen. Und siehe da: er rührt von den eisenhaltigen Heilquellen her, die früher an der gleichen Stelle zum Bade sprudelten. So kann man sich täuschen, und das ist schön.

Zwischen Romantik und Ruhrgebiet

Seit nahezu einer Woche kreuze ich nun durch die nördliche Gegend, und zum Eindruck der Ruhe, der von ihr ausgeht, kommt in immer stärkerem Maß noch ein andrer hinzu, ein unerwarteter und schwer definierbarer: als haftete der Landschaft eine merkwürdige Unschuld an. Zuerst hatte ich mir das mit dem völligen Ausbleiben zeitgeschichtlicher Assoziationen zu erklären versucht (sie waren ja wirklich nur in Flensburg aufgetaucht). Aber jetzt habe ich den wahren Grund gefunden.

Es ist an dem, daß es in diesem ganzen weiten Nordwestteil Deutschlands, von der dänischen Grenze über die sämtlichen Havenstädte bis hinunter ans Ruhrgebiet, keine Autobahnen gibt. Man bewegt sich auf normalen, mäßig breiten Landstraßen dahin, die ohne »Ausfahrt«-Schilder durch menschliche Siedlungen führen, durch kleine und mittlere Städte und manchmal durch Dörfer gar, ja manchmal kann es geschehen, daß man von einer heimwärtstrottenden Rinderherde zum Verharren genötigt wird. Dem allen eignet eine Gemächlichkeit und Gemütlichkeit, auf die man kaum noch gefaßt war. Tatsächlich: eine Landstraße, die keinen höheren Stundendurchschnitt zuläßt als 80 km, wirkt auf den vollgasgewohnten Zeitgenossen so rührend wie eine mit echtem Dampf betriebene Lokomotive oder ein mit echten Propellern betriebenes Flugzeug. Sage noch einer, daß wir modernen Tempokonsumenten nicht sentimental werden können, wenn sich zwischendurch eine rasche Gelegenheit bietet.

Von Bremerhaven aus (der Stadt mit dem einzigen Bahnhof der Welt, auf dem man seekrank werden kann, denn er mündet direkt ins Meer) gilt es noch eine letzte Autofähre zu verwinden, über die Weser hinüber, nach Blexen; dann hat, in Richtung Oldenburg, das Fest- und Binnenland mich wieder. Und wenn auch nicht gerade die Träne quillt – ein leises Gefühl von Heimkehr oder mindestens Rückkehr läßt sich nicht unterdrücken. Die Landschaft, wiewohl noch immer mit den von mir als »nördlich« empfundenen Attributen ausgestattet, mutet mich jetzt bedeutend vertrauter an, und in Oldenburg selbst gewinnt die Vertrautheit bereits konkrete Formen: das einstmals großherzogliche Schloß, zum Landesmuseum gewandelt, präsentiert sich mit barokker Fassade (die leider nicht sehr gut gehalten ist), der schöne, weitgedehnte Schloßpark gewährt mir nach langer Zeit wieder den Anblick einer öffentlichen Gartenanlage, und von einer Straßenecke her grüßt gar die Aufschrift »Café Central«. Dies freilich erweist sich als Irreführung. Es handelt sich in keiner Weise um eine Oldenburger Nachfolge des einstmals hochberühmten Wiener Literatencafés, sondern um ein Tanzlokal. Immerhin, in Husum oder Brunsbüttelkoog hat's nicht einmal bis zur Irreführung gereicht...

In Diepholz erfolgt das Wiedersehen mit Häuserzeilen ganz aus Fachwerk, in Osnabrück das Wiedersehen mit Kirchen in ihrer Funktion als Wahrzeichen, als Baukunstwerke, die den Ankömmling schon von weitem zur Besichtigung locken. Ich habe keine Erklärung dafür, warum das in den protestantischen Teilen Deutschlands fast nirgends der Fall ist.

Hingegen weiß ich ganz genau, warum ich in das Gasthaus auf der Süsterstraße, unterwegs nach Osnabrück, nicht eingekehrt bin: es heißt »Gaststätte Hunger«.

Mit der Nahrungszufuhr hat es auf einer solchen Reise

manchmal recht schnurrige Bewandtnisse, die aber nicht eigentlich zum Kapitel Nahrung gehören, sondern mehr zum Kapitel Zufuhr und vor allem zum Zeitdruck, der sie reguliert. Zeigt sich auch hier wieder ein Angleich an die Amerikaner, denen man nachsagt, daß sie nicht essen, sondern ihre Nährdurft verrichten? Schon hat der appetitlähmende »Schnellimbiß« sich von den Autostraßen spaltpilzartig über das ganze Land verbreitet und seine rassigste Ausprägung in Berlin gefunden, wo es in der Nähe der Gedächtniskirche eine Schnellimbißstube gibt, die ausdrücklich und unzweideutig REIN UND RAUS heißt. So genau will man das gar nicht wissen.

Längs der Autobahnen ist mittlerweile eine neue, rätselhafte Einrichtung entstanden: die »Schnellraststätte«. Hier wird offenbar Michail Sostschenkos klassischer Mahnruf »Schlaf schneller, Genosse!« in die Praxis umgesetzt.

Münster, und noch dazu bei Nacht, mit den erleuchteten Laubengängen des Prinzipalmarktes, mit den mächtigen Bogenfenstern und dem filigranen Giebelwerk des Rathauses, mit den aufragenden Kirchen. Es ist ein ähnlich faszinierender Eindruck wie damals der Burgplatz in Braunschweig. Es sind immer wieder die Städte, die alten Städte.

Wie viel des Alten gar nicht alt ist, sondern blitzblank restauriert, erweist sich dann bei Tageslicht, am Domplatz und erst recht im Dom, dem man das schon von außen ansieht. Im Vorraum beim rechten Turmtor liegt ein Quaderstein der zerstörten Kathedrale von Coventry, mit dem Datum 14. November 1940. Das Datum, an dem der Dom von Münster zerstört wurde, ist nicht angegeben. Es muß beträchtlich später gewesen sein. Es muß etwas mit Ursache und Folge zu tun haben. Doch ist ein Gotteshaus wohl nicht der Ort, um solcherlei zu demonstrieren. »Deo adjuvante resurgo« steht auf einer ins neue Mauerwerk eingelassenen Metalltafel.

Ein paar hundert Meter vom Domplatz entfernt, hoch oben am Turm der Lambertikirche, hängen die eisernen Käfige, in denen – Deo non adjuvante – die Wiedertäufer hingerichtet wurden.

Die Sitzungssäle der Rathäuser von Münster und Osnabrück heißen zum Andenken an die dort geschlossenen Friedensverträge, die den Dreißigjährigen Krieg beendeten, »Friedenssäle«. Sie haben nicht ganz das edle Ebenmaß des großen Saales im Rathaus von Regensburg, wo der immerwährende Reichstag saß, aber sie sind sehr schön, beide. Auch die Rathäuser selbst sind sehr schön, alle drei. Überhaupt gibt es in Deutschland sehr viele schöne Rathäuser und sehr viel Schönes überhaupt. Fast hätte ich gesagt: erschrekkend viel Schönes. Aber es ist weniger Schrecken als Melancholie, was von der immer dichter sich zusammendrängenden Erinnerung an all diese Vielfalt ausgeht, Melancholie nicht über die Vergänglichkeit der Schönheit (denn just vergänglich ist sie nicht), sondern über ihre Vergeblichkeit.

Eine unfruchtbare, eine absurde Regung, die mich da überkommt. Und erst das Ruhrgebiet erlöst mich von ihr, ersetzt sie durch ein nie gekanntes Gefühl, das ich von mir am allerwenigsten erwartet hätte und das ich »die Wollust der Gegenwart« nennen möchte. Hier weiß ich doch wenigstens, woran ich bin und wozu das alles taugt. Hier liegen meine Gefühle nicht länger im Widerstreit zwischen Romantik und Ressentiment, zwischen immerwährendem Reichstag und immerwährendem Reichstagsbrand. Hier dampft das Leben und erfüllt sich das Heute bis zum brodelnden Rand, hier bin ich Mensch, hier muß ich's leider sein.

Das Ruhrgebiet macht's einem leicht, über Deutschland den Kopf zu schütteln. Und Kopfschütteln kann, wie man weiß, alles mögliche bedeuten: Erstaunen, Bewunderung, Ablehnung oder ganz einfach Fassungslosigkeit. Jede einzelne dieser Reaktionen wird vom Ruhrgebiet hervorgerufen, und manchmal alle zugleich. Es ist der sichtbarste und selbstbewußteste Ausdruck der legendären deutschen Tüchtigkeit. Arbeitskraft und Arbeitswille geben pausenlos unbezähmbares Zeugnis von sich, Hochöfen und rauchende Schlote verschmelzen mit den Hochhäusern ihrer Verwaltungsmaschinerien zu einer unbarmherzig totalen Landschaft, in der, wie auf einer riesigen Generalstabskarte, die Positionen des siegreichen Vormarsches mit Rauchfähnchen abgesteckt sind, und an jeder Straßenkreuzung könnte die rheinisch-westfälische Fee auftauchen, die dem deutschen Wiederaufbau das Ruhrgebiet in die Wiege gelegt hat. Ich weiß nicht, ob es eine gute oder eine böse Fee war. Ich stelle sie mir ein wenig hager und schmallippig vor, mit ganz leichten Rußspuren im flachen, energischen Gesicht und von Zeit zu Zeit ganz leise hüstelnd, die wasserblonden Haare aufgesteckt, nicht besonders elegant gekleidet, aber sehr widerstandsfähig, und nur in Ausnahmefällen – etwa wenn sie sich in der nächsten Rauchfahne auflöst – zu einem Ansatz jenes kleinen Lächelns bereit, das man von Feen füglich erwarten darf.

Was gäbe es hier auch viel zu lächeln? Schön – seien wir ehrlich – ist es hier nicht. Es ist sogar rechtschaffen häßlich. Die großen Städte scheinen nicht nur nach ähnlichen oder gleichen, sondern nach einunddemselben Schnittmuster angelegt und gehen so uniform ineinander über, daß man sie erst gar nicht zu verwechseln braucht. Über kurz oder lang – sicherlich haben schon andere vor mir diese Entdeckung gemacht – wird man sich über irgendwelche Unterschiede zwischen Dortmund und Bochum und Essen und Duisburg sowieso nicht mehr streiten (oder höchstens auf Bezirksebene), weil das alles eine einzige Stadt sein wird – mit Düsseldorf noch dazu, etwa als Villenviertel einer gigantischen Industrie-Metropole, deren schieres Ausmaß ihr dann eben jene Eigenart sichern könnte, die ihren Teilen versagt blieb.

Nun ist es für Städte mit mehr als einer halben Million Einwohner, wenn sie nicht schon von früher her schön sind, heutzutage sehr schwer, schön zu werden, und was vollends die hier genannten betrifft, so haben sie andere Aufgaben zu erfüllen als ästhetische (und erfüllen sie). Aber warum ist zum Beispiel Recklinghausen so häßlich? Muß das sein? Und merken es die Recklinghausener? Wenn nämlich nicht, dann muß man mit der Möglichkeit rechnen, daß umgekehrt auch die Goslarer nicht merken, wie schön Goslar ist; und muß sich zu einer Erkenntnis bequemen, die alle derartigen Beobachtungen hinfällig macht: daß nämlich Städte für ihre Einwohner da sind, nicht für die Fremden. Es sei denn, sie lebten vom Fremdenverkehr.

Und das tun die Städte des Ruhrgebiets nun ganz gewiß nicht.

Es wäre gut denkbar, daß Ibsens »Gespenster« hier in der Gegend spielen und daß Oswalds kranker Sehnsuchtsruf »Mutter, gib mir die Sonne!« in diesen tief herabhängenden, undurchdringlich diesigen Himmel klang, dessen bleierne Farbtönung so stilvoll auf den grauen Bodennebel abgestimmt ist.

Mühsam und zerrupft versucht sich zwischendurch ein bißchen Landschaft durchzusetzen, aber es will nichts Rechtes draus werden. Man sieht den Wald trotz lauter Bäumen nicht.

Freunde erzählen mir, daß bei den letzten Kommunalwahlen in einer der großen Ruhrgebietsstädte das Wahlprogramm der nachmals erfolgreichsten Partei den Wählern nicht Eigenheim noch Altersrente versprach, sondern reine Luft, reines Wasser und Lärmbekämpfung. Wenn das Schule macht, könnte von hier aus eine rückläufige Besinnung auf die Werte des Lebens einsetzen, ein sozusagen reaktionärer Fortschritt, dessen Folgen nicht abzusehen wären. Warten wir's ab.

Und befreunden wir uns unterdessen mit der Tatsache, daß die industrialisierte Landschaft ihre eigene Ästhetik zu entwickeln beginnt, ihre eigenen Schönheitsgesetze – zu deren Anwendung sie freilich der exzessivsten technischen Errungenschaft bedarf: des künstlichen Lichts. Die riesenhaften Zündholzschachteln der Hochhäuser, die sich des Nachts in fragile Lichtwaben verwandeln, die Leuchtzeilen der sechsspurigen Autobahnstrecken beim Leverkusener Kreuz, das Scheinwerfer-Inferno der einander durchschlingenden und überschneidenden Zubringerbahnen zwischen Neuß und Düsseldorf, die Ölraffinerie auf dem Weg von Köln nach Bonn, deren Roboterkonstruktion sich wie das Phantasiegemälde eines von Kandinsky beeinflußten Elektronengehirns gegen den dunklen Hintergrund abhebt – das alles ist von einer unwidersprechlichen, verruchten Schönheit, die sich freilich nur unterm Glitzerhemd der Nacht entfalten kann und im Tageslicht trostlos verflacht.

Homo ludens teutonicus

Eine Fahrt zur holländischen Grenze führt mich über einen Ort mit dem völlig unpassenden Namen »Alpen«, führt mich über Kevelaer und Geldern, wo ich die Erinnerungen an Heine aus eigenem beistelle, und beschert mir bereits bei Walbeck, also noch beträchtlich innerhalb Deutschlands, den Anblick der ersten Windmühlen. Zwar habe ich Windmühlen schon vorher in Westfalen gesehen, in der Gegend von Minden, halte sie jetzt aber brav und folgsam für holländische Folklore und stelle fest, daß auch hier, ähnlich wie in Holstein, der Charakter des Nachbarlandes über die Grenze herübergreift (wenngleich aus guten historischen Gründen nicht so weit). Anders jedoch als oben bei Flensburg kommt hier niemand nach Deutschland, um billig einzukaufen, sondern umgekehrt: drüben auf der Straße von Arcen nach Venlo, auf der man durch zahlreiche Schilder zum langzaam rijden aufgefordert wird, erfolgt ein äußerst wohlfeiles Massenangebot von Eiern, Hühnern und vor allem Koffie. (Einem holländischen Scherzwort zufolge pflegen deutsche Reisende, wenn sie irgendwo im Ausland an hohen Einkaufspreisen Anstoß nehmen, dies mit den Worten zu tun: »Bei uns in Venlo ist das viel billiger!«)

Nichts derartiges, weder hüben noch drüben, spielt sich im deutsch-französischen Grenzgebiet ab, das ich zwischen Sarreguemines und Saarbrücken einer Stichprobe unterzogen habe. Doch waltet hier in folkloristischer Hinsicht insofern ein gewisser Ausgleich, als einerseits auf französischem

Boden vielfach noch deutsch gesprochen wird und anderseits die Nähe Frankreichs sich schon auf deutschem Boden durch die trostlose Architektur und die schlechte Beleuchtung der kleinen Ortschaften geltend macht.

Eine dieser Ortschaften trägt nicht mit Unrecht den Namen Einöd. Eine andre, bald hinter Zweibrücken, heißt Homburg und sucht das dadurch zu rechtfertigen, daß sie gleich am Straßenrand mit einer Spielbank aufwartet.

Was nun die Spielbanken betrifft, so hat Alfred Polgar ihre Besucher ganz allgemein in zwei Gruppen eingeteilt: die einen spielen zum Vergnügen, die anderen, weil sie das Geld brauchen, und nach einiger Zeit, so sagte er, ginge die erste Gruppe zwangsläufig in die zweite über. Wenn meine Beobachtungen in Baden-Baden, Bad Homburg, Wiesbaden, Lindau, Konstanz, Travemünde u. a. mich nicht getäuscht haben, gibt es in Deutschland noch eine dritte Gruppe, die nicht um des Geldes willen und nicht zum Vergnügen spielt, sondern zum Mißvergnügen. Nirgends auf Erden – ich spreche aus jahrelanger, keineswegs kostenloser Erfahrung – habe ich so viel schlechtgelaunte, stumm und verbissen um die Tische sich drängende Spieler gesehen wie in den knallvollen Spielsälen Deutschlands, und man muß es durchaus als Entgegenkommen der Croupiers werten, daß auch sie von einer streng angemessenen Unhöflichkeit sind. So rundet sich's zum Gesamteindruck, daß hier allseits ein Zwangspensum absolviert wird, einfach weil es dazugehört. Wozu? Zum Selbstgefühl, zur Kur, zum Wohlstand? Wer weiß. Zum Vergnügen gewiß nicht.

Dieses sonderbare Pflicht-Gefühl glaube ich auch im Zusammenhang mit einem andern Spiel entdeckt zu haben, dem sich ganz ungleich breiteres Interesse zuwendet: dem Fußballspiel. Allerdings unterliege ich hier dem Verdacht, die Dinge mit dem übelwollenden Blick des verarmten Vetters zu sehen.

Ich hänge dem Fußballspiel seit meiner frühesten Jugend an. Damals, nach dem Ersten Weltkrieg, stand es in Österreich (wie in den übrigen Nachfolgestaaten der Monarchie) in höchster Blüte; und daß sie seither so erbärmlich verwelkt ist, läßt mich nur desto wehmütiger der Zeiten gedenken, in denen man über die fußballerischen Bemühungen Deutschlands mit nachsichtigem Lächeln hinwegging. Die einzige Ausnahme bildete damals der 1. FC Nürnberg, dessen Mannschaftsaufstellung jeder Wiener Fußballjünger, der etwas auf sich hielt, auswendig hersagen konnte, angefangen von Tormann Stuhlfauth, der in kühnen Ausfällen als »dritter Verteidiger« zu wirken liebte, über den spielfeldbeherrschenden Mittelläufer Kalb bis zum schußgewaltigen Flügelstürmer Papp. Als die Mannschaft einmal ohne Kalb antrat und prompt verlor, entstand jene berühmte Schlagzeile, die der Nichteingeweihte – und solcher gab es damals viele – für blanken Irrsinn halten mußte: »Nürnberg ohne Kalb keine Meisterelf!« Außer Nürnberg kannte man eine Zeitlang noch die Spielvereinigung Fürth, und besonders Gebildete wußten sogar, daß es irgendwo hoch oben, beim Hamburger SV, einen Stürmer namens Tull Harder gab. Mehr nahm man vom deutschen Fußball nicht zur Kenntnis. – Was weiter geschah, ist Geschichte, und eine für Österreich tragische. Ihr Tiefpunkt war das 1:6 gegen Deutschland bei der Weltmeisterschaft von 1954. Von dieser Niederlage, der schwersten seit Königgrätz, hat Österreich sich bis heute nicht erholt.

Auf meiner Reise durch Deutschland sah ich zwei Bundesligakämpfe, Köln gegen Preussen Münster und VfB Stuttgart gegen Borussia Dortmund. Ich sage mit Vorbedacht »Kämpfe«, nicht Spiele. Aber als Kämpfe waren sie erstklassig, das muß ich zugeben. Spannung und Tempo ließen niemals nach, die Körperkondition der Spieler war bewundernswert, ihr beinhartes An-den-Mann-Gehen niemals unfair oder gar tückisch (was in Wien sehr oft der Fall ist), auch die Anteilnahme des Publikums blieb stets in den Grenzen eines erträglichen Lokalpatriotismus – es war eigentlich alles da, es gab eigentlich nichts auszusetzen.

Trotzdem fehlte mir etwas, eine kleine Prise Salz oder irgendein andres Gewürz, das den Braten erst richtig schmackhaft gemacht hätte. Von den Südamerikanern, von den Spitzenmannschaften der romanischen Nationen (Spanien, Frankreich, Italien), von in Form befindlichen Ungarn, Tschechen oder Jugoslawen rede ich gar nicht. Aber selbst im klasseärmsten, in ärgerlichster Lustlosigkeit sich dahinschleppenden Punktespiel der österreichischen Staatsliga wird plötzlich eine überraschende Wendung aufblitzen, ein witziger Kombinationszug, ein kleines technisches Kunststück, zwecklos aber schön, eine Verspieltheit um ihrer selbst willen – irgendetwas, das mit dem ursprünglichen Sinn der Sache zu tun hat, mit Spiel und Vergnügen. Nichts davon gab es in den hochklassigen, tempo- und spannungsgeladenen Kämpfen der vier repräsentativsten Bundesligamannschaften, die ich an der Arbeit sah, jawohl, an der Arbeit. Sie oblagen ihr mit großem Können, mit rastloser Energie, mit vorbildlichem Eifer, und sie machten aus eben diesem Eifer viele überflüssige Bewegungen. Aber sie machten keine einzige überflüssig gemeinte. Sie erfüllten ihre Aufgabe, Fußball zu spielen, mit größter Einsatzfreude, vielleicht sogar mit Freude am Einsatz, kaum mit Freude am Spiel.

Sie haben gute Chancen für die nächste Weltmeisterschaft.

In- und Ausländisches

Es wird einem manchmal sehr deutsch zumute in Deutschland, viel deutscher als einem in Italien jemals italienisch zumute werden kann, in Dänemark dänisch oder sogar in Frankreich französisch. Und gerade Frankreich hat nie den geringsten Zweifel daran gelassen, wie sehr es sich seiner nationalen Identität und seiner Grandeur bewußt ist. Aber es plakatiert sie nicht bei jeder Gelegenheit. Ein französisches Gegenstück von Pirmasens, falls es so etwas gibt, würde sich vermutlich mit einem über die Einfahrtsstraße gespannten Transparent begnügen: PIRMASENS – SES CHAUSSURES – SES ESCARPINS – SES BOTTES. Das Wort FRANÇAIS käme gar nicht vor, weil es sich von selbst versteht. An der Einfahrt ins wirkliche Pirmasens jedoch prangen Schilder mit der Aufschrift: PIRMASENS – DIE DEUTSCHE SCHUHSTADT. Irrtum ausgeschlossen.

Nicht minder ausdrücklichen Wert auf ihr Deutschtum legen DEUTSCHER SUPERMARKT und DEUTSCHE ALPENSTRASSE. Auch die DEUTSCHE WEINSTRASSE beseitigt durch häufige Tafeln am Wegrand den naheliegenden Verdacht, daß von Bergzabern nach Bockenheim vielleicht eine ungarische Weinstraße führen könnte. Pikanterweise, und als stünde er heimlich mit mir im Bund, enthält der mehrsprachige Prospekt »Pfalz am Rhein« nebst zahlreichen Photos auch einen farbigen Übersichtsplan der Weingegend – und wohin weist der französisch beschriftete Richtungspfeil? Zur »Route du Vin«. Nicht zur »Route du Vin Allemand«

und nicht zur »Route Allemande du Vin«. Einfach zur Weinstraße.

Daß die ROMANTISCHE STRASSE sich nicht eigens als deutsch bezeichnet, hat eine einfache Erklärung: »romantisch« ist schon deutsch genug. Dafür wird auf den Zahlkarten der deutschen Postämter die Währung, in der die Zahlungen erfolgen, deutlich und zweimal als DEUTSCHE MARK ausgeschrieben, indessen »PSchA«, ebenfalls zweimal, nur abgekürzt Platz findet. (Noch abgekürzter ist der Platz, den der Absender für den von ihm einzutragenden Text findet; die punktierten Zeilen sind so eng, daß man sie nur mit Hilfe einer Lupe ausfüllen kann.)

Ich habe die Romantische Straße von Augsburg bis Dinkelsbühl durchfahren und die Weinstraße vom Anfang bis zum Ende, es war ein unvergleichlicher Zauber, es war die Zeit der Lese und ein sonniger Oktobertag, und ich wollt' – wie Falstaff dem Prinzen Heinrich unter solchen Umständen gesagt hätte – ich wollt', es wäre immer Lesezeit, Heinz, und alles wäre gut.

Außerdem stößt man hier pausenlos auf Namen, die man bisher nur als erlauchte Etiketten-Begriffe kannte, nur im Zusammenhang mit Jahrgängen und edelfaulen Trauben. Wie sich jetzt zeigt, gehören sie zu völlig konkreten Ortschaften, und die Frage lautet nicht mehr, ob ein Deidesheimer Vogelsang besser ist als ein Forster Kirchenstück, sondern ob Deidesheim schöner ist als Forst.

Verwirrungen andrer Art, aus geographischer Ballung entstanden, beschert mir Bad Dürkheim: in einer italienischen Espresso-Stube, die »Dolomiti« heißt und am Römerplatz liegt, spielt die amerikanische Jukebox einen spanischen Tango, dessen deutscher Text von einem hörbar nichtdeutschen Tenor gesungen wird, mit hörbar übertriebenem

Akzent. Kenner belehren mich, daß dies jetzt Mode sei und daß die fremdländische Tonfärbung als besonders sexy gelte.

Deutschland internationalisiert sich. Nicht zu geringem Teil geht das noch auf die alliierten Besatzungsregime zurück, die nun schon längst keine mehr sind und von denen zumal das britische kaum in Erscheinung tritt. Die Franzosen, als einzige von den dreien ein Nachbarvolk Deutschlands, haben sich zwanglos integriert und haben es auch leichter: in der ihnen zugewiesenen Zone war französischer Einschlag seit jeher gegeben. Am deutlichsten ist die Präsenz der Amerikaner, weil sie die zahlenmäßig stärksten sind und kompakt für sich selber sorgen, durch großzügig angelegte Kasernen und Wohnbauten, die manchenorts – wie etwa Vogelweh bei Kaiserslautern – Ausmaß und Charakter selbständiger Vorstädte angenommen haben. Als selbständige Siedlungen sind sie fast immer erkennbar. Auf der Autobahn bei Heidelberg weist eine Richtungstafel zur Abzweigung nach Speyer und Patrick-Henry-Village. Ein historisch nicht ganz sattelfester Auslandsstudent könnte daraus die seltsamsten Schlüsse ziehen; vielleicht sucht er dann im Dom von Speyer das Grab eines salischen Kaisers namens Heinrich der Patrizier.

Außer durch Wegschilder prägt sich das amerikanische Element den Autobahnen noch durch eigene Tankstellen auf, durch gelegentliche Entfernungsangaben in Meilen, durch Snack-Bars und durch viele, viele Personenwagen, deren weißrote Nummerntafeln nicht nur zum Bild der Autobahnen gehören, sondern zum Bild fast aller größeren Städte, und deren Fahrer (wie aus Experimenten und Statistiken immer wieder hervorgeht) sich durch Fairness und Hilfsbereitschaft auszeichnen.

Eigentlich amerikanischer Provenienz sind auch die chinesischen Restaurants, die sich in Deutschland etabliert haben und eine entschiedene Bereicherung seiner gastronomischen Landschaft darstellen, obwohl die wenigsten von ihnen überseeischen Standard erreichen oder gar vor chinesischen Gaumen Gnade fänden. Man darf sie nicht überfordern. Sie haben schon mit der Herbeischaffung des Materials, besonders der Gemüse und Gewürze, erhebliche Schwierigkeiten, und es bleibt im höchsten Grade anerkennenswert, was sie alles bieten und wie genau ihre Speisenkarten den unkundigen Gast auf deutsch und englisch informieren. Eine geradezu pedantisch genaue Information enthält die Karte eines chinesischen Restaurants in Bonn; ich habe sie buchstabengetreu abgeschrieben und glaube sie den Liebhabern chinesischer Kost nicht vorenthalten zu sollen. Dort heißt es also, zuerst deutsch unter dem Titel »Unsere Specialitäte« (sic, wie auch alles andere sic ist):

A. Yauw Kai
B. Si-Yauw Kai
C. Tsa Tsi Kai
D. Hoi-Sam Po-Yü
E. Siew Ab
F. Ha Look

Zieht nun der Wißbegierige in der Hoffnung, Verständlicheres zu erfahren, den englischen Teil der Karte zu Rat, so findet er dort »Our Specialities« (abermals sic) wie folgt übersetzt:

A. Yaw Kay
B. Sie Yaw Kay
C. Cha Che Kay
D. Hoi-Sam Po-Ya
E. Siew Ab
F. Har Look

Ich empfehle B und F, oder den Besuch eines andern

Lokals, zum Beispiel der allenthalben ins Kraut bzw. in die Spargeln schießenden »Walliser Stuben«. Auch ist die Bundesrepublik mit einem dichten Netz von »Wienerwald« geheißenen Gaststätten überzogen, in denen vorzugsweise das Huhn verabreicht wird, ein – wie man weiß – im Wienerwald besonders häufig auftretendes Tier. Französische Lokale, oder doch solche mit französischen Titeln, gibt es in großer Zahl, amerikanische oder englische nicht einmal in kleiner, und das mit Recht.

Die wahren Okkupationstruppen, denen man heute in Deutschland auf Schritt und Tritt begegnet, kommen jedoch aus keinem der Siegerstaaten. Sie kommen aus Italien (neuerdings mit spanischem und türkischem Zuzug), sind unter der Bezeichnung »Fremdarbeiter« hauptsächlich in Fabriken und Industriewerken beschäftigt, halten aber auch weite Gebiete des Hotel- und Gastwirtgewerbes besetzt und sorgen dafür, daß der Ausländer, der nach einem Weg, einem Gebäude oder nach sonst etwas fragt, sich in Deutschland sofort unter seinesgleichen fühlt, weil er fast unweigerlich an einen andern Ausländer gerät, der es auch nicht weiß. Und nicht nur auf der Straße. Als ich einmal von Bonn mit der Rheinuferbahn nach Köln fahren wollte und mich beim Hotelportier nach den Abfahrtszeiten erkundigte, griff er ohne Zaudern nach einem dicken internationalen Zugsfahrplan, in dem er ebenso eifrig wie verzweifelt zu blättern begann. Notdürftige Kenntnis der italienischen Sprache ist für den Umgang mit Hotelpersonal dringend anzuraten. In den Restaurants kann man sich vorläufig noch damit helfen, daß man mit dem Finger auf die gewünschte Speise zeigt.

Im übrigen wird die Atmosphäre so mancher deutschen Stadt durch die Anwesenheit der Italiener merklich belebt, besonders in der Abendstunde auf dem Bahnhof, der ihnen die heimische Piazza ersetzt. Dort stehen oder sitzen sie in Gruppen herum, studieren die für sie bestimmten Plakate der Deutschen Bundesbahnen, kaufen eine italienische Zeitung, blicken wehmütig hinter dem einen oder andern Fernzug her, dessen letzter Waggon eine Tafel mit so vertrauten Namen wie Udine, Venezia und Roma trägt, und ziehen sich alsdann in die Trostlosigkeit der sauberen, vorbildlich eingerichteten Kleinwohnungen zurück, die ihr Fabriksbetrieb reihenweise für sie gebaut hat.

Sie sind ein melancholischer Farbfleck auf Deutschlands internationaler Palette.

Notizen in der Mitte und am Rande

Daß sich über Geschmacksfragen nicht streiten ließe, ist unter den vielen albernen Sprüchen, die unsre Denkfähigkeit lähmen, einer der albernsten. Über nichts läßt sich so gut streiten wie über Geschmacksfragen, und wer da eine dezidierte Meinung äußert, muß auf das Schlimmste gefaßt sein. Er sollte vorsorglich feststellen, daß er nur seinem persönlichen Geschmack Ausdruck geben will und daß sich über Geschmacksfragen nicht streiten läßt...

Ich habe diese Schutzmaßnahme im Verlauf meines Berichtes immer wieder außer acht gelassen, weil ich sicher war, daß sie mir sowieso nichts nützen würde. Sie wird das auch jetzt nicht tun. Trotzdem möchte ich ausdrücklich darauf hingewiesen haben, daß die nachfolgenden Bemerkungen über einige große deutsche Städte keinen wie immer gearteten Anspruch auf Objektivität erheben, sondern unter dem sehr subjektiven Gesichtspunkt erfolgen, ob ich in der betreffenden Stadt leben möchte oder nicht. Die Antwort ist in allen Fällen so persönlich wie die Frage – und wie die Städte selbst.

Denn jede dieser Städte hat ihre eigene Persönlichkeit, das steht fest. Und damit ist jeder von ihnen, jeder einzelnen, Rang und Qualität gesichert, damit ist gesagt, daß es sich um keine gleichgültigen, keine farblosen, keine Dutzendstädte handelt – in denen sich die Frage, ob man dort leben möchte, erst gar nicht stellt.

In München leben zu möchten, ist keine Kunst. Münchens Attraktivität bedarf keiner Erläuterung und strahlt mit gleicher Kraft nach Norden wie nach Süden. Wien liegt im Osten, auf ziemlich gleicher Höhe. Mit andern Worten: es gibt unter den großen Städten Deutschlands keine zweite, die den Wiener so sehr an Wien gemahnt – und die ihn eben darum so wenig in Versuchung bringt, seinen Wohnsitz dorthin zu verlegen. Wenn schon München, dann Wien. Erst eine sehr genaue Kenntnis Münchens verschafft ihm Einblick in die dennoch bestehenden Unterschiede, die ihm nach und nach immer größer erscheinen und schließlich – wie das gerade bei nahen Verwandten oft passiert – unüberbrückbar werden. Sie lassen sich samt und sonders auf den Unterschied zwischen Bier und Wein zurückdestillieren, auf den Unterschied zwischen Hofbräu und Heurigem. Aber das ändert nichts daran, daß sie auf gemeinsamem Fundament ruhen; daß Münchner und Wiener sich schon in sprachlicher Hinsicht leichter mit einander verständigen als mit irgend anderen Großstädtern des deutschen Sprachraums (der ihnen denn auch als der »süddeutsche« gemeinsam ist); daß sie die ungefähr gleichen Ansprüche ans Leben stellen und sie nur auf verschiedene Art befriedigen; und daß, kurzum, der Münchner Richard Strauss die wienerischeste aller Opern geschrieben hat. Ob das nun etwas gegen München, gegen Wien oder gegen den »Rosenkavalier« besagt, sei dahingestellt. Etwas besagt es.

Ich wüßte nicht, wie ich ohne München auskommen sollte. Von meinem einst gewohnten Hinterland abgeschnitten, wie ich's nun bin, muß es mir Prag und Budapest ersetzen – und ersetzt es mir. Es ersetzt mir sogar Brünn.

Ich habe eine Schwäche für Stuttgart. Und daß ich sie hiemit als Schwäche deklariert habe, enthebt mich bereits der Verpflichtung, sie rational zu begründen. Vielleicht ist es gar nicht die Stadt, der diese Schwäche gilt, sondern das Schwäbische überhaupt. Und damit meine ich nicht nur die breite, heimelige Mundart, die nicht ganz ernst zu nehmen ist und von der ich immer den Eindruck habe, daß auch diejenigen, die sie gebrauchen, sie nicht ganz ernst nehmen (weshalb sie niemals lächerlich werden kann). Ich meine die merkwürdige Verbindung von Schläfrigkeit und Tatkraft, von Versponnenheit und Wirklichkeitssinn, die diesem Menschenschlag eignet. Ich meine ein soziales Gefüge, das auf gute, unaufgeregte Weise intakt ist.

Sicherlich wird meine Schwäche für Stuttgart auch durch die wunderhübsche Lage der Stadt gefördert, durch die Weinberge ringsum, durch das völlige Gegenteil von Tempo, das hier obwaltet. Wenn sie nach dem Krieg nur nicht gar so unbekümmert drauflosgebaut hätten! Man kann ja nicht immer wieder und von überall her auf den Schillerplatz zurückkommen, so gern man möchte.

Ich habe keine Schwäche für Frankfurt. Es erschreckt mich jedesmal von neuem, auf eine Art, die mir sonst nur in amerikanischen Millionenstädten zugestoßen ist. Ich weiß nicht, was das alles soll. Und je wuchtiger es sich in Szene setzt, je mehr es rattert und rumort, desto weniger glaube ich daran, daß es sein muß. Keine andre deutsche Stadt empfinde ich so sehr als »Nachkriegsstadt« wie diese, in keiner andern habe ich so deutlich das Gefühl, daß der Vulkan, auf dem wir leben, so dicht unterm Straßenpflaster brodelt. Und nirgends kann ich so wenig wie hier eine Brücke zur Vergangenheit schlagen, nicht in die Richtung Goethe und nicht in die Richtung Rothschild, nirgendhin. Das Äußerste an ehrfurchtsgebietendem Relikt aus vergangenen Tagen ist schon der Hauptbahnhof.

Nachts, vom Dachgarten des neuen Riesenhotels am Mainufer, wenn die Lichter und die Lichtreklamen das Gewirr der Neubauten übertäuben (die noch lang nach ihrer Fertigstellung wie Gerüste aussehen) – nachts ist Frankfurt schön. Auch das teilt es mit den großen amerikanischen Städten.

In Köln darf man über dem großen Dom nicht die kleinen Kirchen vernachlässigen und über den kleinen Kirchen nicht die Museen, und darf das Unikum einer Hauptgeschäftsstraße genießen, die nicht mit der Hauptverkehrsstraße identisch ist. Die »Breite Straße« ist vom Domplatz an für Kraftwagen gesperrt, und die sorglos auf der Fahrbahn streunenden Fußgänger geben ihr einen beinah italienischen Anstrich, den die ambulanten Obststände noch verstärken. Außer von Leder-, Stahl- und Modewaren wird das Geschäftsbild hauptsächlich von Krawatten beherrscht. Köln scheint eine sehr krawattenfreundliche Stadt zu sein. Es gibt auf der Breiten Straße ein »Krawattenzentrum«, eine »Krawattenbörse«, eine »Krawattenvitrine« und einen Laden, der schlechterdings »Krawatten« feilbietet. Es gibt auch ein *»Haus der alten Leipziger«*, das jedoch kein Versorgungsheim für Heimatvertriebene birgt, sondern eine Versicherungsgesellschaft. Es gibt ferner das Haus des Westdeutschen Rundfunks, die neuen Häuser der Städtischen Bühnen und viele andere neue Häuser, darunter nur wenige schöne.

Schön ist der Anblick des abendlichen und des nächtlichen Rheins. Diese Schönheit darf auch Düsseldorf für sich in Anspruch nehmen, welches in andrer Hinsicht wieder mehr an Frankfurt gemahnt. Dafür besitzt es mit dem Thyssen-Hochhaus den unbestreitbar elegantesten aller deutschen Wolkenkratzer. Was es mit der Königsallee besitzt, ist bekannt. Aber man kann auch in der Mitte der Königsallee gehen, die Düssel entlang. Das hilft.

Hamburg – nicht ohne Hemmungen lege ich dieses Bekenntnis gerade in einer Hamburger Zeitung ab (und werde es andernorts zu wiederholen wissen) – Hamburg ist etwas Besonderes. Hamburg ist, um es kurz zu sagen, die einzige Weltstadt auf dem Gebiet der Bundesrepublik. Es ist zur Welt hin offen, nicht nur zum Meer. Es hat die Weite in sich. Es ist nicht eigentlich »international« wie etwa Zürich (mit dem es manche Wesenszüge teilt), sondern ein arteigener Beitrag zur Internationalität der Welt. Sogar die Art, wie es deutsch ist, hat etwas völlig Eigenes, hat eine Sicherheit und Gelassenheit, der man anzumerken glaubt, daß diese Stadt sich jahrhundertelang von niemandem etwas dreinreden ließ. Dazu gehört es wohl auch, daß jene undefinierbare Ferienluft, jene Atmosphäre der Entspannung, wie sie nur von Segelbooten auf sommerlicher Wasserfläche ausgeht und wie sie in anderen Großstädten erst sehr weit draußen zu haben ist, sich in Hamburg mitten in der Stadt etabliert hat und sich am Tag noch intensiver behauptet als bei Nacht. Ich bin sehr gerne in Hamburg. Nicht als fühlte ich mich hier »zu Hause« (diesen Vorzug, auch wenn es keinen Wert auf ihn legt, genießt bereits München). Aber ich fühle mich in Hamburg wohl, ich fühle mich mühelos mit mir im reinen, ich weiß, wenn ich in Hamburg bin, ganz genau, was ich will: in Hamburg sein.

Nur noch der Vollständigkeit halber: alle genannten Städte, ausnahmslos alle, sind auf geistigem und künstlerischem Gebiet von einer Lebendigkeit und Vielfalt, an der sich Wien manches Beispiel nehmen könnte.

Und in allen genannten Städten, ausnahmslos in allen, werde ich auf eine solche Äußerung hin von ortsansässigen Sachkennern unweigerlich beiseitegenommen und belehrt, daß ich doch erst einmal versuchen sollte, eine Zeitlang hier zu leben – dann würde ich schon merken, in was für ein gottverlassenes, niveauloses Provinznest ich geraten sei...

Die sollten erst einmal versuchen, eine Zeitlang in Wien zu leben!

Es fällt so unglaublich viel Material an, wenn man durch Deutschland reist. Man weiß gar nicht, wohin damit, und merkt zu spät, daß »anfallendes Material« zu einer jener Phrasenwellen gehört, von denen Deutschlands Alltagsterminologie in regelmäßigen Abständen überflutet wird. Dabei muß es sich nicht immer um ein echtes Anliegen handeln oder um ein gutes Gespräch. Auch der Humor wird an den Ahnungslosen herangetragen bzw. kommt auf ihn zu, und zwar auf Bundesebene. Rätselhaft, wie dergleichen entsteht und mit welcher Windeseile es sich verbreitet. Kaum jubelt sich jemand etwas unter die Weste, erklingt allenthalben der gleiche Jubel, und am Tag, nachdem die erste Tasse aus einem Schrank fehlte, gab es in Deutschland keinen Menschen mehr, der wohl alle Tassen im Schrank hatte. Lassen wir's. Und wenden wir uns dem angefallenen Material zu, das eigentlich ein aufgefallenes war.

Zum Beispiel fiel mir auf, daß die öffentlichen Verkehrsmittel – Autobusse wie Straßenbahnen – fast zu allen Tageszeiten bis zum Bersten überfüllt sind und daß die Passagiere (der Ausdruck »Fahrgäste« wäre hier wirklich unangebracht) das mit erstaunlicher Geduld ertragen.

Es fiel mir die große Zahl moderner Kirchen auf, und wie gut sie sich ins Städte- und Landschaftsbild einfügen, manchmal sogar besser als die vielstöckigen Wohnbauten, die zumal an den Stadtperipherien den Anschein erwecken, als wären sie aus einem riesigen Hochhaus-Streuer wahllos über die Gegend verteilt worden (krassestes Beispiel: die Einfahrt nach Ludwigshafen).

Es fiel mir auf, daß es zahlreiche Orte namens Neustadt oder Neudorf gibt, aber nur ein einziges freundliches Neustädtlein (bei Dinkelsbühl); daß man auf der Fahrt durchs Weserbergland direkt von Gottstreu nach Gewissenruh kommt; daß zwei Ortschaften in der Gegend von Würzburg anscheinend einer Namensverwechslung zum Opfer gefallen sind, denn in Giebelstadt gibt es kein einziges Giebelhaus, im nächstgelegenen Euershausen jedoch deren viele; und daß sich in Worms die Firma Pfaff vor dem Dom niedergelassen hat. Aber das ist sicherlich auch ihr schon aufgefallen. Vielleicht hat sie's sogar mit Absicht getan.

Und schließlich glaube ich entdeckt zu haben, warum die Professoren in den kleinen Universitätsstädten lieber Baskenmützen tragen als Hüte: weil sie auf der Straße ununterbrochen gegrüßt werden und weil sie dann den Hut nicht abnehmen müssen.

Berlin, eine Realität

Für die leider unvermeidliche Tatsache, daß in einem Bericht wie diesem nur allzu oft der subjektive Geschmack des Schreibenden zum Vorschein kommt, habe ich mich erst jüngst entschuldigt, anläßlich meiner Notizen über die großen deutschen Städte, von denen ich Hamburg als die einzige Weltstadt bezeichnete. Nun dürfte es zwar allgemein akzeptiert sein, daß nicht jede große Stadt eine Großstadt ist, aber die unwägbaren Nuancen, die sich mit Begriffen wie »Großstadt« und »Weltstadt« verbinden, können immer nur persönliches Gewicht haben.

Ich meinerseits unterscheide (ohne von irgendjemandem zu verlangen, daß er ein gleiches tue) zwischen Weltstadt und Großstadt. Ich finde, daß es Weltstädte gibt, die keine Großstädte sind – Zürich scheint mir für diese Gruppe typisch, oder Brüssel. Anderseits würde ich Wien mit gutem Gewissen eine Großstadt nennen, aber nur mit schlechtem eine Weltstadt. Das Zusammentreffen von Weltstadt und Großstadt ist ein rarer Glücksfall, und ich bin keineswegs sicher, ob er in der Weltstadt Hamburg gegeben ist.

Daß er in der Großstadt Berlin gegeben war, steht fest. Man merkt es ihr heute noch an. Innerhalb eines ganz bestimmten Kreises von etwa zehn Minuten Umfang, mit dem halben Kurfürstendamm als Durchmesser, bietet Berlin nach wie vor das Bild einer Weltstadt, wenn auch arg verkleinert, etwa so, als hielte man ein Opernglas verkehrt an die Augen. Aber in diesem verkleinerten Maßstab sind alle Ingredienzien einer Weltstadt vorhanden: die Internationalität dicht neben der unberührt lokalen Note, die Vielsprachigkeit dicht neben dem selbstbewußten Dialekt, Eingewerkeltes und Ungewöhnliches, Entgegenkommen und Aggressivität, eine wache, halb belustigte Bereitschaft, sich über Kleinigkeiten aufzuregen und über Monstrositäten nicht zu wundern – und alles das, mitsamt Verkehr, Betrieb und Wirbel, vom Firnis jener Selbstverständlichkeit überzogen, der die Welt von der Provinz unterscheidet. Rings um diesen weltstädtischen Nukleus mag Berlin sogar recht zünftige Merkmale von Provinzialität aufweisen – in jener mikroskopischen Verkleinerung ist es Welt- und Großstadt zugleich.

Ein paradoxer Zustand, so paradox wie ein riesiger Liliputaner oder ein zwergenhafter Gigant. Aber an Paradoxem herrscht ja in Berlin auch sonst kein Mangel.

Auch an Normalem nicht. Allerdings übersieht man das Normale viel leichter. Zum Beispiel übersieht man, daß Berlin, Westberlin, die westliche Hälfte des geteilten Berlin, immer noch die größte deutsche Stadt ist. Hingegen weiß jeder, daß es eine »Frontstadt« ist. Und weil es das schon sehr lange ist, hat diese Bezeichnung allmählich einen vorwurfsvollen Unterton angenommen – als wäre Berlin aus eigener Schuld zur Frontstadt geworden und aus hämischer Absicht entschlossen, es zu bleiben, nur um den Seelenfrieden der übrigen Bundesdeutschen zu stören.

Nun ist es ja wahr: ein Zustand, der seit vielen Jahren mit solcher Hartnäckigkeit aufrecht bleibt – obwohl es an Versuchen, diese Hartnäckigkeit zu brechen, wahrlich nicht gefehlt hat –, wird auf die Dauer langweilig. Aber das sollte man doch eigentlich nicht den Westberlinern anlasten. Vielleicht ist es auch für sie selbst nicht gar so amüsant, in einer Frontstadt zu leben. Immerhin ziehen sie das der einzigen

Alternative vor, die ihnen derzeit geboten wird: nämlich Ostberliner zu werden. Da leben sie lieber in einer Frontstadt. Und lassen sich aus der Etappe, die vom Fortbestand eben dieser Frontstadt gesichert wird, lieber vorwerfen, daß Berlin eine Frontstadt ist.

Im übrigen hat diese Bezeichnung noch einen andern Aspekt, der gleichfalls gerne übersehen wird (am liebsten wohl von den Berlinern selbst): keine andre deutsche Stadt trägt heute noch so deutliche Spuren ihres Frontdaseins aus dem Krieg, in keiner andern gibt es noch so viel leergebombten Raum, so viel klaffende Flächen, so viel provisorisches Budenwerk mitten in der City. Aber es wurde auch in keiner andern Stadt so viel, so grandios und so abenteuerlustig gebaut wie hier. Manchmal ergibt sich der verwirrende Eindruck, als ginge Notgedrungenes direkt ins Mutwillige über, manchmal – und nicht nur im Motivischen, nicht nur in der Abhängigkeit von Hilfsinvestitionen und im demonstrativen Streben nach Selbstbehauptung, sondern tatsächlich im architektonischen Ergebnis – wirkt es wie eine Kombination von Israel und Brasilia.

Keine schlechte Kombination, gewiß nicht. Trotzdem und eben darum tut es gut, etwa nach Alt-Tegel hinauszufahren, das Humboldt-Schlößchen zu beschauen, und unterwegs zum Tegeler See unversehens auf einen richtigen kleinen Kirchplatz zu geraten, der noch ganz so aussieht, als wär's ein märkisches Dorf. Man könnte beinahe vergessen, daß es eine Mauer gibt.

Ich wäre der letzte, der die Mauer vergäße. Ich habe sie vorsätzlich unerwähnt gelassen. Der Ehrgeiz, hundertmal Gesagtes über die Berliner Mauer und über den Berliner Witz zu wiederholen, liegt mir fern, und für den Ehrgeiz, etwas Neues zu sagen, reichen meine Mittel nicht. Mir will nur scheinen, als bestünde zwischen diesen beiden Phänomenen, zwischen Berliner Mauer und Berliner Witz, eine unbewußte Wechselbeziehung, als müßte ein Menschenschlag, der über diesen Witz verfügt, zum guten Schluß sogar mit dieser Mauer fertigwerden.

Es war, wie immer in solchen Fällen, ein Taxichauffeur, der das sagte (und ich versuche erst gar nicht die Tonfärbung wiederzugeben):

»Wissen Sie«, sagte er, »die Zukunft ist auch nicht mehr das, was sie war.«

Wer eine Situation so realistisch einzuschätzen weiß, der ist ihr gewachsen.

Bonn, ein Wintermärchen

Kaput XV

Das war ein unverhofftes Glück,
Als ich zu Bonn am Rheine
Ein apokryphes Kapitel fand
Aus dem »Wintermärchen« von Heine.

Denn da in Bonn kein Mangel herrscht
An ungereimten Geschichten,
Lockt's den Chronisten um so mehr,
In Reimen zu berichten.

Bonn war ein stilles Städtchen einst,
Umgeben von grünenden Auen.
Der Kurfürst Clemens August ließ hier
So manches Bauwerk erbauen.

Ihm tat's ein guter König gleich,
Hieß Friedrich Wilhelm der Dritte
Und hat die Universität
Gebaut in des Hofgartens Mitte.

Dann kam das Rathaus noch hinzu,
Ein zierlicher Rokokobau ...
Heut sieht man in Bonn nichts Zierliches mehr,
Heut sieht man nur Straßen im Rohbau.

Kaum werden sie fertig, bestehn sie auch schon
Aus lauter Regierungsgebäuden,
Aus Ämtern und Ministerien, die
Sogleich an Platzmangel leiden.

Vorbei die alte, geruhsame Zeit,
Die so friedlich war und so wohlig.
Nur zwei Kanonen am Alten Zoll
Bewahren noch ihre Symbolik.

Vorbei die Zeit des Musenklangs,
Der besinnlich zur Einkehr gerufen.
Vom Beethoven kennt man die Halle nur,
Vom Rathaus nur die Stufen.

Dort liegt der Marktplatz, dort drängt sich das Volk
Um die Stände von Obst und Gemüse,
Und wären politische Stände dabei,
Umdrängte man auch diese.

Man spricht in Bonn von der Politik
Wie im Harz von der Käseerzeugung.
Sie ist die örtliche Industrie,
Man treibt sie aus Pflicht und Neigung.

Man treibt sie jahraus, man treibt sie jahrein,
Man treibt sie sogar zu Paaren,
Und welche Paarung die richtige sei,
Hat keiner noch erfahren.

Die CDU und die CSU
Sind gepaart unter christlicher Führung
Und beide zusammen paaren sich
Mit der FDP zur Regierung.

Doch meint manch einer, die SPD
Mit ihrer langen Erfahrung
Als treue Oppositionspartei
Sei besser geeignet zur Paarung.

Auch mit den Bündnissen ist man in Bonn
Nicht immer ganz im reinen.
Die andern sind für den Quai d'Orsay,
Für Washington sind die einen.

Die meisten sind für beide zugleich
Und für Entspannung ist jeder.
Man nennt das Außenpolitik
Und ihr Minister heißt Schröder.

Im Hintergrunde der Guttenberg,
Der hat den Druck erfunden
Und übt ihn auf die Parteileitung aus,
Gibt ihr Französischstunden.

Die Ära, die dies alles erbracht,
Ging eben erst zu Ende.
Doch der große Alte, nach dem sie heißt,
Ist heute schon eine Legende.

Es wüchse ihm gewiß der Bart
Alsbald durch die Marmorplatte,
Hätt' nicht das Schicksal es gewollt,
Daß er gar keinen hatte.

So stimmt's in Deutschland immer nur halb,
Das hat historische Gründe.
Es scheint mir indessen, als ob man sie
Auch in der Gegenwart finde.

Das Diktum gilt. Ich laß es damit
Für die halbe Hauptstadt bewenden.
Sonst schrieb' ich ein andres Kapitel noch,
Statt dieses hier zu beenden.

Fürsprache für die Sprache

Plädoyer für den Zwischenraum

(1965)

Ich habe Ihnen dafür zu danken, daß Sie mich als Mitglied aufgenommen haben, und ich glaube meinen Dank nicht besser abstatten zu können als dadurch, daß ich die Bedeutung dieser Mitgliedschaft richtig zu verstehen trachte. Mitglied der »Akademie für Sprache und Dichtung« zu sein, bedeutet – wenn ich's richtig verstehe – eine doppelte Verpflichtung, nämlich sowohl der Sprache wie der Dichtung gegenüber; und bedeutet, daß man die eine oder die andre Verpflichtung, oder womöglich beide, schon vorher erfüllt haben muß, sonst wäre man ja nicht als Mitglied aufgenommen worden. Man muß entweder ein guter Dichter sein oder man muß mit der deutschen Sprache gut umzugehen wissen. Jenes entzieht sich der objektiven Feststellbarkeit, dieses erheischt sie. Und damit bin ich schon mittendrin in der Abstattung meines Dankes.

Es war, wie Sie sich denken können, eine große Freude für mich, die Mitteilung des Präsidenten von meiner erfolgten Wahl zum Korrespondierenden Mitglied in Händen zu halten. Ich las den Brief zwei- oder dreimal durch, um diese Freude richtig zu genießen, und machte mich dann sofort an die Lektüre des mit gleicher Post eingelangten Jahrbuchs 1964.

Ich begann am Anfang, mit der Vorbemerkung, und die Vorbemerkung begann mit den Worten: »Auf Grund einer freundlichen Einladung...« Das war das erste, was ich las. Eigentlich aber – und vielleicht dürfte ich sogar sagen: recht eigentlich – las ich nicht: »Auf *Grund* einer freundlichen Einladung«, sondern ich las: »*Auf*grund«. Die beiden Worte waren nämlich zusammengeschrieben. Sie bildeten ein einziges Wort, das ich beim Lesen unwillkürlich auf der ersten Silbe betonte, ganz so, als gehörte »aufgrund« zur gleichen Adverbklasse wie »aufrecht« oder »aufwärts«, oder – da es ja großgeschrieben am Anfang des Satzes stand – ganz so, als wäre der Aufgrund ein Gegenstück zum Abgrund: der sich bis dahin nur im Zeitungsdeutsch vor mir aufgetan hatte. Jetzt aber trat er mir im Jahrbuch der »Akademie für Sprache und Dichtung« entgegen, noch dazu als das überhaupt erste Wort, so daß ich beinahe glauben wollte – so *daß*, nicht *so*daß –, es sei leitmotivisch gemeint und schlage eine Brücke zu einem andern im Jahrbuch behandelten Thema: »Diskussion über die Deutschnote 5 im Abitur«.

Mir ist natürlich klar, daß Sprache sich ändern und erneuern muß, daß Fremdwörter eingedeutscht werden und Eingedeutschtes verfremdet wird, und daß unter den Wandlungen, gegen die man sich weder sperren kann noch sperren soll, bisweilen auch Verkürzungen eintreten mögen, auf durchaus organischem Weg und zu durchaus sinnvollem Ende. Hier jedoch, so scheint mir, handelt sich's nicht um eine Verkürzung, sondern um eine Beschleunigung: die besser wohl den Zeitungen anheimgestellt bleibe, wo der eilige Leser vom eiligen Schreiber zugleich mit dem Atem der Zeit auch die Atemlosigkeit mitgeliefert bekommt und wo sogar der Zwischenraum zwischen zwei Worten unter Druck steht.

Einem der sprachgenialsten deutschen Dichter, Christian Morgenstern, verdanken wir die Geschichte vom Lattenzaun »mit Zwischenraum, hindurchzuschaun«, und vom Architekten, der eines Tages plötzlich dastand – »und nahm den Zwischenraum heraus und baute draus ein großes Haus«. Man soll, heißt das, mit Zwischenräumen nicht leichtfertig umgehen, denn sie sind ausbaufähig. Man soll sie durchschauen und nicht übersehen. Sie verdienen es, daß man sich Zeit für sie nimmt. Sie haben ihren guten Sinn, sie gehören zum Wort, und diese Zusammengehörigkeit erweise sich auch weiterhin an Hand von Trennungen, statt daß *an*hand dessen, was heutzutage alles zusammengeschrieben wird, sich die Trennung vom guten Sinn vollzieht. Sie sind ein Teil des edlen Materials, das wir zu verwalten und mitzuformen haben. Und wenn ich heute, aufgrund Ihrer freundlichen Einladung, als neues Mitglied vor Ihnen stehe, so möchte ich meinen Dank dafür mit einer Bitte abschließen und möchte in der Akademie für Sprache und Dichtung Fürsprache für die Sprache einlegen, damit sie nicht auf Grund läuft.

(Gesprochen auf der Tagung der »Deutschen Akademie für Sprache und Dichtung« in Darmstadt, 7. bis 10. Oktober 1965.)

Notizen zum Thema »Übersetzung«

(1954)

Die Kunst des Übersetzens hat mich seit jeher besonders fasziniert, denn sie ist ohne Gegenstück unter den Künsten, auch den literarischen. Übersetzen hat mit Literatur im strengern Sinn sogar mehr zu tun als Dichten. Ist nicht die Übersetzung in viel höherem Maß auf das Wort angewiesen als ihre originale Unterlage und schöpft sie nicht viel tiefer als diese aus dem rein Sprachlichen? Jedenfalls richtet sich ihre Qualität fast ausschließlich nach der Beziehung, die ihr Schöpfer zur Sprache hat. Mit der Originalschöpfung muß sich das nicht unbedingt so verhalten. Sie kann als Kunstwerk bestehen, auch ohne in erster Linie ein Sprachkunstwerk zu sein. Aber selbst wenn sie das ist, selbst wenn auch ihre Qualität vor allem in des Autors Beziehung zur Sprache beruht, ist ihm der Autor der Übersetzung noch immer ums Doppelte voraus: nämlich um seine Beziehung zu einer zweiten Sprache. Der beste Autor verhält sich zum besten Übersetzer wie ein idealer Ehemann zu einem idealen Polygamisten.

Der betriebsame deutsche Übersetzer eines berühmten angelsächsischen Dramatikers beschwatzte ein ihm nahestehendes Wiener Boulevardblatt, sich an eine Reihe prominenter Persönlichkeiten mit der Umfrage zu wenden, was denn nach ihrer Meinung die profunde Gemeinsamkeit zwischen diesem Dramatiker und seinem Übersetzer sei.

Egon Friedell antwortete: »Daß sie beide nicht deutsch können«.

Das hilft natürlich. Aber im Ernst- und Alternativ-Fall ist es wichtiger, daß ein Übersetzer wenigstens die Sprache beherrsche, *in die* er übersetzt. Zu ihr muß er die wirklich legitime, die zeugungsfähige Beziehung haben. Was die andre betrifft, so genügt ein Verhältnis.

Am Anfang war das Wort, und vielleicht muß man die Bibel im Urtext lesen können, um zu begreifen, wie das gemeint ist. Denn es scheint, als gehe vom biblischen Wort nur im Urtext jener doppelbödig magische Schauer aus, der ihm bei der Übersetzung in andre Sprachen abhanden kommt (der uns hingegen, ähnlich geheimnisvoll, manchmal bei Shakespeare und Franz Kafka anrührt). Unter diesen andern Sprachen scheinen wiederum die germanischen »bibelgerechter« zu sein als die romanischen. Ich darf dafür ein Beispiel aus eigener Erfahrung beibringen (durch die mir die Erkenntnis dieses Anscheins erst vermittelt wurde). Einer meiner Romane, der eine Stelle aus dem Opfergang Abrahams und Isaaks abwandelt, heißt »Hier bin ich, mein Vater«. Im Englischen hört sich das noch durchaus »biblisch« an, obschon es dazu einer archaisierenden Umstellung bedarf: »Here am I, my father« (nicht »here I am«). Der Titel der italienischen Übersetzung klang aber schon mehr wie eine Arie aus einer Verdi-Oper: »Eccomi, padre mio«, und das französische »Me voici, père« könnte vollends der Ausruf eines jungen Lustspiel-Hallodri sein, der den Papa bei einem Seitensprung erwischt.

Wie es in der großen Familie der Sprachen einzelne Mitglieder gibt, die bestimmte Übersetzungs-Eigenarten oder -Eignungen aufweisen, so gibt es innerhalb der einzelnen Sprachen auch Schriftsteller, deren Stil einer bestimmten andern Sprache, nun eben: ent-spricht. Wir haben Autoren, die ein unverkennbar »gallisches« Deutsch schreiben (Heinrich Mann, Hermann Kesten und natürlich René Schickele), wir haben andre, denen nicht minder deutlich eine Sprachprägung vom Lateinischen her anzumerken ist (Karl Kraus, Alexander Lernet-Holenia), wir haben sogar einen stil- und absichtsvoll »biblischen« (Richard Beer-Hofmann). In den Zwanziger- und Dreißigerjahren gab es ein ganzes »skandinavisches« Rudel junger deutscher Autoren, die wie Knut Hamsun schrieben (oder zumindest wie der autorisierte Hamsun-Übersetzer des Verlags Albert Langen), und ihre heutigen »amerikanischen« Nachfahren vertreten – gleichfalls rudelweise und untereinander austauschbar – die Kunstrichtung der neuen Schnoddrigkeit mit einem Stil, der sich wie Hemingway liest (oder wie ein von Hemingway beeinflußter Remarque). Und schließlich – aber das hat nichts mehr mit Literatur zu tun, sondern mit dem Phänomen des Zusammenhangs von Sprache und Gesinnung – gibt es einen Stil, der originales Deutsch ist und dennoch in seiner ganzen Diktion und Melodie so wirkt, als ob er aus dem Russischen übersetzt wäre.

Übrigens muß ich gestehen, daß ich für die holprigen, in vieler Hinsicht unzulänglichen (jedoch in keiner Hinsicht »falschen«) Übersetzungen, in denen die russischen und französischen Romanciers des 19. Jahrhunderts zuerst erschienen sind, eine geheime Schwäche habe. Ihre weit ausholende Akribie, ihre altmodischen Redewendungen, zumal die verschlissene Elegance ihrer direkten Rede – das alles schafft

Atmosphäre: nicht obwohl, sondern weil es vom Verismus heutiger Schreib- und Übersetzungsweise so weit entfernt ist wie jene Zeit vom Heute.

In einem dieser Romane geraten, noch dazu vor einem Séparée, zwei Herren einer Dame wegen in heftigen Wortwechsel, der sich schließlich zu folgendem verknappt:

»Aber, mein Herr –!«

»Indessen, mein Herr –!«

Wenn ich mir dergleichen schon vorstellen soll, dann will ich es mir doch lieber mit diesem Dialog vorstellen, der weder auf deutsch noch auf französisch jemals stattfinden konnte und dem eben darum jene höhere Wahrheit eignet, die das Ganze erst richtig glaubhaft macht.

Wie anders heute. In einer Vornotiz zur deutschen Ausgabe eines seiner Bücher preist André Gide die Kunst seines Übersetzers mit solcher Vehemenz, daß er zum Schluß den Wunsch äußert, man möge bei künftigen Übersetzungen des Buchs in andre Sprachen sich nicht an das französische Original halten, sondern an die deutsche Übersetzung. Dieses zweifellos einmalige (und zweifellos ein wenig verstiegene) Kompliment ist nicht durch Zufall gerade einem deutschen Übersetzer zuteil geworden. Deutsch dürfte tatsächlich jene Sprache sein, in die am besten übersetzt wird, – eine von den Klassikern begründete Tradition, die zur Zeit der Romantik ihren Höhepunkt erreichte und noch in unsern Tagen so Großartiges hervorgebracht hat wie Rilkes Nachdichtung der »Sonette der Louïze Labé«, Georges und Schaukals Übertragungen von Baudelaire und Verlaine, oder auf dem Theater die Verdeutschung von Ibsens »Peer Gynt« durch Christian Morgenstern, von Rostands »Cyrano« durch Ludwig Fulda. Und ganz gewiß wurde kein literarisches Œuvre jemals so kongenial in eine andre

Sprache verpflanzt wie Shakespeares Dramen von Schlegel-Tieck-Baudissin ins Deutsche.

Mit Übersetzungen *aus* dem Deutschen verhält es sich – man möchte fast sagen: naturgemäß – ein wenig schwieriger. Autoren von der stilistischen Eigenwilligkeit Thomas Manns, Hermann Brochs oder Robert Musils werden selbst in der besten Übersetzung zu kurz kommen, und die Prosa etwa von Karl Kraus oder Alfred Polgar hat sich schlechtweg als unübersetzbar erwiesen. Die Frage, ob solches für oder gegen einen Autor spricht, gehört auf ein andres Blatt. Keinesfalls ist es zulässig, jeden schwer übersetzbaren Autor deshalb auch schon für einen guten Stilisten zu halten oder jeden leicht übersetzbaren für einen schlechten. Es gibt, von Kleist und Stifter bis zu Joseph Roth und Leonhard Frank, eine deutsche Prosa von so stählern einfachem Guß, daß keine Übersetzung ihr Abbruch tun kann. Und es gibt anderseits sehr erfolgreiche zeitgenössische Schriftsteller, deren Sprache so farb- und gefühllos (wo nicht gar fehlerhaft) ist, daß sie in der Übersetzung nur gewinnen kann. Ja es gibt einen Zeitgenossen, dessen internationale Erfolge zu gutem Teil dem Umstand zuzuschreiben waren, daß ein erbärmliches Deutsch in ein anständiges Englisch oder Französisch oder Italienisch übersetzt wurde, und vielleicht hätte die Weltgeschichte einen andern Lauf genommen, wenn das Ausland imstande gewesen wäre, Adolf Hitler im Original zu verstehen.

Bei keiner Gelegenheit erweist sich die Sprache so deutlich wie beim Übersetzen als Instrument – im handwerklichen wie im musikalischen Sinn. Sie ist Feile und Fiedel zugleich.

Der gute Übersetzer, der ja ein kreativer Interpret, ein Neu- und Nachschöpfer in einem sein muß, ließe sich denn auch am ehesten einem Pianisten vergleichen, der ein Violinsolo für das Klavier zu transponieren und es gleichzeitig so virtuos wiederzugeben hätte, daß man ganz genau merkt, was der Komponist durch die Violine ausdrücken wollte.

Übersetzen ist eigentlich ein Unfug.

Stützpunkt Wien?

(1956)

Jetzt haben wir's. Die ortografireformer – die sich befremdlicher Weise darüber beklagen, daß man sie durch den vorweggenommenen Gebrauch der von ihnen angesteuerten Schreibweise, also durch Vorschußlorbeeren auf den Endsieg ihrer Bemühungen, einem oberflächlichen und billigen Hohn preisgebe – die Orthographie-Reformer also mußten zwar mangels Resonanz die Tagung absagen, zu der sie in Wien zusammentreten wollten, aber Wien scheint dennoch dem tragischen Schicksal entgegenzugehen, sogar auf Grund einer abgesagten Tagung als Stadt der Reformbewegung zu gelten. Ein emsiger Leser, der's auf die klein-, laut- und neuschreiber besonders scharf hat und sich gelegentlich mit ganzen Bündeln von Zeitungsausschnitten über ihre unholde Tätigkeit einstellt, lenkt unsern Blick auf einen im »Spiegel« vom 25. Januar 1956 erschienenen Artikel und hat die folgende Stelle mit Recht und mit Rotstift angestrichen:

»Drei *Stützpunkte* heben sich heraus: einmal Ost-Berlin, wo schon bald nach Errichtung der Militärregierung die Deutsch lernenden Russen offenbar aus rein egoistischem Interesse zur Vereinfachung der deutschen Grammatik drängten: dann *Wien* ... und endlich Sachsen ...«

Die in jeder Hinsicht peinliche Vorstellung, zwischen Ost-Berlin und Sachsen zu liegen, soll uns weiter nicht beunruhigen, da es die geografi doch besser mit uns meint. Beunruhigend hingegen ist die Selbstverständlichkeit, mit der Wien nun plötzlich als »Stützpunkt« eines Unterfangens dasteht, dem hier in Wahrheit so gut wie keine Stütze zuteil wird. Beunruhigend ist, daß die tatsächlich zustandegekommenen »Stuttgarter Empfehlungen« der Sprachbarbaren nun ein Gegenstück in der tatsächlich *nicht* zustandegekommenen »Wiener Tagung« finden. Irgendwann könnte eine solche Tagung ja noch Wirklichkeit werden und könnte mit irgendwelchen forschlegen enden, die dann womöglich als »Wiener Vorschläge« in die Welt gehen. Denn der Unfug, die guten, unbescholtenen Namen wehrloser Städte mit den abscheulichsten Bestrebungen zu koppeln, nimmt überhand. Wenn Stuttgart der neuen ortografi seine altehrwürdige Mauer macht, wenn Stockholm sich von den Kommunisten einen »Stockholmer Friedensappell« aufpelzen läßt – a la bonör. Aber in bezug auf Wien sind wir heikel. Wir leben ohnehin in der ständigen Furcht, die Monstrositäten Richard Flatters eines Tags als »Wiener Shakespeare-Übersetzung« bezeichnet zu sehen, und noch so einen Albtraum halten unsere Nerven nicht aus.

Dem Zweifelsohne zur Mahnung

(1954)

Mein lieber Sohn,

jetzt habe ich Deinem Treiben lange genug zugesehn, und so geht's nicht weiter. Ich bin entschlossen, mich in aller Form von Dir loszusagen und die Öffentlichkeit darüber zu informieren, daß Du in Wahrheit gar nicht mein Sohn bist, sondern ein hergelaufener Bastard. Was berechtigt Dich überhaupt, Dich als Wort auszugeben und mich, die deutsche Sprache, als Deine Mutter? Möchtest Du mir das erklären?

In Deiner unbeschreiblichen Dummheit und Ahnungslosigkeit bist Du dazu natürlich nicht in der Lage. Also will ich es an Deiner Stelle tun. Du verdankst Deine Entstehung einem plumpen, humorigen Irrtum – dem gleichen übrigens, der schon eine andre Mißgeburt hervorgebracht hat, lange vor Dir.

Damals, ungefähr am Beginn unsres Jahrhunderts, verging sich irgendein Stammtisch-Witzbold an einem meiner echtblütigen Kinder (das zugegebenermaßen nicht zu meinen schönsten zählt). Vielleicht war es ihm zu lang, vielleicht langweilte es ihn, vielleicht mißfiel es ihm aus sonstwelchen Gründen – jedenfalls reizte es ihn zu einem wahrhaft diabolischen Einfall: er nahm eine von mir legitim zusammengefügte Wortform auseinander und vertauschte den letzten ihrer drei Bestandteile mit dem ersten eines andern Wortes von ähnlicher Bedeutung. Auf diese Weise entstand aus »nichtsdestoweniger« und »trotzdem« Dein abscheulicher Vetter, der *nichtsdestotrotz*.

Überflüssig zu sagen, daß er von keinem vernünftigen oder geschmackvollen Menschen akzeptiert wurde. Und belächelt wurde er höchstens von ein paar bescheidenen Flachköpfen, die es nach dem damals geltenden bürgerlichen Humor-Kodex auch für ein vergnügliches Wortspiel hielten, zum Beispiel »zum Bleistift« zu sagen statt »zum Beispiel« oder »beileipzig« statt »beiläufig«.

Nach und nach trat dieser Humor-Kodex außer Kraft. Die Leute hörten auf, den Nichtsdestotrotz komisch zu finden. Statt dessen, zu meinem namenlosen Gram, begannen sie ihn ernst zu nehmen. Er geriet nicht etwa – wie es ihm einzig gebührt hätte – in Vergessenheit, sondern in Umlauf, und heute macht man allenthalben Gebrauch von ihm, ohne zu ahnen, daß es sich hier um einen ursprünglich als Witz in die Welt gesetzten Wechselbalg handelt. Ich habe ihn freilich längst verstoßen, und niemand, der sich ein Minimum an Sprachgefühl bewahrt hat, will etwas mit ihm zu schaffen haben. Aber meine Bemühungen, ihn gänzlich auszurotten, blieben erfolglos. Das Monstrum macht seinem Namen Ehre. Es bietet mir Nichtsdestotrotz.

Dir, meinem Zweifelsohne, will ich solch böse Beharrlichkeit nicht unterstellen. Du magst mir noch so wehe tun – ich weiß, daß ein guter Kern in Dir steckt, ja sogar zwei gute Kerne: »zweifellos« und »ohne Zweifel«. Besinne Dich auf sie. Noch ist es Zeit.

Solltest Du jedoch auch meiner heutigen wohlgemeinten Mahnung keine Folge leisten, solltest Du mir weiter in Rede und Schrift herumspuken, dann bliebe mir nichts übrig, als in meinem Laboratorium noch ein paar andre synthetische Unwesen zu erzeugen, die Dir an Scheußlichkeit um nichts nachstehen würden (»fragohne«, »weitersohne« oder dergleichen), und Dich mit ihnen so lange auf dem sprachlichen Anstandsort einzusperren, bis ihr alle erstickt.

Ich hoffe sehr, daß Du mich zu dieser äußersten Maßnahme nicht zwingen wirst, sondern Dich lieber in Deine Bestandteile auflöst und verschwindest. Am besten tust Du das sofort und unauffällig. Gewissermaßen übergangsohne.

In dieser Erwartung grüßt Dich zum hoffentlich letzten Mal

Deine treusorgende Mutter.

»Aus der Folterkammer der Sprache«

Wie war das, bitte?

Aber das war es nicht, was Uwe Johnson, weil er, für sich, den Ausdruck eines Resümees schuldig war, dem sich, nach dem Kampf, gerade wieder beruhigenden Verleger-, Jury-, Presseauditorium mit bitteren Worten danken ließ.

Aus dem Bericht der *»Frankfurter Allgemeinen«* vom 8. Mai 1963 über die Verleihung des Internationalen Verlegerpreises auf Korfu. Von *Adolf Frisé*. Für einen Musil-Herausgeber ganz schön.

Herübergegriffen

Aus einer Buchbesprechung der *»Salzburger Nachrichten«* vom 1. Jänner 1961:

In der etwas spröden, Austriazismen bevorzugenden Sprache Doderers g r e i f t das unter der sichtbaren Oberfläche vorhandene Jenseits in ein durchaus sicht- und g r e i f b a r e s, oft genrehaft wienerisches Diesseits h e r ü b e r und löst seine das Unbeachtete plötzlich wie einen Abgrund aufdeckenden Wirkungen aus.

Jetzt aber rasch zurück zur etwas spröden, Austriazismen bevorzugenden Sprache Doderers!

Der gemachte Name

Aus einem in der *»Neuen Zürcher Zeitung«* vom 18. November 1964 erschienenen Artikel über das abenteuerliche Leben eines französischen Flugzeugkonstrukteurs:

> *Marcel Dassault, der damals noch Bloch hieß, machte sich schon während des Ersten Weltkriegs einen Namen ...*

Dassault?

Qui peut Français? Je!

Aus einem Bericht des *»Express«* vom 1. Februar 1961 über die kulinarischen Spezialitäten beim »Ball der Köche« in den Sofiensälen:

> *»Langue de boeuf Kennedy« heißt die prachtvolle Kalbszungenplatte, die gestern, Dienstag ...*

Unbewältigte Sprache

Diesmal war es die Stadt Graz, die von der Frage bewegt wurde, ob wir Österreicher, wie schon der Name sagt, Österreicher sind oder Deutsche (indessen die ebenso naheliegende Frage, ob wir nicht vielleicht Schweizer sind, sich merkwürdiger Weise noch nie gestellt hat). Als vollends ein wackerer Schulmann die Verwegenheit besaß, sich von einer – gelinde gesagt – alldeutschen Propagandaveranstaltung zu distanzieren, verfiel die ganze Stadt der Bewegung, es kam zu Kundgebungen, Gegenkundgebungen, Diskussionen und Pressekommentaren, und wenn man dann in einem solchen

Kommentar etwas von »gewissen Kreisen« liest und gleich darauf etwas von »Emigration«, so weiß man ungefähr, wieviel es geschlagen hat. Eben darum muß man erst zweimal hinschaun, um sich zu vergewissern, daß der Schlag tatsächlich im Grazer SPÖ-Organ *»Neue Zeit«* erfolgt ist, welches (laut *»Presse«* vom 9. April 1964) schreibt,

> *es habe den Anschein, daß gewisse Kreise zu Österreichs unbewältigter Vergangenheit noch ein Problem fügen wollen, das die Menschen unseres Landes nicht verbinden, sondern noch mehr trennen solle. Das seien jene Menschen, die aus einer inneren Emigration und im Gegensatz zu einer ein Jahrtausend alten Geschichte das Postulat verkünden: Wir Österreicher sind nicht nur eine eigene Staatsnation, sondern ein eigenes Volk, das noch dazu eine dem Deutschen unterschiedliche Sprache spricht.*

Richtig. Hingegen wird auf dem deutschnationalen Flügel der SPÖ eine vom Deutschen ähnliche Sprache gesprochen.

Sehr spät, aber doch nicht

Leserbrief in der Wochenzeitung *»Heute«* vom 11. 2. 1961:

> *Sehr spät, aber doch möchte ich Ihre Rezension von Fritz Habecks erstem Jugendbuch (»Der Kampf um die Barbacane«) nicht unwidersprochen lassen, zumal das Werk ...*

Der Schreiber dieses Briefs hätte sich das rechtzeitig überlegen sollen, zumal da er einer der begabteren unter unsern jungen Autoren ist. Wenn man etwas sehr spät nicht tun möchte, dann läßt man's bleiben.

»Aus der Folterkammer der Sprache«

betitelt sich mit Recht ein Aufsatz von Karl Reiser in *»Theater und Zeit«*, Wuppertal, Nr. 8/1965:

> *Vor mir liegt die einzigartige Geistes- und Stilleistung der Hamburgischen Dramaturgie Lessings. Welche clarté, welche raison, um die Wesensart seines großen Vorgängers Boileau zu kennzeichnen. Avant que d'écrire, apprenez à penser – Ehe ihr schreibt, lernt e r s t m a l klar denken!*

Wie kommt das schöne Kästchen hier herein? Wie heißt »erst mal« auf französisch? Klar denken, Mann! Machen Sie gefälligst aus Boileau keinen Preußen, sonst gibt's Stubenarrest. Wegtreten!

Des Deutsch mächtig

zeigte sich die *»Wiener Zeitung«* am 4. September 1964, als sie in einer Theaterkritik den folgenden Satz aufscheinen ließ:

> *Weswegen sich's doppelt lohnt, sich's noch einmal anzusehen, falls man es noch nicht gesehen hat.*

Falls man es aber schon gesehen hat, lohnt sich's einfach, sich's jetzt zum erstenmal anzusehen. Das wäre auch den beiden bei Schwechat notgelandeten Flüchtlingen aus der Tschechoslowakei zu empfehlen, von denen die gleiche *»Wiener Zeitung«* am 11. September berichtete:

> *D e s D e u t s c h n i c h t m ä c h t i g, gaben sie durch Gesten zu verstehen, daß sie um politisches Asyl ansuchen wollen.*

Sie werden es bekommen und werden sich zumindest mit der »*Wiener Zeitung*« sehr bald auch durch Sprache verstehen.

Wortklauberisch

Aus einer Theaterkritik des »*Express*« vom 16. Dezember 1964:

> *Seine erste eigenständige Arbeit widmete er der »Dame Kobold« von Calderon, die in der penibel wortspielerischen – man könnte auch sagen: etwas schwerfällig wortklauberischen und damit dem Humor manchen Hemmschuh in den Weg werfenden – Übersetzung Hugo von Hofmannsthals gespielt wird.*

Jetzt müßte man einen Fehdehandschuh haben, um den Sand aus dem Getriebe dieser Wortspielerei herauszuklauben und sie dem nächsten Knüppel vor die Füße zu werfen.

Lauter Schlangenmenschen?

Aus einem in der Hamburger »*Welt*« vom 16. Januar 1965 erschienenen Bericht über die Ballveranstaltungen des Wiener Faschings:

> *Jeder Stand feiert streng für sich, weil der Wiener sich am wohlsten fühlt, wenn er unter sich ist.*

Mal vormachen!

Manches Überflüssige

In ihrer Kritik über eine Linzer Aufführung von »Nathan der Weise« schreiben die *»Salzburger Nachrichten«* vom 1. Oktober 1964:

> *Knick hat zwar alles Rankenwerk, das sich heute durch Technik ersetzen läßt und manches Überflüssige, das nicht mehr gesprochen werden braucht, dabei aber weder der Handlung an sich, noch der dem Gedicht innewohnenden Idee zuviel abgestrichen. Wortwerk, das für Lessing zeitbedingt war, fehlt bei dieser Inszenierung.*

Was immer gemeint sein mag, mit dem durch Technik ersetzbaren Rankenwerk und mit dem manchen Überflüssigen, das nicht mehr gesprochen werden braucht: für das bisserl »zu« beim Wortwerk »brauchen« müßte noch Platz sein.

Wustmann und die Sachlichkeit

Die *»Frankfurter Allgemeine«*, die der deutschen Sprache eine dankenswerte Aufmerksamkeit zuwendet, beschäftigte sich vor kurzem mit der Frage des Dativs oder Genitivs nach »trotz«, veröffentlichte hiezu eine Reihe von einander widersprechenden Leserbriefen und resümierte am 13. Oktober wie folgt:

> *Laßt uns nun nicht länger aufeinander-, sondern lieber einmal gelassen nachschlagen, was Paulus spricht, die Sachverständigen nämlich, die Hüter des Sprach-Grals. Ganz verzweifelt und voller Resignation klagt der alte Wustmann 1896 über die Genitiv-*

Schändung des t r o t z: *»Da sind wir jetzt glücklich soweit, daß der richtige Dativ für einen Fehler und der falsche Genitiv für das Richtige und Feine erklärt wird.« Doch nicht nur die Zeiten ändern sich, auch die Meinung im ›Wustmann‹ über* t r o t z; *1955 registriert er* g a n z s a c h l i c h: *»Jetzt ist der Wesfall bei* t r o t z *schon das gewöhnliche,* t r o t z d e m *man noch* t r o t z d e m *sagt.«*

Hier hätte die FAZ ganz sachlich feststellen sollen, daß es zwar mit Wustmanns Sachlichkeit nicht sehr weit her ist, daß er aber mit seiner Feststellung trotzdem recht hat, obwohl man im Nebensatz noch obwohl sagt.

Österreichisches Kulturleben

Aus einem Bericht der *»Abend-Zeitung«* vom 7. März 1961:

»Ein Bummerl, Herr Minister«, stellte Ernst Waldbrunn nach einer S c h n a p s *partie mit Minister Dr. Bock befriedigt fest...Die Kartenpartie fand nach der offiziellen Feier in den Wiener Sträußlsälen...In Anwesenheit sämtlicher...meinte der Minister, daß diese Ehrung allen Mitgliedern des Hauses gelte und das Kulturleben Österreichs* o h n e d e m *Theater in der Josefstadt undenkbar wäre.*

Mit falschen Dativen ist es denkbar.

Während

Aus der Vorbesprechung zu einem Salzburger Konzert im *»Demokratischen Volksblatt«* vom 22. Juli:

> *Hannelore Steffek singt die Arie »Vorrei spiegarvi, oh dio«, während der Salzburger Pianist Paul Schilhawsky das Konzert für Klavier und Orchester in Es-dur spielt ...*

Oh dio! Wo soll man da zuerst hinhören?

Hochwälder als Regisseur

Aus der Kritik der Wochenzeitung *»Heute«*, Wien, vom 8. August 1959, über Hochwälders »Donnerstag«:

> *Dies gesagt, soll sogleich hinzugefügt werden, daß uns weder Hochwälders modernes Mysterium noch seine Inszenierung durchaus gelungen erscheint.*

Dies gesagt, ist es falsch. Mit dem hilfreichen Wörtchen »dessen« wäre es durchaus gelungen.

Kommt vor

Eine Theaterkritik im *»Heute«* vom 1. Juli 1961 enthält die folgende lapidare Aussage des Verfassers:

> *Mir kommt vor, ich schreibe den falschen Artikel.*

Uns kommt vor, er schreibt ein falsches Deutsch.

Heiteres von links

Wenn die *»Volksstimme«* fesch wird, gibt's immer was zu lachen. So plaudert am 1. August 1965 die Fernsehkritikerin über ihren Urlaub:

> *Und nun sage ich Ihnen für einen Monat adieu. Erholen Sie sich gut von mir und genießen Sie, was Ihnen das Fernsehen bietet, aus möglichst vollen Zügen.*

Nimm Urlaub vom Auto, fahr mit der Bahn und schau zum Gangfenster hinaus, wenn du in den vollen Zügen keinen Platz kriegst.

Am 6. August läßt der Musikkritiker sich nicht lumpen und plaudert über die Zukunft der Salzburger Festspiele:

> *Den Freunden des Heiteren, also auch mir zuliebe, schlug und schläge ich weiter vor...*

Für diesen Konjunktiv verdient er Schlüge.

Hauptwort in Auflösung

Aus einem Bericht des *»Abend-Express«* vom 6. Juli 1965 über einen Ex-Häftling, der von seiner Mutter Geld für einen neuen Start bekam:

> *Doch er vertrank es, prellte Zechen und betrog.*

Bisher wurden immer nur die Kellner um die Zeche geprellt, aber die Zechen selbst noch nie. Wahrscheinlich hat der Mann auch noch Taschen gediebt. Zum Glück handelten die Behörden sofort amts. Sein Ding wurde festgemacht, und jetzt häuselt er wieder Zucht.

Kategorisch

Titel auf der Literatur(!)-Seite des Berliner »*Tagesspiegel*« vom 13. Dezember 1964:

Lese, Leser, rede nicht!

Nehme, Kritiker, dich vor falschen Imperativen in acht! Spreche dir jeden laut vor, ehe du ihn in Satz gebst!

Von Palästrina bis Dona Dieu

Schwierig und umstritten

Aus einem Salzburger Festspiel-Bericht der *»Wochenpresse«* vom 13. August:

> *... die schwierige, vierstündige Pfitzner-Oper »Palästrina« ...*

Wie bitte?

> *... die nun so umstrittene Aufführung von »Palästrina« ...*

Also doch. Aber die Schreibweise des Namens sollte man in diese Schwierigkeiten und Streitereien nicht hineinziehen. Der Mann heißt Palestrina. Er ist kein Druckfehler von Israel.

Genius loci

Aus dem Bericht der *»Salzburger Nachrichten«* vom 6. Oktober über die Verleihung des diesjährigen »Friedenspreises des deutschen Buchhandels« an Hermann Hesse:

> *Die Preisträger der Vorjahre waren Max Tau, Albert Schweitzer, Romano Guardini, M a r t i n H u b e r ...*

Wahrscheinlich für sein epochales Werk »Die Schulaufsätze des Poldi Buber«.

Wiedergutmachung

Aus dem Literaturblatt der *»Stuttgarter Zeitung«* vom 2. Oktober 1965:

> *Feinfühlige und ergötzliche Parodien der weintrunkenen Barocklyrik schuf Aron Holz ...*

Offenbar ein Saufbruder von Moses Schlaf.

Der Landschaftsgustav

Aus einer am 26. November 1960 in den *»Salzburger Nachrichten«* erschienenen Besprechung des Buches »Mein Leben« von Alma Mahler-Werfel:

> *Den ersten Kuß, den Alma, die Tochter des feinen Landschaftsmahlers Emil J. Schindler, erhielt, gab ihr Gustav Klimt.*

Bei soviel Gustav ist es kein Wunder, daß sich der Geist eines andern – nämlich des feinen Komponistenmalers – in diesen Satz verirrt hat.

Voll und gesamtpersönlich

Aus dem Bericht der *»Süddeutschen Zeitung«* (München) vom 24. Oktober 1960 über die Verleihung des Büchner-Preises an den Dichter Paul Celan:

> *... Celans Dankrede. Sie war klug; sie war geistreich in ihrem Unterfangen, drei oder vier Zitate aus Büchner zu einer Art* tema con variazioni *zu verarbeiten ... Die volle, gesamtpersönliche Annäherung an M ü n c h n e r war sie nicht.*

Anderen Berichten zufolge hob Celan am Ende seiner Rede den Maßkrug und schloß mit einem kernigen: »Oans, zwoa, droa – g'suffa!«

Radebruch

Aus einem Bericht über den Mailänder Sprengstoff-Prozeß in der *»Frankfurter Allgemeinen«* vom 18. März 1964:

> *Staatsanwalt Gresti verlangte nun am Dienstag, daß der Zeuge Dietl italienisch s b r e c h e.*

Nix deitsch.

Prager Kreislaufstörung

Über den Vortrag »Der Prager Kreis«, zu dem die Österreichische Gesellschaft für Literatur den Germanisten der Prager Karls-Universität Prof. Eduard Goldstücker eingeladen hatte und der auch sonst nicht immer ganz klar war, hieß es im Referat des *»Neuen Österreich«* vom 8. Februar 1964 wörtlich und naturgetreu wie folgt:

> *Für die literarische Zentralstellung von Randgeratur nach 1848t9rdgovc umleni rdgovcenia UMLH bieten gibt es etwa in der deutschsprachigen Literatur nach 1848 ein Beispiel ...*

Deutschsprachig? Handelt es sich hier nicht um einen verschollenen slawischen Dialekt?

Verknappung

Der frische Kulturwind, der aus der Steiermark weht, bekundet sich auch in einem literarischen Preisausschreiben der Steiermärkischen Landesregierung, dessen Teilnehmer – laut »*Presse*«-Meldung vom 21. August 1964 – »nicht nur österreichische Staatsbürger und in Österreich wohnhaft, sondern auch der Steiermark verbunden« sein müssen und denen außerdem folgendes abgefordert wird:

> *Jeder Verfasser ist mit mindestens zwei und höchstens vier unveröffentlichten Kurzgeschichten teilnahmeberechtigt, die Mindestlänge der Manuskripte soll drei, die Höchstlänge acht Maschinschreibzeilen betragen.*

Den Teilnehmern wird nichts übrigbleiben, als diese strenge Bedingung auf ähnliche Art zu bewältigen wie seinerzeit der kleine Moritz das Schulaufsatz-Thema »Mein letzter Sonntagsausflug«: »Es hat geregnet und ich bin nicht gegangen.«

Von Bruckfehlern und Aliasen

Aus einem umfangreichen, ausdrücklich als »Huldigung« bezeichneten Artikel über Heimito von Doderer in der »*Frankfurter Allgemeinen*« vom 23. August 1963:

> *Besonders in seinem bisherigen Hauptwerk ... wo der Autor in vier Personen sich spiegelt und auftritt*

> *unter den Namen »René von Stangeler« und als »Dr. Böblinger« (wohl nach dem Wiener Stadtteil Böbling), alias »Kajetan von Schlaggenberg«. »Der grausige Dr. Böblinger«, so nennt er sich mehrfach...*

Damit's vier werden. Aber dem Autor der Huldigung, nach dessen Vorfahren die im III. Wiener Stadtteil gelegene Sazumovskygasse benannt ist, hätte man immerhin zugetraut, daß er sich in den »Bämonen« besser auskennt.

Über »Elektroschocks gegen Transvertismus« berichtet am 12. August 1963 der *»Kurier«* und fährt im Text hartnäckig fort:

> *Eine Gruppe britischer Psychiater glaubt, eine Heilmethode gegen Transvertismus gefunden zu haben, jene perverse Veranlagung...*

Die sollen sich lieber um ihre Päderanten kümmern.

»Österreichs kulturelle Uhren gehen langsamer« lautet – mit Recht, wie sich alsbald zeigt – die Überschrift eines am 1. August 1963 in der *»Augsburger Allgemeinen«* erschienenen Artikels, der noch dazu den Untertitel »Kulturpolitik ohne Konzept – Fehler und Vorteile« trägt. Nämlich:

> *Wer jetzt in Österreich herumhört, wird...während um Werke von Paul Celan, Ingeborg Bachmann, Erich Fried, Manès Sperber, Alias Canetti, Karl Krenek durchaus jene bereits erwähnte Stille herrscht.*

Wo sind die Vorteile?

Am Auskunftschalter

Information der »*Arbeiter-Zeitung*« vom 25. Juli 1965:

> *»Die vier Tage des Musa Dagh« war einer der meistgelesenen Romane von Franz Werfel.*

Auf der Bestsellerliste rangierte er gleich hinter »Ali Baba und die vier Räuber«.

Aus einer Buchbesprechung des in Freiburg erscheinenden und ausdrücklich so genannten »*Wissenschaftlichen Literaturanzeigers*«, der von sich auch noch ausdrücklich behauptet, daß man »seinem Rat unbedenklich vertrauen« könne:

> *... Anders bei der »gehobenen Literatur«, wo es auf terminologische Trennschärfe ankommt. Stendhals Roman »Rot und Weiß« steht im Mittelpunkt dieser Studie.*

Blanc, impair et passe. Oder um es mit der terminologischen Trennschärfe zu sagen, die in den deutschen Spielbanken üblich ist: Nichts geht mehr.

Allein ist es nicht getan

Aus einer Besprechung von »Kabale und Liebe« im Salzburger »*Demokratischen Volksblatt*«, erschienen am 8. August und gezeichnet mit der Chiffre »Dr. G. P.« (hinter der sich, wie man hört, ein offizieller Kulturträger des Landes Salzburg verbirgt):

> *Mit einer Hofmannsthal-Gedenkstunde, in der Reden gehalten und Versprechungen abgegeben werden, allein ist es nicht getan. Wann endlich wird man den »Turm«, den »Tod in Venedig«... zu neuem Leben erwecken?*

Sofort nach der Premiere von »Der Tor und der Thomas Mann«.

Ist Donadieu ein Zwitter?

Aus den »*Salzburger Nachrichten*« vom 16. Jänner 1956:

> *Grillparzer-Preis für Fritz Hochwälder. Das von der Österreichischen Akademie der Wissenschaften bestellte Preisgericht hat nach einstimmigem Beschluß Fritz Hochwälder für sein Drama »Dona Dieu« unter gleichzeitiger Würdigung...*

Halt, halt! Es handelt sich hier nicht um ein Gegenstück zu »Dona Rosita«, sondern der Held des Dramas ist durchaus männlichen Geschlechts und heißt Don Adieu.

Fortschrittliches

Brauchen wir brechen?

Aus der *»Jungen Welt«*, Organ der Freien Deutschen Jugend, Ost-Berlin, 21. Mai 1963:

> *Der Lyrik eine Lanze! überschreibt Reiner Lauterbach aus Gera-Liebschwitz... Seine Aufforderung ist ehrlich gemeint... aber sie übersieht, daß wir in der gegenwärtigen Situation für die Lyrik keine »Lanze« mehr in der Form brechen brauchen, daß wir...*

In *der* Form gewiß nicht.

Sie fragen – wir antworten

Ein Artikel der *»Volksstimme«* vom 29. 1. 1963, betitelt »Propaganda« und gezeichnet von Britta Gaberl (was hoffentlich ein Pseudonym ist), führt bittere Klage darüber, daß hierzulande die Geschäftsreklamen für Geschäfte Reklame machen statt für etwas andres, und mündet in folgende Fragen:

> *Ist es da nicht vielleicht besser, wie im Osten Ideen und Ideale »pausenlos eingehämmert« zu bekommen, als ebenso pausenlos die Werbeslogans von Wäschefirmen auf sich niederprasseln zu lassen?*

Nein.

> *Ist es nicht zehnmal besser und erstrebenswerter, ein Volk ist felsenfest davon überzeugt, daß seine Idee, der Kommunismus, siegen wird, als daß es ebenso felsenfest davon überzeugt ist, daß »man« nicht mehr ohne Hut geht...?*

Auch nicht.

Fortschrittliche Lyrik

> *Nun haben sich die reaktionären Zeitungen ausgetobt,*
> *dabei haben sie die Kommunisten selbstverständlich nicht gelobt.*
> *Doch selbst die ärgste Hetze einmal vergeht,*
> *lies drum, Leser, was in der »Volksstimme« steht.*
>
> Eigeninserat der »Volksstimme« vom 6. Februar 1957.

Wir lesen's ja eh und toben schon wieder vor Lachen.
Auch werden wir uns aus der »Volksstimme« weiter eine Hetze machen.
Wir möchten auf ihre Lektüre um keinen Preis verzichten
und bitten sie, uns bald wieder sowas Schönes zu dichten.

Abgewandelter Schiller

Unter dem Titel »Kennedys Außenamt besudelt Roosevelt« beschwert sich die *»Volksstimme«* vom 21. Juni 1961:

> *So wird Amerikas größter Staatsmann nach Lincoln unter Mithilfe des US-Außenamtes in den Kot ge-*

zerrt...Da kann man nur in Abwandlung Schillers sagen: Nichtswürdig ist die Nation, die alles daran setzt, ihre eigene Ehre zu besudeln.

Na, na, na. Man wird schon noch etwas andres *auch* sagen können. Zum Beispiel: Nehmet Holz vom Fichtenstamme, doch wenn gute Reden sie begleiten, laßt es sein!

Vom Genossen, der auszog und nicht gefüttert wurde

Die *»Sächsische Zeitung«*, Dresden, prangert in ihrer Ausgabe vom 6. März 1956 allerlei Land- und Mißwirtschaft unter den Genossenschaftsbauern an, bei denen es ja wirklich drunter und drüber zu gehen scheint:

> *Der Rat des Kreises Riesa delegierte zum Beispiel den Genossen Erwin Laune aus Hahnefeld auf die Hochschule. Die Genossenschaft ist 40 Hektar groß. Die Mitglieder sagen, wir haben ihn nicht delegiert, sondern der Rat des Kreises. Er bekommt von der LPG kein Futter, muß die individuelle Hauswirtschaft verkaufen, hat keine Kuh mehr. Genossen, so geht das nicht.*

Nicht bei Laune.

Kleines Lotto

Als *»Linkswahlerfolg in westdeutschem Großbetrieb«* meldet die *»Volksstimme«* vom 5. Mai 1963 das folgende Ergebnis der Betriebsratswahlen bei der Badischen Anilin- und Sodafabrik in Ludwigshafen:

Eine freie Liste, deren Spitzenkandidaten der KPD angehörten ..., wird 6 der 35 Betriebsräte stellen.

Große Angst ist 90. Großer Erfolg ist 6 von 35.

Schmauch / Der Tragödie erster Teil (Marthens Garten)

Aus einem Bericht der *»Leipziger Volkszeitung«* vom 30. Oktober 1960:

> *... trafen in Prag 200 christliche Amtsträger aus 26 Ländern zusammen, die sich unter dem Gesamtthema »Auf dem Wege zur Friedensepoche der Menschheit« über die Verantwortung der christlichen Menschen für den Kampf um einen dauernden Weltfrieden aussprachen und, alle Abstraktheit überwindend, sich zur weltbewegenden Initiative des Friedenslagers ... Wunsch nach Frieden ... Christen im Friedenskampf ... »Diese Friedensepoche der Menschheit«, so erklärte der Greifswalder Theologieprofessor DDr. Werner Schmauch, »bedeutet die Rettung der Menschheit, und deshalb ... dürfe kein Christ dem Antikommunismus verfallen. Wer christlichen Glauben mit Antikommunismus identifiziert, versündigt sich.«*

Steht aber doch immer schief darum.
Denn, Schmauch, du hast kein Christentum.

Fortschrittliche Lyrik

In der *»Jungen Welt«*, Ostberlin, erschien am 5. 1. 1963 das folgende Gedicht eines fortschrittlichen Lyrikers namens Günter Engelmann:

Bekenntnis

Mein Schreibtisch ist die russische Fabrik.
Meine Tinte – mein Schweiß.
Mein Papier – die andere Seite des Lohnzettels.
Meine Feder – der Kran.

Meine Strophe schwingt weit, wie er.
Mein Stoff – der Alltag.
Seine Kleinigkeiten sind seine Größe.
Sie sind mein Gedicht.

Ob sich das Papier nicht vielleicht auf einer *ganz* andern Seite verwenden ließe?

Unsere abwechslungsreichen Kollegen

Schwierigkeiten beim Zitieren von Karl Kraus ...

Aus der »*Welt der Literatur*« vom 23. Juli 1964:

> *Der Reim ist Mittel zum Zweck und so eigentlich dem bekannten Anspruch von Karl Kraus entgegen, wonach er »ein Ufer« sei, »wo sie landen, wenn zwei Begriffe sich zusammenfanden«.*

... und von Christian Morgenstern

Aus der »*Volksstimme*« vom 25. Juli 1964:

> *»Es gibt Dinge unterm Mond, die das Kalb selbst nicht gewohnt«, sagt der alte Morgenstern.*

Das alles ist sehr verwirrend. Der alte Morgenstern muß da schon so alt gewesen sein, daß er sich an die Anfänge seiner eigenen Gedichte nicht mehr erinnern konnte, und der bekannte Anspruch von Karl Kraus war nicht einmal ihm selbst bekannt. Was machen wir da? Unterm Mond gibt es gar nichts. Es gibt höchstens etwas unter der Sonne, und es gibt Dinge, von denen sich unsere Schulweisheit etwas Falsches träumen läßt, ja sogar etwas Falsches reimen. Am besten wär's, wenn sich der zweifache Zwiespalt auf einen Schlag zusammenfände, sonst kommt man nie heraus, weder aus ihm noch aus dem Staunen. Dinge gehen vor im Mond, sind zwei Gedanken einverstanden ...

Die Definition des Monats

»Amouren und Frivolitäten, Konventionen und Konversation von 1910«

Was ist hier definiert? Ganz richtig. »Das weite Land« von Arthur Schnitzler. Wo? In der Hamburger *»Zeit«* vom 16. Oktober 1964. Aber damit wir uns über dieses Klischee der kritischen Impotenz und der tiefschürfenden Überheblichkeit nicht allzu sehr kränken, wird uns dann noch ein trostreiches Zuckerl verabfolgt:

> *Wiens großbürgerliche Gesellschaft... in einem Stück, das, ohne »Anliegen« und Pathos, doch Form hat.*

Wenigstens etwas. Und dieses »doch« hat's in sich. Denn es besagt nicht mehr und nicht weniger, als daß ein Stück, um Form zu haben, auch Anliegen und Pathos haben müsse. Die doitsche Bedoitungs-Schablone entlarvt sich da gewissermaßen unterschwellig.

Fortschrittliche Bewunderer

Beim Aufarbeiten unserer Rückstände stießen wir auf einen Ausschnitt aus der *»Volksstimme«*, die sich am 21. Oktober 1956 des wehrlosen, vor 25 Jahren verstorbenen Arthur Schnitzler besann:

> *Seine bürgerlichen Bewunderer... liebten ihn, weil er geschrieben hat: »Wir spielen, und wer es weiß, ist klug.« Und doch ist kein Satz Schnitzlers so mißverstanden worden wie dieser.*

Und so falsch zitiert.

Wer es weiß, ist klug

Aus einem Wiener Theaterbericht der »*Frankfurter Allgemeinen*« vom 8. Juli 1961:

> *Man hat hier Sinn für die Rolle. Wir alle spielen. Hofmannsthals Wort kam aus Wiener Boden.*

Hofmannsthals Wort kam von Schnitzler (und hieß »Wir spielen immer«).

Ein österreichisches Datum

»*Genf war es, wo der Österreicher Robert Musil, achtundsechzigjährig, die Welt verlassen mußte.*« (hub. in der »Arbeiter-Zeitung« vom 13. April)
»*Musil, der im November 1950 siebzig Jahre alt geworden wäre ...*« (Franz Theodor Csokor im »Neuen Österreich« vom selben Tag.)

Wozu im April 1952 festgestellt wird, wie alt Robert Musil im November 1950 geworden wäre, ist zwar nicht ganz klar, aber die Angabe stimmt. Anderseits ist es zwar eine klare Angabe, daß er achtundsechzigjährig die Welt verlassen mußte, aber es stimmt nicht. Und Robert Musil, der österreichischeste unter Österreichs großen Prosaisten, hätte angesichts dieses österreichischen Wirrsals mit Genugtuung vermerkt, daß in seinem Lager nach wie vor Kakanien ist und daß zur Feier seines zehnten Todestages aus dem Mann ohne Eigenschaften auch noch ein Mann ohne eindeutigen Geburtstag wurde.

Und wie er's doch so herrlich weit gebracht...

Nämlich Goethe. Druckt doch die *»Süddeutsche Zeitung«* vom 13. Oktober 1965 einen Theaterbericht aus Berlin, den sie nicht ohne Grund

Kummer mit Klassikern

betitelt, und stellt sie doch im Untertitel sogleich und allen Ernstes klar, um welche Klassiker es sich handelt:

Goethe, Brecht und Büchner auf Berliner Bühnen

heißt es da in einem Atem – der ein paar Tage zuvor, am 8. Oktober, schon den Lesern der dortigen *»Abendzeitung«* ausgegangen war, als ihnen ein im Sigbert Mohn-Verlag erschienenes »Lesebuch versäumter Lektionen« folgendermaßen angepriesen wurde:

> *Beiträge von Lessing stehen neben Aufsätzen von Büchner, Goethe hat seinen Platz neben Brecht...*

O glücklich, wer von seinen Gaben solch einen Vorteil ziehen kann. Knurre nicht, Pudel. Platz!

Unruh und Rühle

Nicht umsonst, jedoch vergebens pflegte Anton Kuh sich mit den Worten vorzustellen: »Kuh – alle Witze schon gemacht.« Er hätte aufgewimmert angesichts des folgenden Satzes aus einem Huldigungsartikel für Fritz von Unruh in der *»Frankfurter Allgemeinen«* vom 10. Mai 1965:

> *Unruh ist als die große Unruhe unter uns zu verstehen.*

Der Verfasser des Artikels, Günther Rühle, dürfte hier den Gipfel zeitgenössischer Wortspielkunst erklommen haben. Unruh ist als große Unruhe zu verstehen, und Rühle dann wohl als kleine Ruhe, vielleicht in einer schwäbischen Diminutivform. Über alle Gipfelche ist Rühle.

Fingerfertigkeit

Aus einem auch sonst bemerkenswerten und für den Zustand heutiger Literatur höchst aufschlußreichen Prospekt des Münchner Buchverlags *Kindler* über einen Roman, welcher *»Treibhaus der Triebe«* heißt und von einer Dame namens *Dariel Telfer* verfaßt wurde:

> *Dariel Telfers Klinik der psychischen Grenzfälle ist eine Insel der Abnormitäten. Schizophrenie und erotische Anomalien ... das hektische Klima ... Neigung zu Exzessen ... grausam-groteske Formen ... Hexensabbat ... Zwei rivalisierende Krankenschwestern ... Die Skrupellosere stiftet eine Patientin zum Mord an und endet dann selbst im Wahnsinn. Die Erfolgreichere verführt den Arzt, heiratet aber einen Reporter, der sie beharrlich umwirbt. Die kranke Mary, eine Schizophrene, wird von einem anderen Arzt, Dr. Andreatta, vergewaltigt, aber als sie während der Schwangerschaft stirbt, erschlägt ihr Mann den Lüstling Andreatta. Dariel Telfer, die heute vierzigjährige Verfasserin ihres ersten erschütternden Buches über die sexuelle Verwirrung einer Gruppe Schwerkranker in einem amerikanischen Irrenhaus, ist eigentlich Musiklehrerin.*

Und wer erschlägt *die*?

Zufall

Aus einem Artikel über Judy Garland im *»Kurier«* vom 14. September 1963:

> *Nicht nur daß sie eine Sängerin und Tänzerin von hohen Graden war, sie konnte auch singen und tanzen.*

In der Tat ein seltenes Zusammentreffen.

Übergetitelt: Das Kavalier

Aus einer Fernseh-Kritik des *»Express«* vom 29. 1. 1963:

> *Die Jacqueline Boyer dagegen setzt man nach ihrem Auftritt unter die Partygäste (na, wenn sie schon da ist) und läßt sie in der Luft verhungern... Wenn man sie zahlt, dann soll man sie auch benützen.*

Oder wie es in einem der seinerzeit so beliebten »Ungarischen Sinnsprüche« hieß: »An der Straßenecke werkelt / Armes Mädchen, frierend sitzt sie. / János führt sie auf ein Pörkelt, / Zahlt den Nachtmahl, und benützt sie.«

Unsere abwechslungsreichen Kollegen

Die Premiere des Lustspiels »Der Lügner und die Nonne« von Curt Goetz hat die Wiener Theaterkritik u. a. zu folgenden Formulierungen angeregt:

> *Goetz-Zitate, die nicht beleidigen* (Expreß)
> *Ein ergoetzlicher Lügenpeter* (Kronenzeitung)
> *Peter Vogel in den Kammerspielen ergoetzt* (Arbeiter-Zeitung)

Leider kein Ur-Goetz (Neues Österreich)
Ein höchst ergötzlicher Abend (Volksstimme)
Kein Götz mit der eisernen Faust (Tageszeitung)
Goetz ohne eiserne Hand (Wochenpresse)

Auch die Premiere des literarischen Kabaretts »Der Würfel« erwies sich als anregend:

Der Würfel hat gefallen (Volksstimme)
Würfeln ist bekanntlich Glückssache (Wiener Zeitung)
Der Würfel (ge)fällt erst nach der Pause (Expreß)
Wo der zornige Würfel rollt (Neues Österreich)
Wenn man sich vorstellt, wohin der Würfel nach seiner zweiten Premiere ... wohl hinrollen würde (Arbeiter-Zeitung)
Gut gerollt, Würfel! (Die Presse)

»Der Erfolgreiche« und die Einfallsreichen

Willst du immer weiter schweifen? Sieh, das Gute liegt so nah:

Gestern abend in der Josefstadt: der erfolgreiche »Erfolgreiche« ... (Bild-Telegraf, 7. März)
Der »Erfolgreiche« hat Erfolg ... (Volksstimme, 8. März)
»Der Erfolgreiche« (nach dem gleichnamigen Roman von Hans Kades, der bereits verfilmt wurde und seinem Titel alle Ehre gemacht hat) ... (Kleines Volksblatt, 8. März)
Man kann dem Stück prognostizieren, was schon sein Titel verspricht: es wird erfolgreich sein (Neues Österreich, 8. März)

... ein Stück zurechtgemacht, das nicht nur »Der Erfolgreiche« heißt, sondern auch alle Chancen eines Erfolges in sich birgt (Wiener Zeitung, 8. März)
... von einem Publikum, das damit dem »Erfolgreichen« auch hier seinen Erfolg bestätigte (Arbeiter-Zeitung, 8. März)
Der reiche Beifall führte den »Erfolgreichen« auch in der Josefstadt zum Erfolg (Die Presse, 8. März)

Allemal eher ein Fragen

Einer der jüngeren und strebsameren unter den Wiener Theaterkritikern, der bisweilen den *»Salzburger Nachrichten«* Bericht erstattet (und sich dort auch schon an die Sahnefront vorgewagt hat), bewies am 6. April 1964 seine jugendfrische Empfänglichkeit für das absurde Theater durch eine enthusiastische Kritik über den von James Saunders entdeckten Eremiten, in der es folgendermaßen zuging:

> *Auf den literarischen Topos der Leere des Zentrums und auf die anderen geistigen Kostbarkeiten können wir hier leider ... Bewältigung der reichlich verarbeiteten und nur an wenigen Stellen verflachten Philosophie Kants, Hegels und der Existentialisten ... Philosophie, ob im Buch oder auf dem Theater, ist allemal eher ein Fragen als ein Antworten, und die Treffsicherheit dieser Fragen, verbunden mit einem Feuerwerk dramatischer Einfälle, Paradoxien (»wenn man Licht anzündet, wird es finster« ist eine der schönsten, tiefsten Parabeln des Stückes) und geistiger Aperçus machen das Werk zu einem Höhe-*

Punkt. Mach mal 'n Punkt. Das Feuerwerk dieser schönsten, tiefsten Parabel wurde bereits vor mehr als 50 Jahren abgebrannt, und zwar von einem, der's wahrlich besser gewußt und von Philosophie wahrlich etwas verstanden hat, so daß er schon damals in der Lage war, den pseudotiefen Pseudoparabeln allemal eher ein Antworten zu erteilen. Hier ist es:

Die Tagnachtlampe
von Christian Morgenstern

Korf erfindet eine Tagnachtlampe,
die, sobald sie angedreht,
selbst den hellsten Tag
in Nacht verwandelt.

Als er sie vor des Kongresses Rampe
demonstriert, vermag
niemand, der sein Fach versteht,
zu verkennen, daß es sich hier handelt –

(Finster wirds am hellerlichten Tag,
und ein Beifallssturm das Haus durchweht.)
(Und man ruft dem Diener Mampe:
»Licht anzünden«) – daß es sich hier handelt

um das Faktum: daß gedachte Lampe,
in der Tat, wenn angedreht,
selbst den hellsten Tag
in Nacht verwandelt.

Wie bitte?

Aus dem Programmheft des Volkstheaters zur Billinger-Uraufführung:

> *Richard Billinger ist im Innviertel zu Hause. Dort gehört er hin.*

Die p. t. Programmhefte werden höflich ersucht, der Kritik nicht vorzugreifen.

Kleine Freiheiten

> *Vielleicht ist es gleichgültig, ob man zum Friseur oder zum Frisör geht; schließlich haben wir uns ja auch damit abgefunden, im Büro zu sitzen und nicht im Bureau. Aber es macht ganz gewiß einen Unterschied, ob man ins Café geht oder ins Kaffee; denn dieses bietet trotz doppeltem e die fluchwürdige Möglichkeit, auf der ersten Silbe betont zu werden – man weiß, mit welch ungenießbarem Ergebnis. Und vollends klar liegt der Unterschied zwischen Cabaret und Kabarett zutage... Im Cabaret klatscht man in die Hände, im Kabarett klatscht man sich auf die Schenkel...*
>
> Aus einem Feuilleton von Friedrich Torberg in der »Süddeutschen Zeitung«, München, Dezember 1957

> *Man kann darüber streiten, ob es ein Malheur oder ein Malör ist, einen schlechten Friseur oder einen noch miserableren Frisör zu haben. Wir haben uns ja auch damit abgefunden, im Büro zu sitzen und nicht im Bureau. Aber es ist ein Unterschied, ob man ins Café geht oder ins Kaffee. Das doppelte e bietet die scheußliche Möglichkeit, das Wort Kaffee auf der*

ersten Silbe zu betonen – unwillkürlich denkt man an kalten Kaffee. Der Unterschied zwischen Cabaret und Kabarett muß jedem selbst überlassen bleiben... Man sagt, im Cabaret klatscht man in die Hände, im Kabarett klatscht man sich auf die Schenkel. Wenn Sie mich fragen, ich bin für die gute Mischung...

Aus dem Programmheft des Theaters »Die kleine Freiheit«, München, Dezember 1958

Wenn Sie mich fragen, ich bin für Quellenangabe.

In der Sahnen-Etappe

Wir dürfen uns schmeicheln, daß der vom FORVM geprägte Ausdruck »Sahnefront« allmählich in den Sprachgebrauch übergeht, und es hat uns sehr gefreut, daß beispielsweise *Franz Kreuzer* seinem vortrefflichen Beitrag zum Thema »Schreiben wir österreichisch?« (in der »Arbeiter-Zeitung« vom 25. Juli) den Titel *»Offensive an der Sahnefront«* gab. Als wir bald darauf – in einer Bücherbesprechung von *Humbert Fink* im »Kurier« vom 12. August – unsrer Wortschöpfung in der Form *»Schlagsahnefront«* begegneten, freuten wir uns schon weniger. Denn wir möchten Humbert Fink auch weiterhin für einen begabten und ernstzunehmenden jungen Schriftsteller halten, und wenn er das wirklich ist, dann hätte sein Sprachgefühl ihn vor der obigen Mißbildung bewahren müssen und sein Verantwortungsgefühl vor der folgenden Falschmeldung:

> *Da wogt zuweilen der Streit hin und her, was österreichische und was deutsche Sprache sei – als ob es da noch gewichtige Unterschiede gäbe –, es werden Kleinigkeiten zur Affäre vergröbert, etwa derart, daß kein Österreicher Schlagsahne sagen dürfe; doch um die große epische Form ... kümmert sich niemand.*

Humbert Fink hat sich in diesem Satz nicht einmal um die kleine gekümmert. Das Malheur beginnt schon dort, wo er zweimal in rascher Aufeinanderfolge »da« sagt, einmal im

Sinne von »hier« und knapp zuvor im Sinne von »Da streiten sich die Leut' herum« – um Kleinigkeiten wie die Sprache, als ob es zwischen der österreichischen und der deutschen »noch gewichtige Unterschiede gäbe«. Auch dieses »noch« hätte unsrem kampflustigen jungen Freund nicht unterlaufen dürfen. Es impliziert nämlich, daß es solche Unterschiede tatsächlich gegeben hat und daß es sie bloß für Humbert Fink nicht mehr gibt. Wohl aber gibt es sie für jene, die sich damit in seinen Augen einer Vergröberung schuldig machen – und die sich in Wahrheit dagegen zur Wehr setzen, daß die nuancenreiche Sprache des Österreichers zur deutschen Einheitstunke vergröbert wird. Wie weit diese Vergröberung schon fortgeschritten ist, beweist gerade Humbert Fink, indem er unterstellt, »daß kein Österreicher Schlagsahne sagen dürfe«. Schlagsahne zu sagen, müßte man nämlich einem Österreicher gar nicht verbieten, weil er es sowieso nicht sagt. Wenn er erst einmal »Schlag« gesagt hat, läßt er's entweder dabei bewenden und bestellt einen Kaffee mit Schlag, oder er komplettiert es zu »Schlagobers«. Einen Kaffee mit Schlagsahne hat er noch nie bestellt, noch wurde er je von einem Oberkellner gefragt, ob er zum Kaffee Schlagsahne wünsche. Nur statt »Obers« wird immer wieder das vermaledeite »Sahne« gebraucht, und zwar aus Servilität vor dem deutschen Reisepublikum, aus der gleichen Servilität, die dem markbewehrten Ausländer auch mit Pfifferlingen, Ochsenfleisch und ähnlichen Fremdenverkehrsunfällen aufwartet: gegen die an der Sahnefront gekämpft wird. Insoweit – aber wirklich nur insoweit – können wir uns der abschließenden Feststellung Humbert Finks anschließen:

> *Hierzulande wird fraglos weiterhin an der »Schlagsahnefront« gekämpft werden – ein Opfer dieses Windmühlengefechtes ist die österreichische Gegenwartsprosa.*

Mit dem Kampf hat es also seine Richtigkeit. Eine Schlagsahnefront existiert hingegen nicht. Und was den Rest der Aussage betrifft, so gibt es, wenn wir richtig verstanden haben, in Österreich zwei Gruppen von Schriftstellern: die einen schreiben schlechte Romane, die andern kämpfen gegen die Sahne. Beides mögen nichtswürdige Beschäftigungen sein. Aber daß die einen schlechte Romane schreiben, *weil* die andern gegen die Sahne kämpfen: das ist neu und das wird uns Humbert Fink bei Gelegenheit noch genauer erklären müssen. Bis dahin soll er lieber gute Romane schreiben, statt sich auf Sprachhändel einzulassen. (1961)

Beau! sagte der Graf, denn er sprach vollendet Deutsch

Die »Post- und Telegraphendirektion für Wien, Niederösterreich und das Burgenland«, der man es hoch anrechnen muß, daß sie sich noch nicht als Fernschreibleitungsamt bezeichnet und daß sie immer noch von »Telephonzentralen« spricht statt von Fernsprechhauptstellen, verbreitet in Form eines Flugblatts eine »Wichtige Mitteilung«, die u. a. das folgende enthält:

> *Werden Fernsprechnummern wegen des Umbaues von Telephonzentralen geändert, so wird im allgemeinen während der ersten zwei Wochen nach dem Tage der Nummernänderung eine unmittelbare Beauskunftung durchgeführt . . . Nach Ablauf der unmittelbaren Beauskunftung wird im allgemeinen auf die Dauer von rund zehn Wochen . . .*

Beau Brummel, im Hotel Beau Rivage abgestiegen, wußte mit Beau Skunftung nichts anzufangen und bat ein bekindertes Ehepaar, das am Nebentisch in bebilderten Zeitschriften blätterte, um Information. Die Beanfragten gaben ihm unwirsch zu verstehen, daß er bei ihnen an die falsche Anschrift gekommen sei, verwahrten sich jedoch als gute Österreicher empört gegen die Unterstellung, daß es sich bei diesen krampfhaften Eindeutschungen um ein Relikt aus der nationalsozialistischen Ära handle; es handle sich vielmehr um ein Bleibsel aus dem volksgesamtgemeinschaftlichen Zeitalter.

Wie verpreußt sind wir?

»Sind wir denn schon so verpreußt?« lautete der Titel eines Leserbriefs, den der *»Expreß«* vom 13. Februar 1960 veröffentlichte und in dem ein tapferer Mann aus Marchegg (N. Ö.) sich darüber beklagt, daß Worte wie »Paradeiser« und »Erdäpfel« aus unserem Sprachgebrauch zu verschwinden drohen. Der Abdruck eines solchen Briefs in einer so verbreiteten Zeitung ließ unser Herz höher schlagen. Endlich ein kleiner Sieg an der Sahnefront! dachten wir und machten uns an die Lektüre des Blattes, das ihn erfochten hatte. Und fanden dieses:

Im Aufmacher auf Seite 1 die Meldung, daß ein Toto-Gewinner seinen hohen Gewinst noch nicht behoben hätte, obwohl sich »üblicherweise die Zwölfer-Tipper *von alleine* melden«.

In der einwandfrei wienerisch titulierten »Adabei«-Rubrik auf Seite 4 den Satz: *»Mal sehen*, wie das ausgeht.«

In einer Theaterrezension auf Seite 5 den Satz: »Seine Leistung war *allerhand*.«

Aus Seite 6 das Wort *»doof«*.

Im Aufmacher der Wochenend-Beilage die Worte *»eintrudeln«*, *»rausgehen«* und *»veräppeln«*. Die Geschichte handelt überdies von einem Heurigen-Trio.

Zum Glück erspähten wir just in diesem Augenblick den

Aufmacher der Medizinischen Seite. Er empfahl uns in dikken Lettern: »Bei Herzklappenfehler wichtig: *Mach mal Pause!*«

Das taten wir denn auch, ohne uns länger veräppeln zu lassen. Mal sehen, wie das jetzt weitergeht mit der Verpreußung. Wir sind doof genug, unsern Widerstand nicht aufzugeben. Wir trauen uns da noch allerhand zu. Aber alleine schaffen wir's nicht.

Klassischer Stil, moderne Konstruktionen

Aus dem Prospekt des neu eröffneten Hotels »Maria am Gestade«:

> *Zur Erhaltung des klassischen Stils wurden die alten Hauptmauern belassen, im Innern jedoch alles Mauerwerk... durch moderne Konstruktionen ersetzt. Vor dem Hotel unter Markisen befindet sich der »Schani-Garten«. Jedes Appartement besitzt eine eigene Kitchenette mit... Schränken und Kehrichteimer.*

Schani, holen S' den Mistkübel und schmeißen S' das ganze Zeug in den »Kasten«!

Von Soßen und Eimern

Leserzuschrift in der *»Arbeiter-Zeitung«* vom 20. Juli 1963:

> *Tomaten in Senftunke? Daß die Wirte dem Fremdenverkehr zuliebe auf den Speisenkarten nicht Paradeissalat schreiben und die Preise in D-Mark angeben, kann man leider nicht verhindern. Daß aber der Konsum, und noch dazu in der AZ, Heringsfilet in Tomatentunke oder Senftunke anbietet, ist ein starkes Stück. Menschen unseres Landes sagen: Paradeissoße und Senfsoße! F. W., Wien-Margareten.*

Menschen unseres Landes halten sich besser an die originale Schreibweise »Sauce«, schon weil sie es ihnen erspart, das unnatürliche und dem österreichischen Sprachgefühl höchst unwillkommene Schluß-E auszusprechen, welches ein echtes Anliegen der Soße ist. Wer Soße sät, wird Tunke ernten.

Leserzuschrift im *»Kurier«* vom 22. Juli 1963:

> *Es ist im »Quiz 21« am 2. Juli (fällt dem Fernsehen kein deutscher Ausdruck dafür ein?) alles ohne »Krawall« abgegangen ... Es ist für eine Bildungseinrichtung, die der Rundfunk sein soll, unmöglich ... Und noch unmöglicher ist es, den Hinweis auf das Richtige, den wir sofort fernruflich und später noch schriftlich gaben, einfach in den Papierkorb zu werfen. Univ.-Prof. Dr. Erwin Mehl, Obmann des Österr. Sprachvereins »Muttersprache«, Klosterneuburg-Weidling.*

Heumond. Der deutsche Ausdruck für Juli ist Heumond. Der deutsche Ausdruck für fernruflich ist Muttersprache.

Aus dem Leitartikel der *»Salzburger Nachrichten«* vom 21. Juli 1963:

> *Die Welt ist also – wie man in Österreich derartige Zustände zu beschreiben liebt – ganz nett im Eimer.*

Ganz nett. Wahrscheinlich ist das der Eimer, in dem die Sahne so lange gestanden hat, bis sie zur Soße wurde. Es könnte aber auch jener andre sein, in den alle derartigen Wendungen hineingehören und den man in Österreich laut und fernruflich als »Scheißeimer« zu bezeichnen liebt.

Ein Plauscherl

(1971)

Gewiß, man hat seinen Ärger mit der heimischen Presse, und zumal bei der Lektüre der scherzhaft so genannten Kulturseiten fragt man sich bisweilen, wie streng denn eigentlich die Aufnahmsprüfungen aus den Fächern »Bildungsmangel« und »Analphabetismus« sind, die ein Anfänger bestehen muß, um sich als Kritiker etablieren zu dürfen. Gewiß, auch in den übrigen Sparten stößt einem immer wieder so Unverdauliches zu und auf, daß man neidvoll nach den bundesdeutschen Zeitungen schielt, die noch einigermaßen auf Niveau achten.

Aber das Schielen täuscht. Wenn man genauer hinschaut, entdeckt man auch in der Presse unseres großen Nachbarlandes die seltsamsten Dinge. Besonders ergiebig wird's dort, wo auf Wien die Rede kommt.

So weiß in der »Frankfurter Neuen Presse« ein Korrespondent und Kenner unter der Überschrift »Ein Wiener Wahrzeichen steht vor dem Ende« folgendes zu berichten:

> *Im Zuge des Kaffeehaussterbens in der österreichischen Hauptstadt muß nun eines der prominentesten Lokale, der legendäre »Demel«, seine Pforten schließen, wenn nicht ein Wunder geschieht. Gleichzeitig wurde auch die Sperre des nahezu ebenso renommierten »Körber« auf der Kärntner Straße bekannt ... Der »Demel« ist mehr als ein*

Kaffeehaus... Wenn »man« sich früher zu einem »Plauscherl«, wie man den gehobenen Tratsch in Wien nennt, traf, kam einfach nur der »Demel« in Frage... Moderne Lokale in der Umgebung, in denen man auch etwas anderes als Mehlspeisen erhält, förderten die Aushungerung, und der erwähnte »Körber« auf der Kärntner Straße wurde für die Jugend zum Mittelpunkt.

Also hübsch der Reihe nach. Erstens ist das Wunder bereits geschehen, denn der Demel denkt nicht daran, seine Pforten zu schließen. Zweitens ist er nicht etwa »mehr« als ein Kaffeehaus, sondern überhaupt keines, würde also seine Pforten, selbst wenn er sie schlösse, nicht »im Zuge des Kaffeehaussterbens« schließen. Drittens hätten, wenn als Treffpunkt sowieso »nur« der Demel in Frage kam, die übrigen Kaffeehäuser schon längst sterben müssen. Viertens bekommt man beim Demel seit jeher und in großen Mengen »auch etwas anderes als Mehlspeisen«, die, fünftens, eine Aushungerung nicht fördern, sondern im Gegenteil. So daß es sich, sechstens, bei der ganzen Geschichte um ein Plauscherl handelt, wie man den gehobenen Tratsch in Wien nennt. Und die einschlägigen Informationen stammen vermutlich vom Körber auf der Kärtner Straße, dem bekannten Mittelpunkt der Jugend.

Bibliographischer Nachweis

Auch Nichtraucher müssen sterben, in: »Die Welt«, 30. 12. 1978.

Abendlied eines Literaturbeamten aus wohlbestallter Kaufmannsfamilie, in: »Morgen«, Kulturzeitschrift aus Niederösterreich, 5/1978, S. 243.

Literarischer Erfolg und sachliche Blamage, in: Wie ich anfing..., hrsg. v. Hans Daiber, claassen Verlag, Düsseldorf 1979, S. 75 ff. (Abdruck einer Rede, gesprochen im WDR (Köln) am 4. 11. 1973.)

Ballade der großen Müdigkeit, Erstabdruck.

Der schlafbedürftige Poet oder Die Freuden des Landlebens, Erstabdruck.

Wer interviewt wen?, in: »Die Welt«, 14. 10. 1965.

Halten Sie die Übersetzungskunst für eine Sache der Intelligenz? Nicht ermittelt.

»Arbeitsjournal« zum Süßkind-Roman (aus dem Nachlaß), in: »Die Presse«, 17./18. 1.1981.

Kritik der Kritik, in: »Die Welt«, 29. 9. 1972.

Meine viel zu vielen Arbeitszimmer, in: »Die Welt«, 15. 8. 1979.

Ein historischer Zukunftsroman, Erstabdruck. (Geschrieben für die Anthologie »Das Buch, das ich nie geschrieben habe«, Hrsg. Rainer Fabian, welche 1976 im Desch Verlag erscheinen sollte; durch die Auflösung des Verlags kam das Projekt nicht mehr zustande.)

Dankrede anläßlich der Verleihung des Großen Österreichischen Staatspreises, in: »Morgen« 10/1979, S. 339.

A.E.I.O.U., in: »Merian« 1/29 (1976), S. 8ff.

Wie weit reicht Wien?, in: »Merian« 7/21 (1968), S. 7f.

Der schönste Bezirk, in: Wien von A–Z, hrsg. v. Hermann Hakel, Wiener Verlag, Wien 1953, S. 19f.

Kulturkritik in Wien, Erstabdruck.

P.S. zu einem mißverstandenen Gschnas, in: »Wiener Kurier«, Februar 1952.

P.S. zur Verwendung von Bienenhäusern, in: »Wiener Kurier«, Mai 1952.

Salzburger Festspiele 1952, in: »Wiener Kurier«, Juli/August 1952.

Eine gastronomische Untat, nicht ermittelt.

Alt-Aussee oder Die Erfüllung eines Kindertraums, in: Hier lebe ich. Landschaften & Orte, gesehen von deutschen Schriftstellern. Hrsg. v. Bartel F. Sinhuber. Verlag Rosenheimer o. O. 1978, S. 54ff.

Deutschlandfahrt 1963, in: »Die Welt«, 23. 11.–13. 12.1963.

Plädoyer für den Zwischenraum, in: »Forum« XII/144 (Dez. 1965), S. 587 und in: Deutsche Akademie für Sprache und Dichtung Darmstadt – Jahrbuch 1965. Verlag Lambert Schneider, Heidelberg/Darmstadt 1966, S. 58ff.

Notizen zum Thema »Übersetzung«, in: »Die Welt«, 30. 1. 1954.

Stützpunkt Wien?, Erstabdruck.

Dem Zweifelsohne zur Mahnung, in: »Forum« I/2 (Feb. 1954), S. 19.

»Aus der Folterkammer der Sprache«
Von Palästrina bis Dona Dieu
Fortschrittliches
Unsere abwechslungsreichen Kollegen
In der Sahnen-Etappe

Sämtliche in diesen Kapiteln enthaltenen Glossen (ausgenommen »Ein österreichisches Datum«, das im April 1952 im »Wiener Kurier« erschienen ist) sind zwischen 1955 und 1965 als P. S. im »Forum« erschienen.

Ein Plauscherl, in: »Kurier«, 13. 6. 1971.

Von Friedrich Torberg
erschienen bisher im Rahmen der
GESAMMELTEN
WERKE IN EINZELAUSGABEN
folgende Bände:

BAND I
Hier bin ich, mein Vater
Roman
(vergriffen)

BAND II
Die zweite Begegnung
Roman
(vergriffen)

BAND III
PPP
Pamphlete, Parodien, Post Scripta
(vergriffen)

BAND IV UND V
Das fünfte Rad am Thespiskarren
Theaterkritiken, 2 Bände
(Band IV vergriffen)

BAND VI
Golems Wiederkehr
und andere Erzählungen
(vergriffen)

Von Friedrich Torberg
erschienen bisher im Rahmen der
GESAMMELTEN
WERKE IN EINZELAUSGABEN
folgende Bände:

(Fortsetzung)

BAND VII

Süßkind von Trimberg

Roman

(vergriffen)

BAND VIII

Die Tante Jolesch

oder

Der Untergang des Abendlandes in Anekdoten

BAND IX

Die Erben der Tante Jolesch

Des untergehenden Abendlandes zweiter Teil

BAND X

– und glauben, es wäre die Liebe

Roman

BAND XI

Apropos

Nachgelassenes – Kritisches – Bleibendes

Herausgegeben von Herbert Eisenreich und Marietta Torberg

LANGEN MÜLLER

Von Friedrich Torberg
erschienen bisher im Rahmen der
GESAMMELTEN
WERKE IN EINZELAUSGABEN
folgende Bände:

(Fortsetzung):

BAND XII

In diesem Sinne …

Briefe an Freunde und Zeitgenossen
Mit einem Vorwort von Hans Weigel
Herausgegeben von David Axmann, Marietta Torberg
und Hans Weigel

BAND XIII

Kaffeehaus war überall

Briefwechsel mit Käuzen und Originalen
Herausgegeben von David Axmann und Marietta Torberg

BAND XIV

Pegasus im Joch

Briefwechsel mit Verlegern und Redakteuren
Herausgegeben von David Axmann und Marietta Torberg

BAND XV

Auch das war Wien

Roman

LANGEN MÜLLER